Bloodline

朱门血痕

Sidney Sheldon

[美] 西德尼·谢尔顿 —— 著

于素芳 —— 译

湖南文艺出版社
HUNAN LITERATURE AND ART PUBLISHING HOUSE

博集天卷
CS-BOOKY

著作权合同登记号：图字18-2023-004

图书在版编目（CIP）数据

朱门血痕 /（美）西德尼·谢尔顿著；于素芳译
. -- 长沙：湖南文艺出版社，2023.10
ISBN 978-7-5726-1343-2

Ⅰ. ①朱… Ⅱ. ①西… ②于… Ⅲ. ①长篇小说—美国—现代 Ⅳ. ①I712.45

中国国家版本馆 CIP 数据核字（2023）第 157173 号

上架建议：畅销·外国文学

ZHUMEN XUEHEN
朱门血痕

著　　者：[美]西德尼·谢尔顿
译　　者：于素芳
出 版 人：陈新文
责任编辑：吕苗莉
监　　制：于向勇
策划编辑：布　狄
特约编辑：刘　盼　罗　钦
版权支持：王媛媛
营销编辑：时宇飞　黄璐璐　邱　天
封面设计：梁秋晨
版式设计：利　锐
出　　版：湖南文艺出版社
　　　　　（长沙市雨花区东二环一段 508 号　邮编：410014）
网　　址：www.hnwy.net
印　　刷：三河市中晟雅豪印务有限公司
经　　销：新华书店
开　　本：680 mm×955 mm　1/16
字　　数：298 千字
印　　张：18.25
版　　次：2023 年 10 月第 1 版
印　　次：2023 年 10 月第 1 次印刷
书　　号：ISBN 978-7-5726-1343-2
定　　价：59.80 元

若有质量问题，请致电质量监督电话：010-59096394
团购电话：010-59320018

Bloodline

Sidney Sheldon

用爱为纳塔利书写

医生会小心地准备鳄鱼的粪便、蜥蜴的肉、蝙蝠的血和骆驼的唾液……

——摘自公元前1550年的古代书卷，

书中列有埃及人使用过的811种配方

出版说明

他是全世界顶级的故事高手

西德尼·谢尔顿是当今世界顶级的故事高手，也曾是世界上作品被翻译成最多语言的作家，其作品累计被全球180多个国家引进，共计被翻译成50多种语言，全球总销量超过3亿册。这项纪录于1997年被列入《吉尼斯世界纪录大全》。

西德尼·谢尔顿是奇迹！

与很多人所想的不同，谢尔顿并非一直坐在电脑前埋头苦干，他每天的写作目标只有50页。只要写够50页，他就立刻停笔，并且会在第二天修改前一天所写的内容。每当他写完一整段情节后，他便会开启"修改模式"，对相关内容进行反复修改甚至重写。

谢尔顿曾在某次采访中说道："我的每本书大概都会这样重写12～15次，整个创作时间需要一整年……"

对西德尼·谢尔顿而言，小说创作是其最乐于尝试的领域，在好莱坞与百老汇获得颇高成就的他曾公开表示，他的脑海中一度诞生了许多情节非常复杂的东西，促使他想要进一步去探究人类的情感与行为的动机，而这已经超越了剧本所能涉及的范畴。对他而言，或许写小说便是唯一的终极解答。

好莱坞与百老汇永不落幕的传奇

西德尼·谢尔顿堪称通俗小说王国的国王，但对很多人而言，首次知道他并非因为其小说作品，而是通过大银幕上的电影。作为好莱坞最具传奇色彩的编剧与制片人，谢尔顿一生中创作了30多部电影剧本、200多部电视剧剧本以及8部舞台剧剧本。

10岁时，谢尔顿便出版了自己的第一部作品——一部诗集，17岁时便成功将自己的首部剧本卖到了好莱坞。在创作小说之前，他就已经凭借自己的作品取得了全欧美无人能及的文学成就——他的舞台剧剧本获得了有"戏剧界奥斯卡奖"之称的托尼奖，他的电视剧剧本获得了艾美奖，而他所创作的电影剧本更是斩获了奥斯卡最佳剧本奖。

之后，开始潜心写作小说的谢尔顿在这一领域继续创造他的传奇：处女作就获得了爱伦·坡奖提名以及《纽约时报》最佳年度悬疑小说奖。之后，他创作的每部小说都持续引发了全球阅读狂潮。

好莱坞自然没有"放过"谢尔顿，他的所有作品几乎都被改编成剧本搬上银幕，而与其合作的主演通常都是如奥黛丽·赫本这样能在影史上留名的超级巨星。更有甚者，当谢尔顿还在创作其代表作《假如明天来临》时，哥伦比亚公司仅凭一个书名与故事梗概，便不惜花费百万美金抢夺其改编版权。而哥伦比亚公司的这一举动，也彻底让这本书成为好莱坞电影创作的灵感宝库。斯蒂芬·金的代表作《肖申克的救赎》在被拍摄成电影时，就借鉴了这本书的相关故事框架以及情节；在香港导演吴宇森的代表作《纵横四海》中，周润发等人饰演的主角盗取博物馆藏品的情节设定与这本书中的主角特蕾西的作案手法如出一辙。

西德尼·谢尔顿的名字被刻在了好莱坞的星光大道上。如今，百老汇依旧在演出他所编剧的经典舞台剧，而这一切都在无声地告诉世人：西德尼·谢尔顿是好莱坞与百老汇永不落幕的传奇！

中国当代"通俗小说之父"

西德尼·谢尔顿在中国也有着广泛且深远的影响，尤其是对中国通俗小说的创作与发展做出了不可磨灭的贡献。早在20世纪80年代，谢尔顿的作品就曾被陆续引进中国，凭借跌宕起伏、一波三折的故事情节，复杂又烧脑的人物关系，悬念丛生、紧张刺激的阅读氛围，成功吸引了一大批读者。

文学家止庵先生更是这样评价道：谢尔顿和马里奥·普佐（《教父》作者）以及以写职业小说著称的阿瑟·黑利（《钱

商》作者）可以被视为中国当代"通俗小说之父"。

甚至可以说，在以谢尔顿的作品为代表的欧美通俗小说被引进国内后，国内的通俗小说作家才逐渐将创作视角投射到都市生活这一领域，国内现实主义题材小说的流行风潮才逐渐兴起。

作为通俗小说的"教科书"，谢尔顿的作品善于塑造积极向上的，与社会不公抗争的坚强女性形象，而其多部代表作也始终围绕着女性的梦想与宿命展开描写。在其笔下，几乎所有女性都甘愿为了爱情或梦想而牺牲自我，甚至铤而走险。这样的人物设定，也令故事紧张刺激却不失趣味，让读者在体验主角的成长与蜕变中对人生产生思考，而这也是谢尔顿小说的核心魅力所在。

全新译本，再现伟大名作之经典魅力

2007年1月，西德尼·谢尔顿病逝，享年90岁。

一代传奇落幕。

作为通俗小说界的不朽巨匠，谢尔顿创作的小说经过漫长的岁月洗礼，依然有着强大的生命力。精妙绝伦的布局，波澜壮阔、气势恢宏的时代背景，犹如电影分镜般的场景刻画，真实细腻的人物塑造，这些特点都令他的小说至今依然被人们津津乐道。

此次我们重新翻译出版的这套"西德尼·谢尔顿杰作精选

集"，选取了最能代表作者创作生涯各个时期的经典代表作，并根据作者遗愿由其家人做了详细的整理与修订。

希望本次重新梳理出版的西德尼·谢尔顿作品，能再现这位伟大作家的经典魅力。

编者

目录

第一部

001

第二部

113

第一部

第1章

伊斯坦布尔　星期六，九月五日　晚上十点

　　黑暗中，他在哈吉卜·卡菲尔的办公桌后面独自坐着，目光透过满是灰尘的办公室窗户，心不在焉地落在窗外伊斯坦布尔那永不消失的尖塔上。他是一个在全世界很多首都都能安适自在的人，不过，伊斯坦布尔是他最喜欢的城市之一。他喜欢的不是旅客眼中有着贝约格鲁大街、俗艳的希尔顿拉勒扎布酒吧的伊斯坦布尔，而是偏僻的、只有穆斯林知道的那些地方：海滨住宅、远离露天剧场的小市场，还有泰利·巴巴①陵墓。这是只埋葬了泰利·巴巴一个人的墓地，人们纷纷前来向他祈祷。

　　他在等待着，以猎人的耐心，悄无声息、一动不动，身体与情绪完全处于掌控之中。他是威尔士人，有着祖先的俊朗容颜、黝黑肤色、热烈情感。他的头发是黑色的，脸部线条硬朗，深蓝色的眼睛犀利、睿智。身高六英尺②有余，身材保持良好，没有丝毫赘肉，肌肉发达。办公室弥漫着来自哈吉卜·卡菲尔的难闻气味：甜腻的烟草味、苦苦的土耳其咖啡味，以及他肥胖、油腻的身体的体味。对于这些，里斯·威廉斯并没有感觉。他在想着一个小时前接到的那个来自沙莫尼的电话。

---

① 博斯普鲁斯海峡的四个守护神之一，其墓地是寻求爱情之人的朝圣地。——译者注
② 英美制长度单位。1英尺约为0.30米。——编者注

"……可怕的意外！相信我，威廉斯先生，我们都吓坏了。一切都发生得太快了，我们根本没机会去救他。一眨眼的工夫，罗夫先生就没了……"

萨姆·罗夫是罗氏公司的总裁。罗氏公司是世界第二大制药公司，拥有数十亿美元资产，是业务遍布全球的商业王国。难以想象萨姆·罗夫就这样死了。他一直都是那么不可或缺，那么充满活力与能量，马不停蹄，住在飞机上，在全世界各地的公司工厂和办公室之间来回飞，解决其他人束手无策的问题，提出新的理念，推动每一个人做得更多，做得更好。尽管他已经结婚，有了一个孩子，但他真正的兴趣还是在生意上。萨姆·罗夫一直都是一个才华横溢、非同寻常的男人。谁能替代他呢？谁有能力经营他留下的庞大帝国？很明显，萨姆·罗夫还没选定继承人。不过话说回来，他不会想到自己会在五十二岁死去。他一直认为时间还很充裕。

现在，他没有时间了。

办公室的灯突然亮了，里斯·威廉斯感觉一阵晃眼，不由朝门口望去。

"威廉斯先生，我不知道这里有人。"

说这话的是索菲，公司众多秘书中的一位，是威廉斯在伊斯坦布尔期间的指定秘书。她是土耳其人，二十五岁左右，脸蛋漂亮，身材秀美、性感，浑身散发着令人按捺不住的情欲。她用微妙而古老的方式让里斯明白，只要他想快活，无论什么时候，她都随时恭候。可是里斯对此不感兴趣。

她说："我回来是要给卡菲尔写几封信。"接下来，她的语气更加柔和、暧昧："没准儿我可以为你做些什么？"

她朝办公桌走来，距离更近了，里斯能够嗅到发情期野兽的麝香味。

"卡菲尔先生在哪里？"里斯说。

索菲遗憾地摇摇头。"他离开一整天了。"她柔软、灵巧的手掌抚过裙子的前胸部位。"我能用什么方式帮到你吗？"她褐色的眼睛水汪汪的。

里斯说："找到他。"

她皱皱眉："可我不知道他会在哪里——"

"在科范萨雷酒店，还有马尔马拉酒店找找看。"有可能是前一个地方，哈吉卜·卡菲尔的情妇之一是肚皮舞者，她在那里工作。但是你永远吃不准卡菲尔，里斯不由想到，也许他和妻子在一起。

索菲不无歉意："我会尽力，但是我怕我——"

"告诉他如果一小时还没到这里，他就丢了饭碗。"

她的表情变了："我会竭尽所能，威廉斯先生。"然后，她朝门口走去。

"关上灯。"里斯说。

不知何故，坐在黑暗中想心事对他来说更容易些。萨姆·罗夫的身影不断浮现。正值九月初，在一年中的这个时候攀登勃朗峰应该不难。萨姆以前尝试过，但是受暴风雪阻碍，没能登顶。

"这一次，我要把公司的旗帜插到那里。"萨姆曾以玩笑的口吻对里斯承诺。

然后就是刚才接到的电话，当时在佩拉宫酒店的里斯正准备结账离开。他能听出电话那头的声音有多焦急。"……他们正在穿越一块冰地……罗夫先生脚下一滑，绳子断裂……他掉进了深不见底的冰缝中……"

里斯想象着萨姆猛地摔倒在坚硬的冰地上，翻滚着跌进冰缝的样子。他强迫自己不想这些。毕竟这些都过去了，现在要紧的是当下。萨姆·罗夫的死讯要通知到他的家人，而他们分散在世界各地。公司要准备一份报纸声明。这一新闻的冲击会震荡整个国际金融圈。公司正面临着财务危机，把萨姆·罗夫死亡的影响降至最低至关重要。这是里斯当下该做的。

里斯·威廉斯第一次见到萨姆·罗夫是在九年前。当时里斯二十五岁，是一家小医药公司的销售经理。他人聪明，想法多，声名随着公司的发展不断传播。罗氏公司向里斯抛出橄榄枝，他拒绝了。萨姆·罗夫于是买下他就职的那家公司，还派人把他叫来。时至今日，他仍然能回忆起初次见面时萨姆·罗夫那强大的气场。

"你属于罗氏公司了，"萨姆开门见山地说，"这是我买下你所在的那家落后的公司的原因。"

里斯深感荣幸的同时又觉得窝火："假如我不想留下呢？"

萨姆·罗夫微微一笑，很自信地说："你会留下的。里斯，你我有共同之处。我们都野心勃勃，想要拥有整个世界。我会让你知道怎么做到。"

他的话充满魔力，对这位内心燃烧着饥渴之火的年轻人而言，无异于饕餮盛宴。不过，里斯清楚，有些事情萨姆·罗夫并不了解：世上本没有里斯·威廉斯，他只是一个他在绝望与贫困中虚构出来的人物。

里斯出生在格温特郡和卡马森郡（交界的）煤矿附近，那里是威尔士的山谷地带。山谷是红色的，如同伤疤，绿色的大地上遍布着层层的砂岩、蝶状石灰岩和煤。他成长的地方是一片神奇的土地，每个地名都富有诗意：布雷肯镇、佩尼范峰、潘德林、格林科鲁格村、迈斯泰格。这里充满传奇色彩，地下深埋着两亿八千万年前形成的煤田；这里曾经遍布林木，让松鼠可以脚不着地地从布雷肯山一直攀缘到海边。但是随着工业革命的隆隆而至，美丽的绿树被炭炉工人砍掉，填进了冶铁工人永不满足的炉火中。

这个小男孩在英雄们的陪伴下长大。这些英雄隶属于另一个时代和另一个世界：罗伯特·法蕾尔，因不愿抛弃妻子、发誓独身而被罗马教廷烧死在火刑柱上；善人海韦尔王，给十世纪的威尔士带来了法律；英勇的战士布赖欣生了十二个儿子和二十四个女儿，勇猛地击退了所有对王国的入侵。这个男孩生长的土地上有着光辉的历史，但是并非所有人都活得有荣光。他的祖辈们是矿工，个个都是。他过去常听父亲和伯伯叔叔们讲他们的苦难经历。他们说起过没活儿可干的可怕过去：煤矿公司和矿工之间发生激烈的斗争，格温特郡和卡马森郡的富矿煤田被关闭，贫穷销蚀矿工们的雄心与尊严，夺走男人的力量与精气神，矿工们生活每况愈下，最终选择妥协。

煤矿公司开工的时候则是另一种不堪的生活。里斯家的多数人都死于煤矿，有的长埋在深深的矿山下，有的染上黑肺病，咳得死去活来。几乎没人能活过三十岁。

里斯过去常听父亲和未老先衰的叔叔们议论过去，什么塌方啊，断裂啊，罢工啊，听他们讲好或不好的光景。其实这一切在这个小男孩听来都一样。全是不好的光景。一想到要在黑暗的地下待很多年，里斯就不由地害怕。他知道自己必须逃走。

十二岁的时候，他从家里逃出来了。他离开煤谷，去了海边，到过萨利兰尼海湾和莱弗诺克小村庄。在这些聚集了富有的旅客的地方，他可以找到活儿干，他可以搬运东西，帮助女士沿着陡峭的悬崖下到海滩上，拖运沉重的野餐篮子，在珀纳斯驾驶小马车，以及在惠特莫尔海湾的游乐园干活儿。

这里离他家只有几个小时的路程，但是这段距离在某种层面却无法跨越。这里的人们来自另外一个世界。里斯·威廉斯从来没有想到会有如此美丽的人，会有如此漂亮的服饰。在他眼里，每个女人都像女王，男人们则个个举止优雅、气宇轩昂。这里是他心心念念的世界，为了留在这里，他无论付出什么都在所不惜。

长到十四岁的时候，里斯·威廉斯便已经攒下足够去一趟伦敦的钱。他在这座巨大的城市里待了三天，也只是随处走走。他见什么都盯着看，很贪婪，想要把令人难以置信的所见、所听、所闻都收纳入心。

他的第一份工作是在一家布料店送货。店里有两个男职员，个个高人一等的样子；还有一个女职员，里斯想起她时，这个威尔士小男孩心里就不由得唱起了歌。两个男职员不把里斯当人，这样做好像理所应当：他看起来很怪异，衣着古怪，举止讨嫌，口音难懂。他们甚至说不准他的名字，称他为赖斯、赖依和赖兹。"我叫里斯。"里斯不断地纠正他们的发音。

女职员同情他。她叫格拉迪丝·辛普金斯，和另外三个女孩在杜丁租了一个小小的公寓。有一天下班后，她让这个男孩送她回家，还邀请他进去喝了一杯茶。年纪还小的里斯非常紧张，以为这次会成为他的第一次性经历。但是当他用一只胳膊环住格拉迪丝的时候，她却定定地看了他一会儿，然后就大笑起来。"我不会让你碰我一点儿的，"她说，"但是，我会给你一些建议。如果你想让自己有所成就，就要给自己买像样的衣服，接受教育，学会如何待人接物。"她仔细打量着里斯消瘦、情意绵绵的脸庞，定定地看着他深邃的蓝眼睛，然后轻声说："你长大了倒是会成为一个可人儿。"

如果你想有所成就……就在那一刻，虚构的里斯·威廉斯诞生了。真正的里斯·威廉斯是个没有受过教育的无知小男孩，他没有背景，没有教养，没有过去，没有未来。但是他有想象力，聪明，野心勃勃。这就够了。他从自己想要的样子和想要成为的人入手。照镜子的时候，他看到的不再是那个有着滑稽口音的笨拙、肮脏的小男孩；镜子里的他光鲜亮丽，温文尔雅，是成功人士。渐渐地，里斯开始照着心中的样子改变。他读夜校，周末泡在美术馆。他经常去公共图书馆，还去剧院，通常是坐在楼上的座位上，研究在正厅前排就座的那些人的精美着装。他省吃俭用，为的是可以一个月去一次好餐厅，仔细模仿其他人的餐桌礼仪。他观察着，学习着，记忆着，就像一块海绵，挤掉了过去，吸进了未来。

在短短的一年间，里斯学会了不少东西，足以让他发现他的公主格拉迪丝·辛普金斯只不过是个普普通通的伦敦女孩，已经满足不了他的品位。他离开布料店，去了一家药店。这家药店属于一个大的连锁机构。现在他差不多十六岁了，但是看起来年龄要大些，人长得壮实，个头也高了。女人们开始注意到这个威尔士男孩：皮肤黝黑，脸庞俊朗，脑子活络，乖嘴蜜舌。他在药店里很快混得风生水起。女顾客为了得到他的服务，会一直等，直到他忙完。他衣着考究，谈吐不凡。他知道自己已经远离格温特郡和卡马森郡，但是照镜子的时候，他还是不满意。他要走的路还很长。

两年之内，里斯·威廉斯成了所在店铺的经理。药店连锁机构的区域经理对里斯说："威廉斯，这只是个开端，好好工作，终有一天你会成为好几家店的主管。"

里斯差点笑出声来。经理竟然认为这是一个人雄心壮志的巅峰！里斯从未停止学习。他不断地学习管理、营销和商业技巧。他想要更多。他在镜子里的形象处于职业阶梯的顶端，但他觉得自己现在依然在最底端。向上攀爬的机会来了。有一天，一个药品销售员来到店里，目睹了里斯哄诱几位女士买她们压根儿用不着的东西的过程，于是说："你在这里是浪费时间，小伙子。你应该去一个更好的公司施展才能。"

"您有何高见？"里斯问。

"我要向老板推荐你。"

两星期之后，里斯成了一家小医药公司的销售员。公司共有五十名销售员，但是他照心里那面特殊的镜子时，里斯知道他们都不是自己的对手。他唯一的竞争对手就是他自己。现在他正一步步接近心中的形象，接近他虚构出来的那个人物。那个人聪明、有教养、见多识广、富有魅力。他做到了常人难以想到的事情。众人皆知，有些品质必须生而有之，不可能后天养成。但是，里斯做到了，他成了自己想象中的那个样子。

他到全国各地出差，售卖公司的产品，与人交谈，互相倾听。回到伦敦时，他心中装满了可行性的建议。他在工作中升迁得很快。

进入这家公司三年后，里斯成了销售总经理。在他的精心指导下，公司开始扩大规模。

四年之后，萨姆·罗夫走进了里斯的生活，他看到了里斯内心的渴望。

"你跟我很像，"萨姆·罗夫说，"我们都想拥有世界。我会让你知道怎么做到。"萨姆做到了。

萨姆·罗夫是一位高明的导师。在之后的九年里，里斯·威廉斯在萨姆的指导下成为公司的无价之宝。随着时间的推移，里斯背负的责任越来越多：重组各部门，解决世界各地的分公司的纷争，协调罗氏公司各个部门的工作，提出新理念。最终，里斯掌握的公司运营知识超过了除萨姆·罗夫外的所有人。里斯·威廉斯应该顺理成章地成为总裁职位的继任者。一天早上，里斯和萨姆·罗夫从加拉加斯返回。他们乘坐的是公司的一架用波音707-320改装的豪华喷气式飞机，这样的飞机公司有八架。里斯和委内瑞拉政府做了一单大生意，赚了大钱。萨姆·罗夫表扬了他。

"里斯，这单生意会给你带来丰厚的奖金。"

里斯很平静地说："我不想要奖金，萨姆。我更想要一些股票和董事会的一个席位。"

这单生意是里斯挣来的，他们两个都很清楚。但是萨姆说："对不起。我不能改变规则，即便是你也不行。罗氏公司不是一家上市公司。家族之外的人不能进董事会，也不能拥有股票。"

里斯当然知道这些。他参加过所有的董事会议，不过不是以董事会成员的身份。他是一个局外人。萨姆·罗夫是罗夫家族血统的最后一位男性。萨姆这一辈的其他姓罗夫的人都是女性，她们嫁的男人都进了公司董事会：沃尔瑟·加斯纳，娶了安娜·罗夫；伊沃·帕拉齐，娶了西莫内塔·罗夫；查尔斯·马特尔，娶了埃莱娜·罗夫。亚历克·尼科尔斯的妈妈是罗夫家的人。

因此里斯被迫做出一个决定。他知道自己理应进入董事会，终有一天，公司将由他来掌管，虽然当前的情况不允许，但是形势总会发生变化。他决定留下来，等待时机，因为萨姆曾教他做事要有耐心。现在，萨姆死了。

突然，办公室的灯又亮了。哈吉卜·卡菲尔站在门口。卡菲尔是罗氏公司土耳其分公司的销售经理。他身材短小，皮肤黝黑，戴着钻石，肥大的肚子像是他傲娇的装饰品。从他的衣冠不整，看得出他穿衣时有多仓促。看样子，索菲不是在夜总会找到他的。哈，好吧，里斯心里想道。萨姆·罗夫去世的一个副作用就是搅了一场好事。

"里斯！"卡菲尔大声说，"我亲爱的伙计，原谅我！我根本不知道你还在伊斯坦布尔！你不是去赶飞机了嘛！我有一些公务要——"

"坐下，哈吉卜。仔细听着。我要你用公司代码发四封电报，发给不同的国家。我希望由我们的信使亲自送达。明白了吗？"

"当然，"卡菲尔不无困惑地应声道，"完全明白。"

里斯瞟了一眼腕上薄薄的名士金手表。"新城邮局下班了。用业尼通信专线发电报吧。我想让电报在三十分钟内发出。"他递给卡菲尔一份写好的电报。"妄议此事者，即刻开除。"

卡菲尔扫了一眼电报内容，瞪大了眼睛。"我的天哪！"他脱口而出。"啊，我的天哪！"他抬头看着里斯阴沉的脸。"怎么——怎么会发生这么可怕的事情？"

"萨姆·罗夫死于意外事故。"里斯说。

现在，里斯终于可以放飞思绪，去想他一直有意避开，试图不去想的人：萨姆的女儿——伊丽莎白·罗夫。她现在二十四岁。里斯第一次见到她时，她才十五岁，戴着牙箍，极其腼腆，身体肥胖，是一个孤独的叛逆者。这些年来，里斯看着伊丽莎白长成令人惊艳的年轻女子。她有着妈妈的美丽以及父亲的才智和气质。她现在和萨姆的关系很亲近。里斯知道这个消息对她的打击会有多大。他必须亲口告诉她。

两小时之后，公司的飞机载着里斯·威廉斯飞入地中海的上空，直奔纽约。

第2章

柏林　九月七日，星期一　上午十点

　　安娜·罗夫·加斯纳明白，她不能再喊叫，否则沃尔瑟会回来杀了她。她在等待死亡，蜷缩在卧室一角，身体不受控制地发抖。她一直无法相信，始于美丽童话般的故事却止于难以言说的恐惧。她用了很长时间才真正面对现实：她嫁给了一个杀人成性的疯子。

　　遇到沃尔瑟·加斯纳之前，安娜·罗夫从来没有爱过谁，包括她的母亲、父亲，以及她自己。安娜患有眩晕症，从小身体虚弱，多病。在她的记忆中，自己一直住在医院，身边没离开过护士和从遥远的地方请来的医生。她的父亲安东·罗夫是罗氏公司的总裁，所以顶级医疗专家才会飞到柏林，来到安娜的床前。他们对她进行检查、测试，可是直到离开，所了解的也不比来时多多少。他们诊断不出她的病因。

　　安娜不能像其他孩子那样去上学。到后来，她变得与世隔绝，活在自己的世界里，心中充满幻梦，不容许他人踏入半步。她描摹着自己的生活图像，因为现实的色彩太过残酷，她无法接受。安娜十八岁的时候，眩晕症消失了，跟她得这病时一样莫名其妙。可是这种病还是毁了她的生活。到安娜现在这个年纪，女孩子们要么已经订婚了，要么已经结婚了，而她还没有被男孩子吻过。她一再对自己说这没什么。她继续过着自己梦幻般的生活，远离所有事和人，她很满足。二十五岁左右的时候，追求者蜂拥而至，由于她出生于世界上最有名望的家族，有大笔的财富可以继承，很多男人渴望得到她未来的财富。向她求婚的人不少，有瑞典伯爵、意大利诗人，还有好几个贫穷国家的王子。安娜全部拒绝了。安东·罗夫在女儿过三十岁生日的时候曾不无抱怨地说："到死恐怕都不会见到外孙。"

安娜在三十五岁生日那天去了奥地利的基茨比厄尔。在那里，她遇到了沃尔瑟·加斯纳。沃尔瑟比她年轻，是一位滑雪教练。

安娜见到沃尔瑟的第一眼就为之悸动，久久无法平静下来。那是在哈嫩卡姆，他在滑雪，正从陡峭的竞技斜坡上俯冲下来，那是安娜平生见过的最美丽的风景。为了更好地看看他，她还事先移到滑雪坡道的坡底。他像一位年轻的神，安娜觉得什么都不做，仅仅是看着他就已经很满足了。他发现她在盯着自己看。

"小姐，你不滑雪吗？"他说。

她摇摇头，没敢吭声。他微微一笑，说："那我请你吃午餐吧。"

安娜像一个女学生一样，在惊恐中仓皇而逃。从那以后，沃尔瑟·加斯纳开始追求她。安娜·罗夫不是傻子。她清楚，自己既不漂亮也不聪明，长相平平，除了出身以外，几乎给不了一个男人什么。可是安娜知道，在她平淡无奇的外表下，藏着一颗美丽而敏感的心，里面盛满了爱、诗意与音乐。

或许是因为安娜觉得自己不够漂亮，所以她对美有一种深深的崇敬之情。她常常去大型博物馆，盯着绘画和雕塑看，一看就是好几个小时。看到沃尔瑟·加斯纳的那一刻，安娜似乎看到了艺术作品中众神的化身。

安娜当时正在纳霍夫堡酒店的露天平台上吃早餐，沃尔瑟·加斯纳来找她了。他看起来确实像一个年轻的神。他身材匀称，脸型端正，棱角分明。五官精致，人很机敏，强壮有力。他的脸晒得黝黑，牙齿洁白、整齐，有一头金发和一双蓝灰色的眼睛。安娜还看见了他的滑雪装下鼓动着的肱二头肌和大腿肌肉。她不由得身体发热、乱颤。她把手埋在腿间，不让他看到手上的角化型癣痕。

"我昨天下午去滑雪坡找过你。"沃尔瑟说。安娜却一时说不出话来。"如果你不会滑雪，我可以教你。"他微笑着加了一句，"不收费。"

第一次上课，他带她去了适合初学者的豪斯贝格滑雪坡。很快，两人都发现安娜没有滑雪天赋。她不断地跟跄，摔倒。但是她一次又一次地坚持滑，因为她怕滑不好会被沃尔瑟嫌弃。出乎意料的是，他在她第十次摔倒的时候依然将她扶起来，轻声说："你应该做比这更美好的事情。"

"什么事？"安娜问道，心里的感觉却很不好。

"今晚吃饭时我告诉你。"

他们那天晚上一起吃了饭，第二天早上一起吃了早餐，然后又一起吃了午餐和晚餐。为了和安娜去德高登瑞夫度假村，沃尔瑟对跟他学滑雪的学员不管不顾，经常不给他们上课。他带她去度假村的赌场，坐雪橇，买东西，远足，在旅馆的露台上坐着说话，一坐就是好几个小时。对安娜来说，这是置身仙境的美好时光。

相遇五天之后，沃尔瑟把她的手放在自己的手心说："安娜，心肝宝贝，我想娶你。"

他毁掉了美好时光。他把她拽出了美妙的仙境，拉回到残酷的现实，让她清楚自己是谁，处于什么境况——三十五岁，相貌平常的处女，攀龙附凤者的追逐目标。

她想走。沃尔瑟拦住了她："我们彼此相爱，安娜，你逃不掉的。"

她听着他撒谎。他说："我以前从来没有爱过谁。"她急于相信他说的话，这倒也方便了他撒谎。她把他带回自己的房间，两人坐着，说着话。安娜听沃尔瑟讲他从小到大的经历。她突然间开始相信，还不无感慨地想，这何尝不是我自己的人生啊！

和她一样，沃尔瑟从来没有爱过谁。他是私生子，生下来就备受冷落，而安娜则是因为疾病而与世人疏离。和她一样，沃尔瑟心中对爱充满渴望。他在孤儿院长大。十三岁时，异常帅气的相貌让他格外引人关注，孤儿院的女人们开始利用他，夜里把他带回住处，让他和她们上床，教他怎么让她们快活。作为奖励，她们额外给这个小男孩吃的：几片肉或用真正的糖做的甜点。他得到了一切，却唯独没有爱。

等沃尔瑟长大到能从孤儿院逃出去以后，他却发现外面的世界和孤儿院并没有区别。女人们想要的只是他好看的容貌，把他当成一个徽章，他们的交往仅止于此，没有更深的发展。她们给他钱、衣服、珠宝，但从来不会把她们完全给他。

安娜意识到，沃尔瑟是她的灵魂伴侣，她的另一个自己。他们在小镇的教堂举行了简单的婚礼。

安娜以为父亲会喜出望外，没想到他大发雷霆。"你是个傻瓜，虚荣的傻子，"安东·罗夫冲着她咆哮，"你嫁的是一个一无是处、纯粹为了钱的人。我已经调查过他了。他一直靠女人生活，只是没有碰到傻到会嫁给他的人而已。"

"够了！"安娜喊叫道，"你根本就不懂他。"

但是安东·罗夫清楚，他对沃尔瑟再了解不过了。他让这位新女婿去他的办公室。

沃尔瑟满意地环顾着四壁悬挂的深色镶板和古旧的绘画，说："我喜欢这个地方。"

"是的。我敢说，这里比孤儿院好多了。"

沃尔瑟的眼神陡然警惕起来，目光犀利地抬头看着他："你说什么？"

安东说："我们闲话少说。你犯了一个错误。我女儿没钱。"

沃尔瑟灰色的眼睛开始变得冰冷："你要对我说什么？"

"我不是要对你说什么，我只是在警告你。你不会从安娜那里拿走任何东西，因为她压根儿就什么都没有。如果功课做得再仔细些，你就会知道罗氏公司是家族企业。也就是说，股票一股都不能卖。我们生活得很舒服，但也仅此而已。安娜这里没有油水可捞。"安东在口袋里摸索了一阵，拽出一个信封，扔在沃尔瑟面前的桌子上。"对于给你造成的不便，这是补偿。我希望你六点前离开柏林。我不希望安娜再收到你的消息。"

沃尔瑟平静地说："也许我娶安娜是因为我爱上了她，这一点你想过吗？"

"没想过，"安东不无挖苦地反问，"你想过吗？"

沃尔瑟定定地看了安东一会儿。"来看看我的市场价是多少。"沃尔瑟撕开信封，数了数钱，然后再次抬头盯着安东·罗夫。"两万马克①。不过，我

---

① 原德国货币单位。——编者注

对自己的估价要比这高得多。"

"你能得到的就是这些。你应该感到幸运。"

"我确实觉得幸运,"沃尔瑟说,"如果你想要真相,那么我告诉你我很幸运。谢谢你。"他随意地把钱往口袋里一放,很快就出了房门。

安东·罗夫舒了一口气。他为自己所做的事情感到些许内疚和反感,但是他清楚这是唯一的解决办法。被新郎抛弃,安娜会不高兴,但总比以后被抛弃要好。他会确保让她见见合适的男人,年龄要和她相仿,就算不爱她,至少也要尊重她;是对她而不是对她的钱或出身感兴趣的那种人;是两万马克买不到的那种人。

安东·罗夫到家的时候,安娜跑上来迎接他,眼睛泪汪汪的。他伸开胳膊迎住她,把她紧紧抱住,安慰道:"安娜,心肝宝贝,一切都会好起来的。你会忘了他——"

安东·罗夫望向安娜身后,沃尔瑟·加斯纳正站在门口。安娜竖起一根手指说:"看看沃尔瑟给我买了什么!这难道不是你见过的最漂亮的戒指吗?花了两万马克。"

最终,安娜的父母被迫接受沃尔瑟·加斯纳。作为结婚礼物,他们给这对新婚夫妇在万湖地区买了一栋漂亮的由申克尔设计的庄园宅邸,里面装饰着法式家具,有各式古玩,有舒服的沙发和安乐椅。书房有一张伦琴书桌,沿墙壁排列着一个个书柜。楼上装饰高雅,都是十八世纪丹麦和瑞典的艺术作品。

"太多了,"沃尔瑟对安娜说,"我不想要他们或你的任何东西。我想给你买漂亮的东西,心肝宝贝。"他露出了他那大男孩般的笑容,"可是我没有钱。"

"你当然有啦,"安娜对他说,"我的就是你的。"

沃尔瑟冲他甜甜一笑,说:"是吗?"

在安娜的坚持下——因为沃尔瑟似乎不愿意谈钱——她把自己的财务状况都告诉了他。她有一份信托基金,足以让她活得很舒服,不过她财产的大头是罗氏公司的股票。但非经董事会同意,股票不能售出。

"你的股票值多少钱?"沃尔瑟问。

安娜告诉了他。沃尔瑟简直不敢相信。他又让她把钱数说了一遍。

"你不能出售股票？"

"不能。我的堂兄弟萨姆不让卖。他持有公司控股股票。有朝一日……"

沃尔瑟表明想进家族企业的意向。安东·罗夫不同意，他反问："一个滑雪的混混能给罗氏公司贡献什么？"

但是最终安东向女儿妥协，沃尔瑟进了公司管理层。沃尔瑟在这方面很优秀，进步很快。两年后，安娜的父亲去世了，沃尔瑟·加斯纳进入了董事会。安娜很为他感到自豪。他是一位完美的丈夫和爱人。他老是给她买花和小礼物，晚上似乎很愿意跟她待在家里，享受只有他们两个人的时光。安娜简直是太幸福了。她常常会默默祈祷，啊，谢谢，亲爱的上帝。

为了给沃尔瑟做他爱吃的菜，安娜还学会了做饭。她做酸菜煲，以一层脆爽的酸菜打底，加上奶油土豆泥，再加上熏猪肉块、法兰克福香肠和纽伦堡腊肠。她用啤酒炖无骨猪肉，并撒上小茴香调味，再配上一个很大的烤苹果，苹果去核去皮，中间填上小小的红莓等红色浆果。

"你做的饭是世界上最好吃的，心肝宝贝。"沃尔瑟夸赞道。安娜自豪得红了脸。

在他们结婚的第三年，安娜怀孕了。

在怀孕的头八个月里，安娜有很多不适，但她都愉快地挺过来了。让她担心的是别的事。

这种担心的情况起始于一天午饭后。她一边给沃尔瑟织毛衣，一边沉浸在幻想中。突然，她听见沃尔瑟的说话声："我的天，安娜，你坐在黑暗中干什么？"

下午已经变成傍晚，她低头看看膝上的毛衣，却发现自己压根儿没有织一针。白天去哪里了？她的思绪去了哪里？在那之后，安娜还有过其他相似的经历，于是不由得想：这种无知无觉的无意识状态是不是一种征兆，预示着自己将要死去？她认为自己并不怕死，但是一想到要离开沃尔瑟，她又无法接受。

在预产期的四星期前，安娜再次进入白日梦游状态，她脚下一滑，摔倒了，从楼梯顶部滚落了下来。

她醒来时已在医院里。

沃尔瑟坐在床边，握着她的一只手，说："你把我吓坏了。"

她一阵恐慌，突然意识到什么。是孩子！她摸不到孩子。她往下摸，腹部平平的。"我的孩子呢？"

沃尔瑟把她紧紧拥在怀里，抱着她。

医生说："沃尔瑟夫人，你生了一对双胞胎。"

安娜扭头看着沃尔瑟，他双眼含泪："一个男孩和女孩，心肝宝贝。"

在那一刻，她幸福得差点背过气去。她突然间生出了一种不可遏制的渴望：把孩子们抱在怀里。她要看看他们，摸摸他们，抱抱他们。

"等你身体硬朗些再说，"医生说，"现在还不行。"

他们安慰安娜，她在一天天好起来。她却越来越害怕。她想不明白看到的事情。沃尔瑟来了，握着她的手，然后说再见。她惊讶地望着他，"可是你刚到这儿……"然后她看看钟表，已经过去三四个小时。

她不明白时间都去哪儿了。

她模模糊糊地记得他们夜里把孩子抱给她，但她当时在睡着。她记不太清楚，而且不敢问。这都不重要。等沃尔瑟带她回家她就可以独自和孩子们待在一起了。

这美好的一天终于到来。安娜坐着轮椅出院了，尽管她坚持说自己足够硬朗，可以走路。事实上她很虚弱，但是她心中激动，因为马上要见到孩子了，除此之外，一切都不重要。沃尔瑟把她带回家，然后带她到楼上他们的卧室。

"不，不！"她不愿意，"带我去婴儿室。"

"亲爱的，你现在必须休息。你还不够硬朗，还不能——"

她不想理会，不等他把话说完，就从他怀里挣脱出来，跑进婴儿室。

婴儿室的百叶窗是拉上的，屋子里很暗，安娜过了一会儿眼睛才适应。她很激动，激动得头发晕。她害怕自己会昏过去。

沃尔瑟跟着她走进来。他跟她说着什么，试图解释什么，可是他说什么对她来说压根儿不重要。

因为孩子们就在眼前。他们两个都在婴儿床里睡着。安娜朝他们走过去，脚步很轻，怕吵醒他们。她站在他们跟前，低头看着他们。他们是她见过的最漂亮的孩子。即便是现在这么小，她都能看出来，男孩长大后会有沃尔瑟那漂亮的五官和浓密的金发。女孩像个精致的娃娃，长着金色的软发和精巧的小脸。

安娜回头看着沃尔瑟，声音哽咽地说："他们很漂亮。我——我非常高兴。"

"过来，安娜。"沃尔瑟轻声说。他伸开胳膊环住安娜，把她紧紧抱住。他很饥渴，而且她也开始感觉到体内热浪涌动。他们已经好长时间没有在一起亲热了。沃尔瑟说得对，孩子们将来有的是时间。

她给男孩取名彼得，女孩取名比吉塔。他们很漂亮，是她和沃尔瑟创造的精品。安娜会一个小时又一个小时地待在婴儿室，和孩子们玩，跟他们说话。他们现在还听不懂她的话，但是她知道他们可以感知到她的爱。有时正和孩子们玩着，安娜一回头会看见沃尔瑟站在门口，已经下班回来。到这时候她才意识到一整天已经过去。

"过来和我们一起玩，"她会说，"我们在玩游戏。"

"你做晚饭了吗？"沃尔瑟问。这时候她才突然愧疚起来。她下决心要在沃尔瑟身上多放些心思，在孩子们身上少放些，但是第二天同样的事情依然会发生。双胞胎就像磁铁，把她吸引过去，让她身不由己。安娜依然很爱沃尔瑟，她对自己说孩子们是他的一部分，并借此来冲淡内心的愧疚。每天晚上，等沃尔瑟一睡着，安娜都会溜下床，悄悄去婴儿室，坐在那儿盯着孩子们看，一直到晨光开始透进房间，她才想到要趁着沃尔瑟还没醒赶紧回到床上。

有一天半夜，沃尔瑟走近婴儿室，把安娜抓个正着。"上帝在上，你说你这是干什么？"他问。

"没什么，亲爱的。我只是——"

"回床上去！"

他以前从没有这样跟她说话。

吃早饭的时候，沃尔瑟说："我觉得我们可以度个假。离开孩子一段时间对我们有好处。"

"可是，沃尔瑟，孩子们还小，不能出去。"安娜说。

"我说的是我们两个。"

她摇摇头："我不能丢下他们。"

他抓住她的一只手说："我想让你忘了孩子们。"

"忘了孩子们？"她的声音中不无震惊。

他定定地看着她的眼睛，说："安娜，还记得你怀孕前我们两人在一起有多么美好吗？还记得我们曾经有过的快乐时光吗？只有我们俩，没有别人在跟前，那时光是多么快乐，还记得吗？"

就在那一刻，安娜明白了：沃尔瑟嫉妒孩子们。

一个星期又一个星期，一个月又一个月，时光飞逝。沃尔瑟现在绝不靠近孩子们。孩子们生日那天，安娜给他们买了漂亮的礼物。沃尔瑟总是设法出差。安娜不能继续欺骗自己。真相是沃尔瑟对孩子们压根儿就不感兴趣。安娜觉得这都怪自己，因为她对孩子们太过上心。用沃尔瑟的话说就是"鬼迷心窍"。他曾为此让她去看医生。她确实去了，但仅仅是为了让沃尔瑟高兴。那个医生很愚蠢。他一张嘴，安娜就把他关在了心门外，任由思绪飘飞，直到她听见这位医生说："加斯纳夫人，时间到了。下星期我们还约吗？"

"当然要约。"

她从来没有再去过。

安娜觉得问题既出在沃尔瑟身上，也出在她身上。如果说她的错在于爱孩子们太多的话，那么他的错则在于爱孩子们不够。

安娜逐渐不在沃尔瑟面前提孩子们，但是她巴不得他赶紧去上班，她好去婴儿室和孩子们在一起，直到他们长大成人。他们已经过了三岁生日，安娜能看出他们长大后的样子。彼得个子比同龄人高，身体强壮，像父亲，有运动员体格。安娜常常把他抱到膝盖上，低声哼唱："嘿，彼得，你打算怎么对这些可怜的小姐？对她们好点，我亲爱的儿子。她们不会有机会了。"

彼得会害羞地笑笑，然后抱抱她。

然后安娜转向比吉塔。比吉塔长得一天比一天漂亮。她长得既不像安娜也不像沃尔瑟。她长着一头金色的发丝，皮肤娇嫩得如同瓷娃娃。彼得有着父亲的暴躁脾气，有时候需要安娜轻轻拍拍才能平静下来。可是比吉塔却有着天使般的性情。沃尔瑟不在家的时候，安娜会给他们放录音、读书。他们最喜欢的是《一百零一个童话》。他们会坚持让安娜读食人魔、小妖怪和女巫的故事，一遍又一遍地读。夜里，安娜把他们放到床上，给他们唱摇篮曲：

　　睡吧，我的宝贝，睡吧，让爸爸来照顾你的羊群……

　　安娜曾经祈盼时间能让沃尔瑟的态度有所缓和，有所改变。他确实变了，却变得更糟。他恨孩子们。一开始安娜告诉自己这是因为沃尔瑟想一个人占有她的爱，不愿与人分享。但慢慢地，她意识到这与爱她没一点关系，倒是源于恨她。她父亲说得对，沃尔瑟娶她就是为了她的钱。孩子们对他是一种威胁。他想除掉他们。他越来越频繁地和安娜说要卖掉股票。"萨姆无权阻止我们！我们可以带上所有的钱去个什么地方。只有我们两个人。"

　　她盯着他："孩子们怎么办？"

　　他眼神变得狂热："不，听我说。为了我们两个好，我们要除掉他们。我们必须这么做。"

　　在那一刻，安娜开始意识到他疯了。她很害怕。沃尔瑟已经解雇了所有的帮佣，只留下一个一星期来一次的清洁女工。家里只有安娜和孩子们，完全处于他的掌控之中。他需要帮助。没准儿现在还不晚，还能把他治好。在十五世纪，人们把疯子弄到一起，把他们永远地关押在水上住宅——愚人船上。但是今天有现代医疗技术，她觉得这肯定能帮到沃尔瑟。

　　现在，在九月的这一天，安娜蜷缩在卧室的地板上，等着沃尔瑟回来。是沃尔瑟把她锁在这里的。她知道该怎么做。为了他，也为了她和孩子们，安娜摇摇晃晃地站起来，走到电话前。她犹豫片刻，然后拿起电话，开始拨打报警电话110。

　　她的耳边传来一个陌生的声音："喂，你好，这里是警察局。需要帮忙吗？"

　　"是的，女士！"她哽咽着说，"我要——"

　　突然一只手伸过来，夺走了她手里的电话，猛地摔到座机上。

　　安娜不由得开始后退。"不，求你了，"她呜咽着说，"不要伤害我。"

沃尔瑟慢慢逼近，眼睛闪出明亮的光，说话的声音却很小，她费了点劲才听清楚他说的话。"心肝宝贝，我不会伤害你。我爱你。难道你不知道吗？"他摸着她，她觉得浑身起鸡皮疙瘩。"只是我们不想让警察过来，对吧？"她来回摇着头，吓得不敢吭声。"安娜，惹麻烦的是孩子们。我们要除掉他们。我——"

楼下前门门铃在响。沃尔瑟定住，犹豫了一下。铃声又响。

"别动，"他命令道，"我马上回来。"

安娜吓呆了，眼瞅着他走出卧室，随手关上房门。她听见了他锁门时钥匙转动的咔嗒声。

"我马上回来。"他说。

沃尔瑟·加斯纳匆匆下楼，走到前门，打开门。一个穿灰色制服的送信人站在门口，手里拿着一个密封的马尼拉纸信封。

"我有一封信，是专门给沃尔瑟·加斯纳先生和他的夫人的。"

"我就是，"沃尔瑟说，"给我吧。"

他关上门，端详着手里的信封，然后慢慢把信封打开，读着里面的消息。

非常遗憾地通知您，萨姆·罗夫在爬山时意外去世。公司将于星期五中午在苏黎世召开董事会紧急会议，请您务必参加。

署名是"里斯·威廉斯"。

第3章

罗马 星期一，九月七日 早上六点

　　伊沃·帕拉齐站在卧室中央，鲜血顺着脸直往下淌。"我的妈呀！你把我毁了！"

　　"我还没有开始毁你呢，你这个令人讨厌的烂人！"多纳泰拉冲着他大喊大叫。

　　在蒙特米尼亚约街公寓偌大的卧室里，两人赤身相对。多纳泰拉有着伊沃·帕拉齐见过的最性感、最让人心神荡漾的身材。就算现在被多纳泰拉狠狠地抓伤，鲜血顺着脸往下直流，他的身体也还涌动着熟悉的欲望。天哪，她真漂亮。她周身洋溢着一种无辜的颓废感，让他如痴如狂。她长着一张豹子样的脸，颧骨高高的，眼睛向上吊着，嘴唇性感丰满——那可是啃过他、吮吸过他的嘴唇——但是他现在不能想这个。他从一把椅子上拿起一件白色的东西，想止住血，发现是自己的白衬衫时为时已晚。多纳泰拉站在巨大的双人床中央，冲着他喊叫着："我希望你流血死掉！你这个肮脏的嫖客，等我收拾完你，你剩下的血都不够小猫舔！"

　　伊沃·帕拉齐曾无数次地纳闷，自己怎么就陷进了如此难堪的境地。他一直认为自己是最幸福的人，而且引以为豪。他所有的朋友也都这么认为。他的朋友们？不，是所有人！因为伊沃没有敌人。单身的时候，他很乐观，在世上根本没有烦恼，是意大利半数男人都嫉妒的唐·乔万尼①。他的人生信条用一句话概括就是，"用女人奖励自己"。这让伊沃很忙。他是一个真正浪漫的人。他不断坠入爱河，每一次都会用新欢忘记旧爱。伊沃喜欢女人，在他眼里，无论是阿庇亚大街上沿街做着古老交易的妓女，还是康多提大道上走着猫步的时尚模特，她们个个都很漂亮。他唯一不喜欢的是美国女孩，她们太过独立，不符合他的胃口。另外，美国把朱塞佩·威尔第翻译成毫无浪漫情调的乔·格林，对于这样一个国家，他还能期望什么呢？

伊沃一直都能做到同时与好几个女孩子相处，把她们分置于恋爱的不同阶段，总共分为五个阶段。第一个阶段是他刚刚认识的女孩子。她们每天都会收到电话、花，以及薄薄的艳情诗小册子。对第二阶段的女孩子，他会送古驰的围巾和装满佩鲁贾巧克力的瓷盒。第三阶段的女孩子会收到珠宝、衣服，还会被他带到提拉米苏或芙拉维亚吃晚餐。第四阶段的女孩子则会和伊沃共度良宵，享受他作为情人所向披靡的技巧。伊沃和她们约会就是在演戏。他位于玛古塔街的小公寓装饰得漂漂亮亮，摆满康乃馨和罂粟花，会播放歌剧或古典乐或摇滚乐，这要看被选中的女孩的喜好。伊沃是做饭高手，他的拿手好菜中有一道再适合此情此景不过，菜名叫"猎人之鸡"。吃完晚餐，一瓶加冰的香槟要在床上畅饮……哈，是的，伊沃喜欢第四阶段。

不过，第五阶段或许最需要技巧，有令人心碎的惜别告白，有大方的分手礼物，还有眼含热泪的再见。

但所有这些都已成为过去。此时，伊沃·帕拉齐飞快地瞄了一眼床上方的镜子，看见自己被抓伤的脸正在流血，一时被吓坏了。他的脸就像是被失控的打谷机伤到了。

"看看你把我弄成什么样了？"他大声喊道，然后说，"亲爱的，我知道你不是有意的。"

他绕到床另一边，把多纳泰拉抱在怀里。她软软的胳膊飞快地环住他，趁

---

① 莫扎特的歌剧《唐·乔万尼》中的男主角，又译作唐璜，是中世纪西班牙的一个专爱寻花问柳的胆大妄为的典型人物，他用自己的魅力欺骗了很多女人。——译者注

他抱着自己的当口，把她长长的指甲抵上他裸露的后背，像个野兽一样开始抓挠。伊沃疼得喊叫起来。

"叫吧！"多纳泰拉大声说，"要是有刀，我会把你那玩意剁下来塞到你可恶的喉咙里！"

"求你！"伊沃哀求着，"孩子们会听见的。"

"随他们听去！"她尖叫着，"他们该知道自己的父亲是个什么玩意了。"

他朝她走近一步，说："亲爱的——"

"别碰我！就算把身体给大街上随便哪个喝醉了酒、感染梅毒的海员，我也不会再让你靠近我。"

伊沃挺起身来，他的自尊心受到了伤害。"我可不喜欢我孩子的母亲这么对我说话。"

"你想让我对你说好听的？你想让我不把你当害人虫？"多纳泰拉提高嗓门，又喊叫起来，"那就把我想要的给我！"

伊沃紧张地看了看门口。"亲爱的——我给不了。我没有钱。"

"那就去给我找！"她喊叫着，"你答应过！"

她又开始歇斯底里。伊沃觉得，当前的明智之举是在邻居叫警察之前赶快溜走。

"弄到一百万美元需要时间，"他安抚着她，"但是，我会——我会想到办法的。"

他匆匆穿上内裤、裤子、袜子和鞋子，其间多纳泰拉还在屋子里气冲冲地来回走动着，蔚为壮观、结实的乳房晃动不止。伊沃不由得心想，我的天哪，多好的女人啊！我好喜欢！他伸手把沾了血的衬衣拿过来，已经没办法把血从衬衫上弄掉。他把衬衣穿上，觉得前胸和后背发凉、黏糊糊的。他最后看了一眼镜子。脸上被多纳泰拉的手指抓过的地方留下了深深的口子，还在往外渗血珠。

"亲爱的，"伊沃呻吟着，"我该怎么向我妻子解释？"

伊沃·帕拉齐的妻子叫西莫内塔·罗夫，是罗夫家族在意大利分公司的继承人。年轻的伊沃遇到西莫内塔时是一位建筑师。当时罗夫家位于埃尔科莱港的别墅有些许改动，公司派他去监管。从西莫内塔的眼神落到伊沃身上那一刻起，他单身的日子就屈指可数了。伊沃在第一个晚上就和她进入第四阶段，不久就娶了她。西莫内塔做事果断，长相漂亮，非常清楚自己要什么：她想要伊沃·帕拉齐。就这样，伊沃发现自己从一个无忧无虑的单身汉变成了漂亮、年轻女继承人的丈夫。他毫无遗憾地放弃建筑上的志向，进入罗氏公司，在罗马的EUR区①拥有一个富丽堂皇的办公室。EUR区是已故的、命运多舛的领袖最初给予厚望的地方。

从一开始，伊沃经营公司就获得了成功。他聪明、学东西快，因此所有人都喜欢他。不喜欢他是不可能的。他总是面带微笑，魅力四射。他的朋友们都羡慕他性格好，都好奇他是怎么做到的。答案很简单。伊沃把他天性中的阴暗面藏了起来。实际上，他骨子里是一个容易冲动的人，会突然生出巨大的仇恨，甚至能杀人。

伊沃与西莫内塔的婚姻很成功。起初，他害怕婚姻会成为一种束缚，扼杀他作为男人的小九九，结果这种担心纯属杞人忧天。他只是减少了女朋友的数量，略微收敛了放浪的生活，其他一切如故。

西莫内塔的父亲给他们买了一栋漂亮的房子，位于罗马北部的奥杰塔，是一幢很大的私家庄园，大门紧闭，有统一着装的门卫把守。

西莫内塔是个很不错的妻子。她爱伊沃，把他当国王对待，伊沃对此倒是觉得理所当然。西莫内塔只有一个小毛病：一旦醋意大发，就会变得不可理喻。有一次她怀疑伊沃和一个女顾客去了巴西。他面对指责理直气壮，还很生气。结果架没吵完，他们整个家就已经一片狼藉，没有一个盘子或家具完好无损，而且多数都碎在伊沃的头上。西莫内塔拿着一把切肉刀追他，威胁要杀了他，然后自杀。伊沃费了吃奶的劲才把刀从她手里夺走。两人后来在地上滚作一团，伊沃最终撕下她的衣服，才平息了她的愤怒。但是在这件事之后，伊沃变得非常谨慎。他告诉那位女顾客他不会再和她一起出去。他变得很小心，绝不会让丝毫的怀疑落到自己身上。他清楚自己是世上最幸运的男人。西莫内塔

---

① 罗马的一个区。一九三五年，墨索里尼为准备一九四二年罗马世博会而决定在罗马近郊建设该新市区。——译者注

年轻、漂亮、聪明，而且有钱。他们喜欢同样的东西和同样的人。两人的婚姻很完美。在把一个女孩从第二阶段变成第三阶段，把另一个从第四阶段变成第五阶段的时候，伊沃有时会扪心自问，为什么不忠诚呢？最后，他总是达观地耸耸肩，对自己说总得有人让这些女人快乐吧。

　　和西莫内塔结婚的第三年，伊沃结识了多纳泰拉·斯波利尼。当时他去西西里岛出差。与其说那是一次遇见，不如说是一次爆炸：两个行星双向奔赴，发生碰撞。西莫内塔的身材苗条、纯美，属于曼祖雕刻刀下的年轻女子形象。多纳泰拉性感、成熟，属于鲁本斯画中人物的风格。多纳泰拉的脸很精致，绿色的眼睛含情脉脉，让伊沃欲罢不能。他们见面一小时后上了床。伊沃一直以自己非凡的床上功夫自豪，结果发现自己竟成了小学生，而多纳泰拉成了老师。她让他一次次达到从未达到过的巅峰，她的身体给予他的都是他从未奢望过的。她如同一个宝藏，给他带来无穷无尽的快活。当伊沃躺在床上，闭着眼睛，尽情享受着难以言表的快感时，他心里很清楚，只有傻子才会放弃多纳泰拉。

　　就这样，多纳泰拉成了伊沃的情人。她提出的唯一条件是除了妻子之外，他必须与其他女人断绝关系。伊沃很愉快地答应了。这已经是八年前的事了。在这八年里，伊沃从来没有对妻子或情人不忠过。满足两个如饥似渴的女人足以让一个普通男人精疲力竭，但是伊沃却恰恰相反。他与西莫内塔缠绵时会想起多纳泰拉丰满、成熟的身体，于是浑身都是劲。他和多纳泰拉缠绵时会想起西莫内塔纯美而青涩的乳房、小小的屁股，于是他在床上变得疯狂了起来。无论他和两个人中的哪一位在一起，他都觉得是对另一位的不忠。这极大地增加了他的快感。

　　伊沃给多纳泰拉在蒙特米尼亚约街买了一栋漂亮的公寓，只要有可能他都会和她在一起。他会设法突然抽身去出差，但他其实根本没有走，而是和多纳泰拉在床上。上班的路上他会去看她，午休时会和她在一起。曾经有一次，和西莫内塔乘坐伊丽莎白女王2号邮轮去纽约时，伊沃把多纳泰拉安置在了下面一层的船舱里。这是他人生中最为刺激的五天。

在西莫内塔向伊沃正式宣告自己怀孕的那天晚上，伊沃心中洋溢着难以名状的快乐。一星期之后，多纳泰拉告诉伊沃她也怀孕了，伊沃简直喜不自胜。他扪心自问，为什么神如此眷顾我？他倒也不膨胀，这么多好事降临在他头上，他有时觉得自己配不上。

瓜熟蒂落，西莫内塔生了个女孩，一星期之后多纳泰拉生了个男孩。一个男的还能要什么?! 但是神对伊沃的眷顾并未就此打住。不久之后，多纳泰拉告诉伊沃她又怀孕了。一星期后，西莫内塔也怀上了。九个月后，多纳泰拉又给伊沃生了个儿子，西莫内塔又给丈夫生了个女儿。四个月之后，两个女人再次怀孕，这一次她们的生产日是在同一天。伊沃把西莫内塔安置在救世主梦迪医院，把多纳泰拉送到圣基亚拉诊所，他在两个地方之间穿梭、忙活。他在两个医院之间奔忙，驱车行驶在环路上时，还不忘冲路两边的女子招手。这些女子坐在粉色的伞下招揽着顾客，身后的小帐篷沿路排列。伊沃开得太快看不清她们的脸，但是他爱她们所有人，而且希望她们都能好好的。

多纳泰拉又生了一个男孩，西莫内塔又生了一个女孩。

有时候伊沃会想，情况要是颠倒过来就好了。妻子给他生的都是女孩子，情人给他生的都是儿子，这具有讽刺意味，因为他想要男孩来继承自己的家业。不过，他是个容易满足的人。外室给他生了三个孩子，家室也给他生了三个孩子。他喜欢他们，对他们都很好。他记得他们的生日、他们的命名日以及他们的名字。女孩子们叫伊莎贝拉、贝妮代塔和卡米拉。男孩子们叫弗朗西斯科、卡洛和卢卡。

随着孩子们越来越大，对伊沃来说生活也变得更加复杂起来。妻子、情人和六个孩子都算上，伊沃要应付八个生日，八个命名日，每个节日都要双倍过。他要确保孩子们的学校离得远远的。女孩子们上的是圣多米尼克学校，位于卡西亚街，是一家法国修道院学校。男孩子们上的是位于EUR区的耶稣会学校。伊沃见过孩子们所有的老师，而且把她们全部迷倒。他帮助孩子们写作业、陪他们玩，给他们修玩坏的玩具。应付两个家庭，把两个家庭分隔开耗尽了伊沃所有的聪明才智，但是他做到了。作为父亲、丈夫和情人，他堪称典范。圣诞节他和西莫内塔、伊莎贝拉、贝妮代塔和卡米拉在一起。在巫婆节，即一月六日，伊沃会装扮成巫婆贝法娜，给弗朗西斯科、卡洛和卢卡分发礼物和他们最喜欢的黑冰糖串卡博尼。

伊沃的妻子与情人都很漂亮，孩子们也都聪明、貌美，他为他们所有人感到骄傲。生活真美好。

接下来，神开始和伊沃·帕拉齐翻脸了。

就像多数大灾难一样，这个灾难来得毫无预兆。

伊沃那天早饭前和西莫内塔缠绵一番，然后直接去了办公室，工作了一上午，收益颇丰。下午一点的时候他告诉秘书——男的，是西莫内塔坚持要求的——他下午要出席一个会议。

一想到等着自己的快活，伊沃就不禁喜上眉梢。他上了台伯河沿岸的街道，绕过一处工地。这是跨桥通往科索弗朗西亚的地铁工地，已经建了七年。三十分钟后，伊沃把车开进了蒙特米尼亚约街的车库里。打开公寓门的那一刻，伊沃意识到出了大事。弗朗西斯科、卡洛和卢卡正围着多纳泰拉呜呜地哭。伊沃朝多纳泰拉走去。她看着他，脸上满是仇恨。一时间伊沃还以为自己走错了公寓。

"你这个混蛋！"她冲他喊叫。

伊沃四下看看，一头雾水。"亲爱的——孩子们——出了什么事？我做什么了？"

多纳泰拉站起身。"这就是你干的好事！"她把一份《今日》杂志摔在他面前，"看看吧！"

百思不得其解的伊沃弯腰捡起杂志。封面上是他和西莫内塔以及三个女儿抬眼凝神的照片。图片配文是"居家好男人"。

天哪！他怎么把这个全忘掉了。好几个月前，这家杂志提出要给他做一个专访，他竟然愚蠢地答应了。但是伊沃从没有想过这件事会这么招摇。他看着哭泣的情人与孩子们，说："这个我可以解释……"

"他们的同学已经解释过，"多纳泰拉尖叫着，"我的孩子们哭着回的家，因为学校的所有人都叫他们私生子！"

"亲爱的，我——"

"房东和邻居对待我们就像对待麻风病人，我们再也抬不起头。我要带孩子们离开这里。"

伊沃吓坏了，定定地看着她："你在说什么？"

"我要离开罗马，我要带走我的儿子们。"

"他们也是我的儿子，"他喊叫道，"你不能这么做。"

"胆敢阻拦，我就杀了你！"

这简直是一场噩梦。伊沃站在那里，看着三个儿子和歇斯底里的情人，心里想不明白：这种事怎么会发生在我身上？

但是多纳泰拉还没说完。"在我们走之前，"她郑重其事地说，"我要拿到一百万美元，现金。"

这简直太滑稽了，伊沃不由得大笑起来，说："一百万——"

"要不，我就给你妻子打电话。"

这是六个月前发生的事情。多纳泰拉只是威胁，到现在还没有做什么——还没有做而已——但是伊沃知道她会的。一星期又一星期过去了，她施加的压力越来越大。她会在他办公的时候打电话，说："我不在乎你怎么做。拿钱来！"

伊沃要拿到这么大一笔钱只有一种方法——卖掉罗氏公司的股票。阻止卖股票的是萨姆·罗夫，那个将破坏他的婚姻和未来的萨姆。因此，他必须阻止萨姆阻碍他。如果一个人知道问题出在谁身上，他什么事都做得出来。

最让伊沃感觉受伤的是多纳泰拉——他最喜爱的、浪漫的情妇——不让他碰。她允许伊沃每天看孩子，但是不准他进卧室。

"把钱给我之后，我才会让你跟我上床。"多纳泰拉定下要求。

伊沃很绝望，一天下午给多纳泰拉打电话说："我这就过来，钱已经安排好了。"

他要先跟她缠绵一番，然后再施以劝慰。结果情况并不如他所愿。他确实设法脱掉了她的衣服，但是当两人都赤身裸体的时候，他跟她说了实话。"我还没有弄到钱，亲爱的，但是将来有一天，很快——"

就是在这个时候，她开始像头野兽似的袭击他。

伊沃脑子里就是这些事情，此刻他正驱车离开多纳泰拉的公寓。他往北拐，上了拥挤的卡西亚街，朝位于奥杰塔的家驶去。他朝后视镜里看了看脸，血流得不多，不过被抓伤的地方肿着，皮肤红红的。他低头看了看衬衫，沾的都是血。他该怎么向西莫内塔解释脸上和背上的抓伤呢？冲动之下，他确实想过把实情告诉她，不过这只是一时闪出的念头，随即他就打消了这种想法。如果他是和一个女孩子上了床，并让对方怀了孕，他或许——只是或许——可以向西莫内塔坦承自己是一时头脑糊涂，他或许——仅仅只是或许——会全身而退。但是现在他有三个孩子，历时三年多，他的命将一个里拉①都不值。现在，他必须回家，逃脱不掉，因为家里有客人要和他一起吃晚餐，而且西莫内塔此时应该在等他。伊沃被难住了。他的婚姻要玩完。只有奇迹的守护神——圣热纳罗可以帮他。伊沃的眼睛扫见卡西亚街街边的一个标志牌，于是猛地一踩刹车，掉头下了干道，然后把车停下。

三十分钟后，伊沃开车进了奥杰塔的大门。门卫看见他脸被抓烂，衬衫上沾了血，便盯着他看。他不予理会，开车一路蜿蜒，拐弯上了车道，在房子前停下。他停好车，打开前门，走进客厅。西莫内塔和大女儿伊莎贝拉在客厅里。看见丈夫后，西莫内塔脸上掠过一丝震惊。

"伊沃，发生了什么？"

伊沃尴尬地微微一笑，竭力不去理会这一笑带来的痛苦，一脸囧相地承认："我恐怕做了愚蠢的事情，亲爱的——"

西莫内塔走近了些，仔细看着他脸上的抓伤。伊沃看见她的眼睛开始眯起来。她再次开口时，声音明显变得冰冷了："谁抓了你的脸？"

"蒂贝里奥。"伊沃郑重其事地坦白，说着从身后扯出一只巨大又丑陋的灰猫。灰猫恶声恶气地喵喵叫着从他怀里挣脱，跑掉了。"我给伊莎贝拉买了只猫，可是往笼子里装的时候，这个该死的竟然袭击我。"

"好可怜哪，我的爱人！"西莫内塔立刻信了，"我的天使！快上楼躺下，我这就去叫医生。我这就去拿碘酒。我这就——"

"不，不用！我很好，"伊沃勇敢地说。她伸开双臂把他抱住，疼得他龇牙咧嘴。"小心！恐怕猫还抓了我的后背。"

---

① 原意大利货币单位。——编者注

"我可怜的爱人！你肯定很疼！"

"不疼，真的，"伊沃说，"我觉得挺好的。"他说的是真心话。

前门铃响了。

"我去开门。"西莫内塔说。

"不，我去开。"伊沃赶紧说，"我——我在等办公室送一份重要的文件。"

他匆忙来到前门，打开门。

"帕拉齐先生吗？"

"是的。"

一位穿着灰色制服的信使递给他一个信封。里面有里斯·威廉斯发的电报。伊沃飞快地读完电报。他在原地站了很长很长的时间。

然后，他深吸一口气，上楼，准备迎接客人。

第4章

布宜诺斯艾利斯　星期一，九月七日　下午三点

在阿根廷的首都——布宜诺斯艾利斯郊区，尘土飞扬的赛车场上人头攒动，有五万名观众前来观看锦标经典赛。这是在约四英里①闭环跑道上一百一十五圈的极速竞赛。比赛已经进行了将近五小时，头顶是酷热的太阳，比赛开始时的三十辆赛车现在没剩下几辆。人们马上就要见证新的历史时刻。以前从没有举办过此类竞赛，或许永远也不会再有。所有的传奇人物今天都来了：来自新西兰的克里斯·阿蒙，来自英国兰开夏郡的布赖恩·雷德曼，来自意大利的安德烈亚·迪·阿达米西——开的是一辆阿尔法·罗密欧Tipo 33，来自巴西的卡洛斯·马科——开着一辆一级方程式赛车，来自比利时的常胜车手杰克·埃克斯，以及来自瑞典的雷内·维塞尔——开的是BRM赛车。

赛车道看起来像乱色的彩虹，挤满了法拉利、布拉汉姆、迈凯伦M-19A型和路特斯三级方程式赛车，红色、绿色、黑色、白色、金色都有，令人眼花缭乱。

一圈又一圈过去，选手精疲力竭，巨人开始陨落。克里斯·阿蒙跑在第四位时油门失控，还没来得及切断点火装置以控制住车，就侧面撞上了布赖恩·雷德曼的库柏。两辆车一起出局。雷内·维塞尔排在第一位，杰克·埃克

---

① 英美制长度单位。1英里约为1.60千米。——编者注

斯跟在他的BRM赛车后面。在大转弯处，BRM变速箱裂开，电池和电子配件着火。BRM开始快速旋转，把杰克·埃克斯的法拉利困住了。

人群兴奋起来。

剩下的赛道上有三辆车在比拼：来自阿根廷的若杰·阿曼达里斯开着一辆苏提斯；来自瑞典的尼尔斯·尼尔森开着一辆马特拉；开着法拉利312B-2的是来自法国的马特尔。他们个个车技高超，无惧直道，敢于挑战弯道，所向披靡。

若杰·阿曼达里斯处于领先位置，因此阿根廷人在疯狂地为他加油。紧随阿曼达里斯之后的是尼尔斯·尼尔森，开着一辆红白色相间的马特拉。尼尔森后面是那辆黑金色相间的法拉利，车手是法国的马特尔。

这辆法国人的车几乎一直都不显山露水，在最后五分钟时才开始超车，先是第十名，接着是第七名，然后是第五名，势头很强劲。人群现在开始注意到它。此时，法国车手试图超越由尼尔森驾驶的处于第二位的赛车。三辆车飞驰的速度都超过了一百八十英里每小时。即便是在坡度较缓的布兰兹-哈奇赛道或沃特金斯-格伦赛道上，这样的速度也很危险。在路面设计较为粗糙的阿根廷跑道上，这简直无异于自杀。一位穿红色外套的裁判员站在跑道边，举着一个牌子：5圈。

法国黑金色相间的法拉利想超过外圈尼尔森的马特拉，尼尔森则步步为营，拦堵着法国车。他们此时已领先内圈跑道上的德国车一圈，并飞快地逼近该车。此时，德国车与尼尔森的车并排。法国车靠后，逐渐发力，紧跟在德国车和尼尔森的马特拉后面。法国车手猛地加速，向两车间的窄缝插过去，逼着两辆车让道，射箭般窜入第二位。一直紧张得屏住呼吸的人群爆发出一阵喝彩声。这一番操作可谓车技高超，极其危险。

现在阿曼达里斯处于领先地位，马特尔居第二位，尼尔森居第三位。比赛只剩下三圈。阿曼达里斯看到了那一番操作。阿曼达里斯心想，法国车手车技还可以，但是还不足以打败我。阿曼达里斯想赢得这场比赛。他看见前面的标志牌一闪而过——2圈。比赛马上就要结束，他自觉已胜券在握。他用眼角余光扫见黑金色相间的法拉利试图与他并驾齐驱，于是瞄了一眼对方车手的脸：戴着护目镜，涂着油彩，神情紧张而坚定。阿曼达里斯心里叹了一口气。他为自己将要做的事情感到遗憾，但是他没有选择。这不是普通赛车手之间的比赛，而是唯一优胜者的角逐。

两辆车正接近椭圆形跑道的北端，这里有一个高难度弯道，是整个跑道上最危险的地方，曾发生多次撞车。阿曼达里斯又扫了一眼法拉利车里的法国车手，然后握紧方向盘。当两辆车快接近弯道的时候，阿曼达里斯轻轻抬脚，松开油门，于是法拉利开始追赶上来。他看见法拉利选手不无疑惑地快速扫过来一眼，然后开始与他并排行驶，这正中了他的圈套。人群在尖叫。若杰·阿曼达里斯等待着。黑金色相间的法拉利终于下定决心从外侧超越。时机已到，阿曼达里斯把油门踩到底，开始朝右转向，切断法国车手通往直线跑道的通道，对方只能迎头直冲高坡。

阿曼达里斯看见法国车手脸上突然闪过一丝恐慌，不由得默默祈祷，祝您健康！转瞬间，法国车手猛打方向盘，直接冲向阿曼达里斯的苏提斯。阿曼达里斯简直不敢相信。法拉利迎头冲了过来。两车仅有三英尺之隔，速度非常快，阿曼达里斯必须快速做出反应。谁会想到法国车手竟是一个地地道道的疯子！阿曼达里斯急于躲开迎头撞上来的数千磅[①]金属疙瘩，本能地猛往左打方向盘，死死踩住刹车。就这样，法国车手以毫厘之差与他擦肩而过，超过他驶向终点线。若杰·阿曼达里斯的车一阵甩尾，之后失去控制开始打转，侧翻在车道上，又翻滚起来，最后爆发出冲天的火焰和黑色的浓烟。

但是，人群的注意力此时集中在法拉利上。法拉利咆哮着冲向终点线，赢得了比赛。观众中传来疯狂的尖叫声，人们朝法拉利跑过去，把车围住，欢呼着。车手慢慢起身，摘下比赛用的护目镜和头盔。

这位车手有着小麦色的头发——剪得短短的，五官如雕刻般硬朗、清晰。她有一种高冷的古典美。她的身体在发抖，不是因为四肢无力，而是因为激动——她想起送若杰·阿曼达里斯去死时他对视的情形。广播员在喇叭里激动地大喊："获胜者是埃莱娜·罗夫-马特尔，来自法国，驾驶的是法拉利。"

两个小时之后，在布宜诺斯艾利斯市中心的丽兹酒店套房里，埃莱娜和她

---

① 英美制重量单位。1磅约为0.45千克。——编者注

的丈夫查尔斯躺在壁炉前的毛毯上。埃莱娜赤身裸体，查尔斯在求她："啊，主啊，别那样对我！求你！"

他的乞求只能让她更加兴奋，更加用力，直到把他弄疼，满眼泪花。我没有过错还要受惩罚，查尔斯不由地想。要是埃莱娜知道他干的坏事又该怎么处置他，他想都不敢想。

查尔斯·马特尔娶埃莱娜·罗夫是图她的身世和钱财。两人结婚后，她保留了自己的姓与名，只是在后面加上了他的姓，而且她的钱还是由她保管。等到查尔斯发现自己做了一笔赔本买卖时，为时已晚。

初见埃莱娜·罗夫时，查尔斯·马特尔还是巴黎一家较大的律师事务所的初级律师。当时有人让他送些文件到会议室，里面有四位资深合伙人，还有埃莱娜·罗夫。查尔斯·马特尔听说过她。事实上，全欧洲人都听说过她。她来自罗夫制药家族，是巨额财富的继承人。她很有野性，不循常规，报纸和杂志很喜欢她。她是滑雪冠军，会开里尔飞机，曾在尼泊尔率探险队登过山，还飙过车，赛过马，换男人就像换衣服一样随意。她的照片频繁出现在《巴黎竞赛》和《法兰西生活》上。她此时出现在这里，是因为事务所接手了她的离婚案件。这是她第四次还是第五次离婚，查尔斯·马特尔记不清楚，也不感兴趣。罗夫家族的人是他攀附不上的。

查尔斯把文件递给上司，心里很紧张，倒不是因为埃莱娜·罗夫在屋里——他几乎没看她一眼——而是因为四位资深合伙人都在场。他们代表权威，查尔斯·马特尔尊重权威。他不爱与人打交道，满足于简单的生活，住在帕西的一个小公寓里，有着集邮的小小爱好。

作为律师，查尔斯·马特尔算不上出类拔萃，倒也过得去，他细心周到，为人可靠，有一种刻板的尊严感。他只有四十出头，外表说不上不帅气，当然更说不上魅力四射。有人曾经说他的性格像湿沙子，这种形容倒也不失公正。所以，接下来的事情确实让他很惊讶——他与埃莱娜·罗夫见面的第二天，资深合伙人M.米歇尔·萨查德便把他叫到办公室，对他说："埃莱娜·罗夫想让你亲自负责她的离婚案件。你即刻接手。"

查尔斯·马特尔一时怔住了，不解地问："为什么是我，萨查德先生？"

萨查德看着他的眼睛，说："我不知道。你一定要把她服务好。"

查尔斯负责埃莱娜的离婚诉讼，也就有必要与她经常见面，但他觉得见面次数过于多了。她会给他打电话，邀请他去位于勒韦西内特酒店的别墅共进晚餐，讨论案情，还会邀请他去歌剧院，去她在多维尔的家。查尔斯一直跟她讲这是一个很简单的诉讼，拿到离婚结果毫无问题，但是埃莱娜——她坚持让他叫她埃莱娜，这让他尴尬至极——告诉他，自己需要他不断地宽慰她。后来他回头想起这些时，心里还是苦乐参半。

在两人初次见面之后的几个星期里，查尔斯开始怀疑埃莱娜·罗夫对他动了感情。他无法相信这一切。自己籍籍无名，她却来自巨富家族。可是埃莱娜毫不掩饰自己的意图——"我要和你结婚，查尔斯"。

他从来没有想过结婚。他不适应跟女人在一起。另外，他并不爱埃莱娜，甚至不能肯定自己喜欢她。无论他们去哪里，他们都会被大肆宣扬，成为人们关注的焦点，这让他倍感不适。他被置于她声名的聚光灯下，而这个角色他并不喜欢。他还不无痛苦地意识到两人之间的明显差异。她爱炫耀，这对谨慎的他来说成了一种刺激。她引领时尚潮流，是魅力的化身，而他——怎么说呢，是个简单、庸常、人到中年的律师而已。他不知埃莱娜看上他什么地方了。埃莱娜·罗夫参加通常专属于男人的危险体育运动，还大肆宣传，于是有很多传言说她支持女性解放运动。实际上，她很鄙视该运动，而且对运动提倡的平等观念很是不屑。她认为男人不应该与女人平起平坐。男人到处都是，需要时招手即来。他们不太聪明，不过可以施以教化，让他们取取东西，点点烟，跑跑腿，开开门，在床上给点乐子。他们是很不错的宠物，会自己穿衣，洗澡，上厕所。可以说，男人是很有趣的动物。

埃莱娜·罗夫经历过花花公子、鲁莽无畏者、商业大亨以及性感男孩，但她没有遇到过查尔斯·马特尔这样的人。她非常清楚他的段位：他什么都不是，只是一块待捏的黏土泥。而这正是挑战所在。她想把他拿过来，捏吧捏吧，看看能把他变成什么样。一旦埃莱娜·罗夫起了这个意，查尔斯·马特尔就永远失去了逃脱的机会。

他们在讷伊举行婚礼，在蒙特卡罗度蜜月。查尔斯在蒙特卡罗失去了童贞和幻想——他还曾幻想着回律师事务所。

"别犯傻，"新娘告诉他，"你觉得我会和一个律师事务所的小职员结婚？

你要进入家族企业。终有一天，你要掌管家族企业，我们要掌管家族企业。"

埃莱娜安排查尔斯进入罗氏公司的法国分部工作。他事事都要向她汇报。她指导他，帮助他，帮他拿主意。查尔斯进步很快，不久就接手了法国分部，成了董事会成员。埃莱娜·罗夫把他从一位籍籍无名的律师变成了世界上最大的公司之一的公司董事。按理说，他应该非常激动，但他其实很痛苦。从他们的婚姻开始的那一刻起，查尔斯就发现自己完全处于妻子的掌控之中。她给他选裁缝、制鞋商和衬衫制造商。她让他加入奢华的赛马俱乐部。埃莱娜把查尔斯当小白脸对待。他的工资要直接打给她，她给他少到尴尬的零花钱。如果查尔斯额外需要钱，就得向埃莱娜要。她让他每时每刻都得向她汇报，随时为她效劳。她似乎很享受羞辱他，会在他上班的时候给他打电话，让他立刻回家给她送一瓶按摩膏，或其他同样惹人烦的东西。他到家时，她总是在卧室，赤身裸体地等着他。她贪得无厌，像个野兽。查尔斯三十二岁时母亲去世。他一直和母亲一起生活。从他记事起，母亲一直体弱多病。他照顾母亲，根本没有时间和女孩子出去约会或结婚。他的母亲一直是个负担。母亲死的时候，查尔斯以为会有解脱感，结果感受到的却是失亲之痛。他对女人和性不感兴趣。在埃莱娜第一次提起结婚的时候，他曾不无天真地向她说明自己的感受："我的——性欲不太强。"

埃莱娜微微一笑："可怜的查尔斯，不要担心性生活。我向你保证，你会喜欢的。"

他讨厌性生活，而这似乎增加了埃莱娜的快感。她嘲笑他的疲软，强迫他做讨厌的动作，这让他觉得受到侮辱，很反感。性行为本身已经足以让人降格，埃莱娜却还热衷于尝新。查尔斯从来不知道她会做什么。查尔斯害怕埃莱娜。她让他觉得她是男的，而他是女的。他试图挽回自己的尊严，可是，唉，结果却发现无论在哪方面，埃莱娜都比他强。她脑子聪明，知道的法律知识不比他少，经商方面比他懂得多得多。她可以成小时地跟他谈公司的事务，却从不厌倦。"查尔斯，想想那种权力！罗氏公司有能力成就或毁掉世界上半数以上的国家。我应该掌管公司。我的曾祖父创建了公司。公司属于我。"

像这样情绪高涨的时候，埃莱娜在性事上更是贪得无厌。查尔斯被迫用难以想象的方式满足她。他开始厌恶她。他有一个梦想就是离开她，彻底跑掉。

但是这样做需要钱。

有一天午饭后，查尔斯的一位朋友雷内·杜尚给他说起一个挣钱的机会。

"我的一个叔叔刚刚去世，他在勃艮第有一个大葡萄园。这个园子有一万英亩①，全是一级的受控原产地，正在出售中。我有内部渠道，"雷内·杜尚接着说，"因为我是自家人。我一个人没有足够的钱拿下这笔交易，但是你和我一起的话，我们就可以在一年内让钱翻倍。至少来看看吧。"

查尔斯没有颜面对朋友说自己身无分文，于是去勃艮第看了葡萄园，见到了绵延起伏的红色坡地。他被深深震撼了。

雷内·杜尚说："我们每人投两百万法郎。一年之后，我们每人就可以拿到四百万法郎。"

四百万法郎，意味着自由啊！他可以离开，去一个埃莱娜永远都找不到的地方。

"我会想想的。"查尔斯向朋友承诺。

他确实想了，没日没夜地想。这是一次获得新生的机会。可是他怎么做到呢？查尔斯知道，如果他借钱，埃莱娜立刻就会知道。一切财产都在她的名下：房子，绘画，汽车，珠宝。珠宝……这些漂亮而不怎么用的饰物都被她锁在卧室的保险柜里。慢慢地，一个念头生出来了。如果他能拿到她的珠宝，一次拿一点，他可以用仿制品替代真品，然后用真珠宝借钱。等到葡萄园发大财之后，他只需把她的珠宝放回去就行了。他可以拥有足够的钱，永远地消失。

查尔斯给雷内·杜尚打电话，激动得心怦怦直跳："我决定和你一起干。"

计划的第一步让查尔斯胆战心惊。他必须打开保险柜，偷走埃莱娜的珠宝。

一想到要做这可怕的事情，查尔斯就紧张起来，几乎无法正常生活。他每天像个机器人一样，对周围发生的一切都不闻不问。一见到埃莱娜，他就开始出汗，手偶尔还会发抖。埃莱娜关心他，就像关心一个宠物一样。她让医生给查尔斯做检查，但是医生没发现什么问题。"他似乎有点紧张。卧床一两天也许就好了。"

埃莱娜盯着赤身裸体地躺在床上的查尔斯，看了很长时间，然后微微一

---

① 英美制面积单位。1英亩=4046.86平方米。——编者注

笑："谢谢你，医生。"

　　医生刚一离开，埃莱娜就开始脱衣服。"我——我感觉不太有气力。"查尔斯表示抗议。

　　"我有气力。"埃莱娜回应道。

　　这是他最恨她的一次。

　　接下来的一星期，查尔斯的机会来了。埃莱娜要和几位朋友去加米施·帕藤基兴滑雪。她决定让查尔斯留在巴黎。

　　"我希望你每天晚上都在家，"埃莱娜对他说，"我会给你打电话。"

　　查尔斯看她开着红色的杰森车疾驰而去。等到看不到她的踪影后，他赶紧去开那个壁式保险柜。他经常看她开，因此密码组合中的大多数他都知道。他费了一个小时找对了密码剩下的部分。他双手颤抖着把保险柜打开，有天鹅绒衬里的盒子里躺着他的自由，个个如星星般闪闪发亮。他已经找到一个珠宝商，名叫皮埃尔·里绍，是个仿制珠宝的高手。查尔斯紧张又饶舌地给里绍解释了仿制珠宝的原因，可他却面无表情地说："先生，做珠宝仿制品，我是专业的。而且，现在没有哪个有头脑的人会在街上佩戴真珠宝。"

　　查尔斯开始给里绍珠宝，每次仿制品一做好，他就用仿制品替代真珠宝。他用真珠宝从国有的市政信贷典当铺借款。

　　整个替换过程比查尔斯预想的要耗费时间。他只能在埃莱娜不在家的时候开保险柜，而且仿制珠宝完成的时间也会出现预想不到的延迟。但是这一天终于来了。查尔斯终于可以对雷内·杜尚说："我明天把全部的钱给你。"

　　他做到了，成了一个大葡萄园的半个主人，而埃莱娜丝毫没有觉察到他做的这一切。

　　查尔斯开始偷偷地查阅有关葡萄种植的资料。为什么不呢？他现在难道不是个葡萄酒商吗？他了解了种植葡萄的不同品种，主要是赤霞珠，搭配种植的还有品丽珠、梅洛、马尔贝克，以及味而多。查尔斯的办公桌抽屉里塞满了关于土壤和葡萄藤压蔓的小册子。他研究发酵、剪枝和嫁接等技术，还了解到全球对葡萄酒的需求在持续攀升。

　　他经常和合伙人见面。"一切都比我预想的还要好，"雷内对查尔斯说，

"葡萄酒的价格还在猛涨。等到首次压榨，我们一桶应该能拿到三十万法郎[①]。"

比查尔斯想象的还多！葡萄是红色的金子。查尔斯开始买去南太平洋诸岛、委内瑞拉和巴西旅游的小册子。这些地区的名字散发着魔力。唯一的问题是，罗氏公司在世界上几乎所有地区都有办事处，无论他走到哪里，埃莱娜都能找到他。如果埃莱娜找到他，她就会杀了他。他太清楚不过了，绝对没有一点含糊，除非他先把她杀死。杀死她是他最爱幻想的事情。在幻想中，他用了上千种令他愉悦的方式一次又一次地杀死埃莱娜。

查尔斯一反常态，开始享受埃莱娜的虐待。她强迫他为她做难以启齿的事情时，他心里就会想：我很快就要走了，你这个变态的贱女人。我用你的钱赚了钱，你却不能把我怎么样。

于是她命令"动作快点""再用点劲"或者"别停"时，他都会顺从地照做。

但他心里却笑了。

查尔斯知道，在葡萄生长的过程中，最关键的月份是春天和夏天，因为葡萄在九月采摘，生长期需要有均衡的阳光和雨水。太多的日照会毁掉葡萄的口味，太多的雨水则会把葡萄淹死。六月开局非常好。查尔斯每天查看一次勃艮第的天气，之后改成一天两次。他已经迫不及待了，再有几个星期他的梦想就要实现了。他已经决定去蒙特哥贝。罗氏公司在牙买加没有分公司。在那里，他很容易藏身。他不会去朗德希尔或奥乔里奥斯，免得被埃莱娜的朋友撞见。他会在山里买一栋小小的房子。岛上的生活成本很低。他雇得起用人，吃得起美食，可以用他自己低调的方式过上奢华生活。

因此在六月初，查尔斯·马特尔非常快乐，虽然他眼下的生活对他来说是一种耻辱，但是他并不生活在当下：他生活在未来，在加勒比海的一个热带岛屿上，沐浴着阳光，享受着微风轻抚。

六月的天气似乎一天比一天好，有阳光，有雨水，对娇嫩的小葡萄来说堪称完美。葡萄在成长，查尔斯的财富也在增加。

① 2002年前法国的法定货币单位。——编者注

在六月的第十五天，勃艮第地区开始下毛毛细雨。后来雨越下越大。就这样下了一天又一天，一个星期又一个星期，到后来查尔斯再也没有兴致看天气预报了。

雷内·杜尚打来电话："如果雨水到七月中旬停止，产量还能保住。"

结果，七月是法国气象局有记载的历史上雨水最多的月份。到了八月一日，查尔斯·马特尔已经把偷来的钱赔得一个子儿不剩。他心里也充满了无从知晓的恐惧。

"我们下个月飞阿根廷，"埃莱娜告诉查尔斯，"我在那里报名了参加一场汽车比赛。"

看着她开法拉利在车道上飞驰，查尔斯禁不住想："要是她被撞死，我就自由了。"

但她是埃莱娜·罗夫-马特尔。她成为胜利者的角色是命中注定的，正如他成为失败者的角色也是命中注定的一样。

赢得比赛让埃莱娜比以往更激动。他们回到布宜诺斯艾利斯的酒店房间后，她就让查尔斯脱掉衣服，趴在小毯子上，她则跨坐在他身上。看见她手里拿的东西，他哀求道："求你，不要！"

有人敲门。

"该死！"埃莱娜兴味索然。她等了一下，没人吭声，但是敲门声再次响起。

一个声音问："马特尔先生在吗？"

"稍等！"埃莱娜喊了一声，起身，拿出一件较厚的丝绸浴袍裹住苗条而健美的身体，走到门口，打开门。门口站着一个身穿灰色邮差制服的人，手里拿着一个密封的马尼拉信封。

"我有一个特殊的信件要给马特尔先生和夫人。"

她拿过信封，关上门。

她撕开信封，读了里面的内容，接着又读了一遍。

"什么事？"查尔斯问。

"萨姆·罗夫死了。"她答道，脸上不由得浮出了笑容。

第5章

伦敦 星期一，九月七日 下午两点

怀特俱乐部位于圣詹姆斯大街顶头处，离皮卡迪利大街很近。这个俱乐部于十八世纪建成，当时是一个赌博场所，现在成了英格兰最古老、最奢华的俱乐部之一。会员们为了让儿子也成为会员，在孩子出生时就会报名，要知道，会员申请名单已经排到几十年后了。

怀特俱乐部的门面极尽低调。宽广的弓形窗正对着圣詹姆斯大街，着意点不在于满足外面过路人的好奇心，而在于顾及里面顾客的感受。门口有一段短短的阶梯，不过，除了会员和他们的客人之外，几乎没人能踏过这个门槛。俱乐部里面的房间很宽敞，气势恢宏，透露出岁月的厚重与光辉。家具很古老、很舒服，有皮质沙发、报纸架、价值连城的古董桌子和坐上去很舒服的扶手椅。要知道，这些椅子曾承载过好几位首相的臀部。在双陆棋室里，青铜漆面的横栏后面有一个巨大的开放式壁炉，一个弧形楼梯通往楼上的餐厅。餐厅占据了一整个楼层，里面有足以满足三十个人同时吃饭的巨大的红木饭桌以及五个边桌。在任何一顿午餐或晚餐时间，这个房间里都会有几位对这个世界有着巨大影响力的人物。

下议院议员亚历克·尼科尔斯爵士坐在角落里的一个小桌子旁，正和客人乔恩·斯温顿吃午餐。亚历克爵士的父亲是一位从男爵，父亲的父亲和祖父也都是。他们都是怀特俱乐部的成员。亚历克爵士快五十岁了，整个人瘦削、苍白，长着一张悲天悯人且有贵气的脸，有着迷人的笑容。他刚从格洛斯特郡的乡村庄园旅行归来，穿着花呢运动夹克、宽松的裤子和一双便鞋。客人穿着细条纹西装，配着一件格子衬衫和一条红色领带，与屋里安静、富有韵味的气氛很不相称。

"在这儿，他们对你真是毕恭毕敬。"乔恩·斯温顿边嚼着满嘴食物，边说。他吃的是盘子里的小牛排，本来是很大的一块，现在已经所剩无几。

亚历克爵士点点头："是的。伏尔泰曾说过'不列颠人有一百种信仰，却只有一种调味汁'，现在情况已经变了。"

乔恩·斯温顿抬起头，问："谁是伏尔泰？"

亚历克爵士很尴尬，赶紧说："一个——一个法国人。"

"哦。"乔恩·斯温顿喝了一大口葡萄酒往下冲食物。他放下刀叉，用餐巾擦擦嘴。"现在吃好了，亚历克爵士，我们该谈点正事了。"

亚历克·尼科尔斯轻声说："斯温顿先生，两星期之前我就告诉你，我正在解决这些事情，我还需要一些时间。"

一位侍者稳稳地托着一摞木质雪茄烟盒走上前，熟练地把盒子放到桌子上。

"我抽支雪茄，你不介意吧？"乔恩·斯温顿客套地说。他仔细查看雪茄烟盒上的标签，不由艳羡地吹起口哨。他抽出几支放到前胸口袋里，然后点上一支。这是违规的，侍者和亚历克爵士却都没有劝阻。侍者冲亚历克爵士点点头，托着雪茄烟盒去了另一张桌子。

"我的老板对你一直很仁慈，亚历克爵士。我现在害怕的是，他们也许已经失去耐心。"乔恩·斯温顿拿起燃过的火柴，身体往前一探，丢到亚历克爵士的葡萄酒杯里。"现在也就是我们两个私下说，你要知道他们在不高兴的时候可说不上是好人。你不会让他们对你失望，明白我的意思吗？"

"我只是眼下没有这笔钱。"

乔恩·斯温顿哈哈大笑。"得了吧，老友。你妈妈来自罗夫家族，对吧？你有一个一百英亩的农场，在骑士桥有一栋奢华的住宅，有一辆劳斯莱斯和一辆红色的宾利。你并不需要领救济金，这话没说错吧？"

亚历克爵士朝四下里看看，很痛苦地轻声说："这些都是不能变卖的资产。我不能——"

斯温顿眨巴一下眼睛，说："我敢打赌，你那年轻、甜美的妻子维维安算得上是流动资产，对吧？她长着一对大奶子。"

亚历克红了脸。维维安的名字从这个男人嘴里说出来简直是一种对维维安的亵渎。他不由得想起维维安。他早上离开时，她还在甜美的睡梦中。他们睡在不同的卧室。让亚历克·尼科尔斯最高兴的是去维维安的卧室里"视察"。有时候，亚历克醒得早，就会去维维安的卧室，趁她睡着后盯着她看。无论是睡着还是醒着，她都是他见过的最漂亮的女孩子。她睡觉时裸着身子，软软地蜷缩在被单下，曲线时隐时现。她长着金发，大大的淡蓝色眼睛，皮肤如凝脂一般。亚历克第一次见她是在一次慈善舞会上，她当时还是一个不入流的演员。他确实对她的长相入迷，但她最吸引他的还是她随和、外向的性格。她比亚历克小二十岁，心中充满对生活的热情。亚历克腼腆、内向，维维安爱交际、活泼。亚历克做不到不去想她，但是用了两星期才鼓足勇气给她打电话。让他惊讶和高兴的是，维维安接受了他的邀请。亚历克带她去老维克剧院看戏，然后去米拉贝尔酒店吃晚餐。维维安住在诺丁山一个沉闷的地下室里。有一次亚历克送她回家，她问："你愿意进来吗？"他在那里过了一夜，结果他整个人生因之改变。这是第一次有女人给他带来高潮。他从来没有见过维维安这样的女子。她的舌头如天鹅绒，长发如金色的瀑布，身体深处潮润如海浪翻涌，迸发出激情和渴望，令亚历克持续探索着，直至精疲力竭。他一想到她就会勃起。

还不止这一点。她让他大笑，让他变得活跃起来。他腼腆、有点古板，她老是以此打趣他。但他很喜欢。只要维维安允许，他都会和她在一起。亚历克带维维安参加聚会时，她总是众人关注的中心。亚历克为此深感自豪，但同时又嫉妒聚集在她周围的年轻人。他无法克制地去想，这中间有多少人和她上过床。

在维维安另有约会而无法与他相见的夜晚，亚历克就会嫉妒得要死。他会开车去她的公寓，停在她住的楼前，看看她什么时候回家，和谁一起。亚历克知道这么做像个傻子，可是他控制不住自己。他被很强大的力量攫住，无法挣脱。

他知道维维安不适合自己，而且自己根本不可能和她结婚。他是个从男爵，一位受人尊敬的议员，有着光明的未来。他属于罗夫王国，是公司董事会成员。维维安毫无背景，无法应对亚历克的世界。她的母亲和父亲都是二流的音乐家，在各地巡演的那种。维维安除了在街上和后台学到的，根本没受过什么教育。亚历克知道她滥交而且肤浅。她精于算计却不太聪明。然而亚历克迷恋着她。他努力过，试图不再见她，但没有用。她和他在一起他就快乐，她不在他身边他就痛苦。终于，无奈之下亚历克·尼科尔斯从男爵向维维安求婚，在她答应的那一刻，他欣喜若狂。

他的新娘搬进了他的宅邸里。这座宅邸位于格洛斯特郡，由建筑家罗伯特·亚当设计，有着乔治亚时代的艺术风格，有德尔斐式的柱子，还有一个长长的弧形车道。整座宅邸置身于一百英亩郁郁葱葱的农场中，配有私家狩猎场，以及可供钓鱼的天然小溪。房子后面是一个公园，其设计出自"设计能人"布朗之手。

房子里面的布置令人瞠目。前厅很大，地面以石头铺就，四壁是带绘画的实木墙面，有一对老提灯，一个以大理石为桌面的镀金木餐桌，还有红木椅子。书房有源于十八世纪的内置式书柜，有亨利·荷兰设计的一对柱脚桌，有托马斯·霍普设计的椅子。会客厅的家具兼有赫波怀特式和齐彭代尔式，有一块威尔顿地毯，一对沃特福德的水晶枝形吊灯。餐厅很大，能容纳四十位客人。此外，还有一个吸烟室。第二层有六个房间，每个房间里都有一个亚当风格的壁炉。三楼是用人的房间。

维维安在搬进这栋房子六个月之后说："亚历克，我们离开这里吧。"

他不无困惑地看着她："你的意思是，想去伦敦住几天吗？"

"我的意思是，我想搬回伦敦。"

亚历克看着窗外翠绿的草地——那是他从小玩耍的地方，看看挺拔的美国梧桐和橡树，犹犹豫豫地说："维维安，这里如此安静。我——"

她却说："我知道，亲爱的。我受不了的就是这个——该死的安静！"

一个星期后，他们搬回了伦敦。

亚历克在威尔顿新月区有一栋雅致的四层楼房，离骑士桥不远。那栋楼房里有漂亮的客厅、书房和很大的餐厅。房子后部有一扇大落地窗，人在窗前可以俯瞰一个岩洞、一个精心设计的法式花园——里面有瀑布、雕像和白色条凳。楼上有一个华丽的主卧和四个小些的卧室。

维维安和亚历克一起在主卧里住了两星期。有天早上，维维安说："亚历克，我爱你，可是你打鼾，你知道吧。"亚历克并不知道。"我真的需要自己睡，亲爱的。你不介意，对吧？"

亚历克非常介意。他喜欢她躺在床上、软软的身子暖暖地挨着他的感觉。但是亚历克心里清楚，他不能像其他男人那样唤起她的性欲。这才是她不愿跟他睡的原因。因此他只能说："我当然理解，亲爱的。"

在亚历克的坚持下，维维安依然住主卧，他搬进了一个小些的客房。

一开始，在亚历克需要发言的时候维维安都会去下议院，坐在旁听席上。他会时不时地抬头看看她，心里满是深沉的不可言说的自豪感。毋庸置疑，她是整个下议院中最漂亮的女子。直到有一天，亚历克发完言，抬头寻找维维安赞许的目光，却发现她的座位是空的。

对于维维安坐不住这一点，亚历克把原因归结到自己身上。他的朋友们都比她大，而且对她来说都太保守了。他曾鼓励她邀请年轻的同伴来家里，还把他的朋友们也一同带过来。结果是灾难性的。

亚历克一直安慰自己，等维维安有了孩子会安下心来，有所改变。但是有一天，不知为什么——亚历克不愿意去想为什么——她竟然出现了阴道感染，不得不做子宫切除手术。亚历克一直想要一个儿子。这件事对他的打击很大，但是维维安毫不在乎。

"不要担心，亲爱的，"她面带微笑说道，"他们拿走了育婴室，可是玩耍护栏还在啊。"

他看了她很长时间，然后转身走开了。

维维安花钱大手大脚的，在衣服、珠宝和汽车上花起钱来眼睛都不眨一下，毫不顾忌。亚历克也不想阻止她。他告诉自己，她小时候家里穷，所以才渴望漂亮的东西。他想给她买所有她想要的。不幸的是，他买不起。他的工资要交税。他的财富主要是手里的罗氏公司的股票，但是股票不能出售。他想向维维安解释，可她不愿意听。正正经经地说点事会让她很不耐烦。于是亚历克也就随她去了。

托德俱乐部是苏豪区一个臭名昭著的赌博场所，该俱乐部的老板托德·迈克尔斯找上门来后，亚历克才知道她赌博。

"我有你妻子签名的一千英镑的借条，亚历克爵士。她玩轮盘赌，点儿很背。"

亚历克惊呆了。他还清借条，当天晚上直截了当地对维维安说："我们承受不住了。你花的比我挣的都多。"

她很后悔，说："对不起，亲爱的，过去是我做错了，我不好。"

说着她走到他跟前，伸出胳膊抱住他，身体紧紧贴住他。于是他忘记了愤怒。

亚历克在她的床上度过了一个良宵。此时的他以为之后不会再出岔子了。

两星期之后，托德·迈克尔斯又来找亚历克。这一次维维安打的借条是五千英镑。亚历克很生气，质问道："你为什么要借钱给她？"

"她是你的妻子，亚历克爵士，"迈克尔斯平静地对他说，"如果我们拒绝，面子上会好看吗？"

"我会——我会筹到这笔钱，"亚历克变得结结巴巴，"眼下我没有那么多。"

"求你了！考虑贷点款吧。等有钱还上就行了。"

亚历克不由得长舒一口气："迈克尔斯先生，你真是太慷慨了。"

一个月之后，亚历克才知道维维安赌博又输掉两万五千英镑，他每星期都要按百分之十的利率付利息。他害怕了。他没有办法筹集到那么多现金。他没有东西可卖。房子、美丽的古董，以及汽车都属于罗氏公司。他对维维安发了很大的脾气。维维安吓坏了，发誓再也不赌。可是为时已晚。亚历克发现自己已经落入高利贷者的掌心。无论亚历克给他们多少钱，都无法还清债务。债务不是在减少，而是月月攀升。这种情况已经持续将近一年。

在托德·迈克尔斯手下的无赖开始逼着亚历克还钱的时候，亚历克曾威胁说要找警察局局长。"我在最高层有关系。"他这么说。

那个无赖嘴一咧，说："我在最底层有关系。"

亚历克爵士现在就是和这个可怕的人在怀特俱乐部。他不得不放下面子，乞求对方多给一点时间。

"我付给他们的已经远远超过借的钱数。他们不能——"

斯温顿却说："这只是利息，亚历克爵士。你还没有付本金。"

"这是勒索。"亚历克说。

斯温顿的眼神变得阴沉起来。"我会把你的话带给老板。"他说着准备起身。

亚历克赶紧说："不要，请坐下。求你了。"

斯温顿重新慢慢坐下。"不要说这样的话，"他警告道，"上一个这么说的人，双膝被钉到了地板上。"

亚历克读到过相关的报道。这是克雷兄弟发明的一种惩罚方法，专门针对落入他们手中的人。他要应付的人和克雷兄弟同样坏，同样冷酷。亚历克感觉喉咙一阵发苦。"我不是这个意思，"他赶紧说，"只是我——我没有更多现金。"

斯温顿把雪茄的烟灰弹到亚历克的酒杯里，说："你在罗氏公司有大量股票，对吧，亚历克？"

"是的，"亚历克回答，"但是股票不能买卖，不能转让。在谁手里都一文不值，除非罗氏公司上市。"

斯温顿吸了一口雪茄："公司准备上市吗？"

"决定权在萨姆·罗夫。我已经——已经在努力劝他。"

"再加把劲。"

"告诉迈克尔斯先生，他会拿到钱的，"亚历克说，"但是不要再缠着我。"

斯温顿死死地盯着他。"缠着你？你怎么想的呀，亚历克爵士，你这个小混蛋！等真正缠着你的时候，你就知道了。你那该死的马厩会被烧毁，你会吃到烤马肉。你家的房子会着火。或许你的妻子也会着火。"他说这些话的时候一直微笑着。亚历克真希望自己刚才没说那句话。"你吃过烤的女人肉吗？"

亚历克的脸色变得煞白："看在上帝的分儿上——"

斯温顿语气缓和下来："我刚在开玩笑。托德·迈克尔斯是你的朋友。朋友就应该互相帮助，对吧？今天早上见面时，我们还说起你。你知道老板怎么说你吗？他说'亚历克是个好人。如果他没有钱，我敢肯定他会想别的办法来关照我们'。"

亚历克眉头一皱："什么别的办法？"

"哦，是这样，对你这么聪明的人来说，找到解决办法没那么难，没错吧？你正经营着一家大型医药公司，对吧？你生产了很多产品，比方说可卡因。咱俩私下里说啊，你偶尔发错了一两批货物，会有谁知道呢？"

亚历克定定地看着对方，说："你疯了。我——我不能那么做。"

"神奇的是，人在不得已的时候，什么事都做得出来。"斯温顿站起身，依然平静地说："你要么把钱还给我们，要么就按我们说的发货。"

他在亚历克的黄油盘里把雪茄碾灭，说："代我向维维安问好，亚历克爵士。谢谢。"

然后，只剩下亚历克爵士一个人坐在那里，他很茫然。一切都是熟悉的，让人舒服，曾经是他过往生活的重要部分，现在却遭到了威胁。唯一格格不入的是盘子里杵着的那个湿烟蒂。他怎么会让他们进入自己的生活？他竟然受人摆布，落入黑社会之手。现在他才明白，他们想从他身上拿到的不仅仅是金钱。钱只是套牢他的诱饵。他们觊觎的是他在制药公司的身份，他们在强迫他与他们合作。一旦他被他们掌控的消息传开，反对党肯定会毫不犹豫地加以利用。他所属的党派或许会让他辞职。这一切会被做得很巧妙，不露声色。他们或许会向他施压，让他申请去管理奇尔顿的数百英亩皇室领地。这个职位上的人每年都会从皇室象征性地领取一百英镑薪水。而下议院议员的一个限定条件是不能从皇室或政府拿任何报酬。这样一来，亚历克将不能在议会任职。当然，他离开的原因不会是什么秘密。他将颜面尽失。如果他能拿出一大笔钱，他就可以避免这一切。他已经不止一次地劝过萨姆·罗夫，让公司上市，允许股票买卖。

"死了这条心吧，"萨姆告诉他，"一旦让外人进来，就会有很多陌生人对经营指手画脚。在不知不觉中，他们就会控制董事会，进而控制整个公司。亚历克，这对你来说有什么不同？你有丰厚的薪水和不受限的公款支付账户。

你并不需要用股票换钱。"

情急之下，亚历克差点就把他迫切需要钱的境况告诉萨姆。但是他知道说了也没用。萨姆·罗夫是个公事公办的人，没有同情心。如果他知道亚历克很可能让公司陷入危险处境，就会毫不犹豫地把他开除。不，最不该找的人就是萨姆·罗夫。

亚历克面临着毁灭的危机。

怀特俱乐部接待处的门卫领着一个人来到亚历克爵士的桌子前。这个人穿着邮递员制服，手里拿着一个密封的马尼拉信封。

"对不起，亚历克爵士，"门卫不无歉意地说，"这个人坚持过来，说他收到了指示，必须亲自把信给你。"

"谢谢你。"亚历克爵士说。邮递员把信封递给他，然后门卫领着邮递员往门口走去。

亚历克一动不动地坐了好长时间，才伸手拿过信封，打开。他把里面的内容从头到尾读了三遍，然后用手把电报慢慢揉皱，眼里也慢慢充满泪水。

第6章

纽约　星期一，九月七日　上午十一点

待降落的私人波音707–320飞机滑翔着驶出按指令盘旋的起落航线，终于开始往肯尼迪机场降落。整个行程漫长、乏味，里斯·威廉斯疲惫不堪，但夜间却无法入睡。他和萨姆·罗夫曾一起乘坐这架飞机很多次。飞机里依然充斥着萨姆的气息。

伊丽莎白·罗夫在等他。里斯从伊斯坦布尔给她发了一封电报，只提到他第二天会到她这里。他本可以打电话告知她她父亲去世的消息，但是她值得他做更多。

飞机现在已经落地，朝航站楼滑行着。里斯几乎没带什么行李，由人带着很快走出了海关。机场外面，天空灰白，很阴冷，似乎预示着冬天要来了。一辆豪华轿车等在侧门处，接上他后直奔萨姆·罗夫的长岛别墅。伊丽莎白在那里等着他。

在路上，为了减轻父亲去世一事对伊丽莎白的打击，里斯努力把要对她说的话练了一遍又一遍。可是在她打开门迎向他的那一刻，他脑海中练过的话消失得无影无踪。每次看见伊丽莎白，里斯都会被她的美惊艳到。她继承了母亲的容貌，长着同样贵气的五官，眼睛又黑又亮，眼睫毛又长又浓密。她的皮肤又白又软，头发漆黑发亮，身材婀娜、健美。她穿着一件开领的奶油色衬衫，一条打褶的灰色法兰绒裙子，脚上穿着一双浅黄褐色的浅口鞋。她已没有一丝里斯九年前见到她时的那种局促不安的小女孩模样。她已经出落成一个大姑娘，聪明、温暖，对自己的美却完全无知无觉。她见到他很高兴，此刻正冲着他笑。她拉过他的一只手说："进来，里斯。"她领着他走进偌大的镶着橡木板的书房："萨姆和你一起飞回来了吗？"

没有办法兜着圈说了。里斯深吸一口气，说："萨姆出了很大的事故，利兹。"他眼睁睁地看着她的脸色一点点苍白起来。她在等着他把话说完。"他遇难了。"

她猛地站住，显然受到了惊吓。等到她终于开口时，说话的声音很弱，里斯勉强才能听到。"怎么——怎么回事？"

"我们还不知道任何细节。他是在攀登勃朗峰时出事的。据说是绳子断裂让他掉进了冰洞。"

"他们找到……"

她闭上眼睛，过了一会儿才睁开。

"是无底的冰洞。"

她的脸变得煞白。里斯顿时更加担忧。"你没事吧？"

她粲然一笑，说："当然没事。我很好，谢谢你。要不要喝点茶或吃点东西？"

他惊讶地望着她，一时无话。过了一会儿，他才反应过来。她处于应激状态，嘴上不停说着毫无意义的话，眼睛亮得很不自然，笑容也很僵硬。

"萨姆是很厉害的运动员，"伊丽莎白说，"你见过他的奖杯。他总能赢，对吧？你知道吗，他以前登过勃朗峰的？"

"利兹——"

"你当然知道。你和他去过一次，对吧，里斯？"

里斯由她继续说着。她这是在用麻醉自己的方式来对抗痛苦。虽然早晚都要直面现实，但她此刻在拿语言当铠甲，抵挡那一刻的到来。他就这样听她讲着。有那么一瞬间，他触景生情，想起第一次见她时她的样子：一个脆弱的小女孩，太过敏感、腼腆，面对残酷的现实却没有任何防护能力。她现在非常紧张，手足无措，不堪一击，脆弱的样子让里斯担心。

"我叫个医生吧，"他提议，"医生可以给你开些——"

"哦，不。我真的没事。你不介意的话，我想先躺一会儿。我有点累。"

"要我留下陪你吗？"

"谢谢你。不用。"

伊丽莎白送他走到门口，在他上车的时候，叫了一声："里斯！"

他闻声转身。

"谢谢你亲自过来告知我这件事。"

耶稣基督。

在里斯·威廉斯走后的很长时间里，伊丽莎白·罗夫一直躺在床上，盯着天花板，看惨淡的九月阳光变换出种种图案。

疼痛感上来了。她没有吃止痛药，因为她需要这份痛。这是她欠萨姆的。她承受得住，因为她是他的女儿。她就这样躺着，直至白天过去，夜晚来临。她什么都不想，但往事都在脑子里，她回忆着，感受着。她开始大笑，大哭。她觉得自己变得歇斯底里。这并不要紧，因为没有人会听见她的声音。半夜，她突然觉得很饿，下楼去厨房狼吞虎咽地吃下一个巨无霸三明治，但吃完就开始吐。她并没有好起来。没有什么能缓解她内心的痛苦。她感觉仿佛所有的神经都被放在火上烤着，思绪不停地回溯她和父亲在一起的那些岁月。她透过卧室窗户看着太阳缓缓升上来。过了一会儿，用人来敲门，伊丽莎白把她打发走了。电话铃响了一次，她的心不由得怦怦直跳，以为是萨姆打来的，她伸手去拿电话，却猛然回过神，手一下缩了回去。

他再也不会打电话。她再也听不到他的声音。她再也见不到他。

无底的冰洞。

无底……

伊丽莎白躺着，任由往事浮现，一切历历在目。

第7章

伊丽莎白·罗克珊·罗夫的出生是个双重悲剧。从小的方面说，她的母亲死在分娩床上。从大的方面说，她生下来是个女孩。

罗氏公司是个庞大的商业帝国，拥有数十亿美元资产，而她是这一切的继承人，在娘胎的九个月里，一直到她出生之前，她都是世界上最受期待的婴儿。

萨姆·罗夫的妻子帕特里夏是一个长着乌黑头发的大美人。很多女人想嫁给萨姆·罗夫，图的是他的地位、声望和财富。帕特里夏嫁给他是因为她爱上了他。而事实证明，爱是缔结婚姻最糟糕的理由。萨姆·罗夫要找的是生意上的联姻对象，而帕特里夏完全符合他的要求。萨姆不是一个家庭型的男人，他没有时间，也没有那种性格。他玩命似的全身心投入公司，对周围人同样也是高标准严要求。对他来说，帕特里夏的重要性仅仅在于可以提升公司的形象。等帕特里夏意识到自己面临的是什么样婚姻时，为时已晚。萨姆给了她一个角色，她做得漂漂亮亮的。她是完美的女主人，完美的萨姆·罗夫夫人。她没有从丈夫那里得到爱，最终也学会不再付出爱。她为萨姆提供服务，所做的仅限于罗氏公司最低等秘书的职责。她一天二十四小时随叫随到，在萨姆需要时随时飞到他身边；只要提前一天得到通知，招待几位世界级领导人或宴请数百位嘉宾都不在话下，绝对会配上干干净净、绣花雍容的桌布，闪闪发亮的巴卡拉水晶酒杯，以及具有浓厚的乔治亚风格的银器。帕特里夏是罗氏公司未入册的资产。她努力保持自身的美，像斯巴达勇士那样健身和饮食。她拥有完美的身材，衣服都由专门人士设计，如纽约的诺雷尔、巴黎的香奈儿、伦敦的喜特莱，以及都柏林的新秀——西比尔·康诺利。帕特里夏佩戴的珠宝由让·史隆伯杰和宝格丽设计。她的生活繁忙、充实、无趣、空虚。怀孕改变了这一切。

萨姆·罗夫是罗夫王国的最后一位男性继承人，帕特里夏知道他非常想要一个儿子。因此，他仰仗着她。现在她成了母亲，忙于照看体内的胎儿——他将来会成为一位年轻的王子，最终继承整个王国。当帕特里夏被推进产房的时候，萨姆紧握着她的手说："谢谢你。"

三十分钟后，她因栓塞死去。帕特里夏死了，唯一值得庆幸的是她到死都不知道没有完成丈夫的心愿。

萨姆·罗夫工作很忙，但还是抽出时间埋葬了妻子，接下来就是考虑这个重要问题：怎么养刚生下来的女儿。

伊丽莎白在出生一星期后被带回家，由保姆照顾，之后她经历了很多个保姆。在她人生的最初五年里，伊丽莎白很少见到父亲。他只是一团模糊的记忆，一个陌生人，不是刚到家就是要离开，一直如此。他总是外出，伊丽莎白则像一件额外的行李，一个需要随身携带的累赘。有一段时间，伊丽莎白发现自己住在长岛的庄园，里面有保龄球馆、网球场、游泳池和壁球室。几星期后，保姆就开始收拾伊丽莎白的衣服，因为伊丽莎白要飞往位于比亚里茨的别墅。别墅里有五十个房间和三十英亩的花园，因此年幼的伊丽莎白老是迷路。

另外，萨姆·罗夫在比克曼街拥有一栋复式顶层公寓，在撒丁岛的翡翠海岸（也称斯梅拉尔达海岸）有一栋别墅。这些地方伊丽莎白都去过。从独院到公寓再到别墅，所有的住处都很奢华、雅致。她就是在这样的地方长大的。可是她却一直觉得自己像个外来者，误打误撞走进了一个漂亮的生日宴会，里面的人都不喜欢她。

随着年龄的增长，伊丽莎白开始意识到作为萨姆·罗夫的女儿意味着什么。她的母亲在情感方面是公司的牺牲品，在这一点上她跟母亲并无区别。如果说伊丽莎白没有感受过家庭生活，那是因为她压根儿就没有一个完整的家，有的只是付费的代孕妈妈和那个缥缈的男人：他是她的父亲，却似乎对她没有兴趣，心里只有公司。帕特里夏作为一个成年人可以接受这些，可对一个孩子来说，这无异于一种折磨。伊丽莎白觉得自己没人要、没人爱，绝望时不知如何应对，而最终她把这一切都归因于自己不招人待见。她非常想赢得父亲的爱。等她长大到可以上学了，她会在学校给父亲制作很多东西，有很孩子气的素描、水彩画和站不稳的烟灰缸，她会小心翼翼地护着这些作品，等着他从外面回来，然后拿给他看，让他惊喜，让他高兴，听他说"很漂亮，伊丽莎白，你很有天赋"。

父亲一回来，伊丽莎白就把爱心作品拿给他看。他总是心不在焉地扫一眼，或点点头或摇摇头。"你当不了画家，对吧？"

住在比克曼街的公寓房里时，伊丽莎白有时会在半夜醒来，顺着盘旋的楼梯下楼，穿过空荡荡的大厅，走进父亲的书房。书房空无一人，感觉就像进入了一个神殿。这是他的房间，他在这里工作，在这里签署重要的文件，经营着世界。伊丽莎白常常会走到他巨大的办公桌前，用手慢慢地抚摸皮革桌面，然后走到桌子后面，坐在他的皮椅子上。她觉得这样可以离父亲更近些。待在他曾经待过的地方，坐在他曾经坐过的位置，这样做好像就可以成为他的一部分。她常常在想象中和父亲对话，向他倾诉，他会很感兴趣地倾听着，看起来很关心她。有一天晚上，伊丽莎白一个人在黑暗中坐在他的办公桌前时，书房的灯突然亮了。父亲站在门口。他定定地看着坐在办公桌后面的伊丽莎白，看到她只穿着薄薄的睡衣，不由得问："你一个人坐在黑暗里干什么？"说着，他把她抱起来，上楼，送回卧室。那一次伊丽莎白整夜都没睡着，一直回想着父亲抱她的样子。

在这之后，她每天晚上都会下楼，坐在他的办公室里，等他来抱。但是这种情况再也没有发生过。

没有人和伊丽莎白说起过她的母亲——帕特里夏·罗夫。但是接待厅里有母亲真人大小的画像，伊丽莎白常常成小时地盯着看。看完后，她就去照镜子——好丑，而且她还不得已戴着牙箍，看起来像个怪兽状滴水嘴。怪不得父亲不喜欢我，伊丽莎白心里会这样想。

一夜之间她胃口变大，怎么都吃不饱，体重也开始增加。这是因为她得出了一个神奇的真理：等她变胖、变丑了，就不会有人认为她应该像母亲。

伊丽莎白长到十二岁时，上了一所昂贵的私立学校。学校位于曼哈顿上东区上东城七十号。司机开着劳斯莱斯送她上学。然后，她走进班里，坐在那里，沉默寡言，安安静静，对周围所有人都不理不睬。她从来不主动回答问题。被老师叫到时，她似乎从来都答不上来。老师们很快就习以为常，不再搭理她。他们还私下里议论伊丽莎白，一致认为她娇生惯养，是他们见过的最糟糕的学生。在给校长的保密报告中，伊丽莎白的班主任老师这样写道：

> 对于伊丽莎白·罗夫，我们没有任何办法。她不跟同学交往，拒绝参加任何集体活动，在学校里没有朋友。她的成绩不够理想，但是我们很难判断是因为她没有努力，还是因为她学不会。她傲慢、任性。要不是因为她父亲是学校的主要捐助人之一，我会强烈建议开除她。

报告与事实严重不符。真实的情况是，伊丽莎白·罗夫深陷可怕的孤独中，却没有任何办法协调人际关系或保护自己。她觉得自己无用，满脑子都是这种想法，以至于不敢交朋友，害怕他们发现自己一无是处、不讨人喜欢。她并不傲慢，只是腼腆到了几乎无法控制的地步。她觉得自己和父亲不属于同一个世界。她感到格格不入，觉得没有一丝归属感。她讨厌坐着劳斯莱斯去上学，觉得自己不配。上课时，她其实知道老师所提问题的答案，但是她不敢大声说，害怕引起别人注意。她喜欢读书，甚至窝在床上整夜不睡，如饥似渴地读。

她老是做白日梦。哦！多么美好的梦啊！她梦见自己和父亲在巴黎，坐着马车穿过布洛涅公园；他带她去办公室——房间很大，有点像圣帕特里克大教堂，不断有人进来，拿着文件让他签字。他却挥挥手把他们都打发走，说："没看见我现在正忙着吗？我在和我的女儿伊丽莎白说话。"

她梦见她和父亲在瑞士滑雪。他们两人肩并肩从陡峭的斜坡上冲下来，凛冽的风嗖嗖刮过。他突然跌倒了，摔到了腿，疼得大喊大叫。她安慰他："别担心，爸爸！我来照顾你。"说完，她飞快地滑到医院，对那里的人说："请你们快点，我爸爸受伤了。"于是，十几个穿着白色隔离服的人用闪烁着警示灯的救护车把父亲送到医院里。她坐在父亲的病床前，给他喂饭（要是这样的话，他伤的应该是胳膊，而不是腿）。就在这时，不知怎么就活过来的妈妈走了进来，爸爸却说："我这会儿没空，帕特里夏，伊丽莎白正和我说话呢。"

她梦见他们在位于撒丁岛的美丽别墅里。用人们都不在，伊丽莎白给父亲做饭。他每样都吃双份，还说："伊丽莎白，你做的比妈妈做的好吃多了。"

　　和父亲在一起的所有的梦都以同样的方式结束。门铃响了，一个比爸爸还高的男人走进来，请求伊丽莎白嫁给他。于是，父亲对她说："求你了，伊丽莎白，别离开我。我需要你。"

　　于是，她答应留在父亲身边。

　　伊丽莎白在很多个家中长大。她最喜欢的家是撒丁岛的别墅。这个家的空间并不是最大的，却最多姿多彩，最让人舒服。撒丁岛本身就让伊丽莎白愉快。岛上多岩石，位于意大利海岸线西南一百六十英里左右，人在岛上可以一览无余地看到山峦、海洋和绿色的农田，景色壮观、绝美。这里有数千年前原始海洋里的火山喷发形成的巨大的火山崖壁。目力所及之处，海岸线如巨大的新月般伸展开来，环绕岛屿的第勒尼安海则给岛屿镶上了一道蓝色的边。

　　对伊丽莎白来说，这座岛屿有其特殊的韵味，有海风和森林的气味，有黄白相间的马基亚群落，有拿破仑钟爱过的富有传奇色彩的花。这里的克贝克拉灌木丛能长到六英尺高，结出味道像草莓的红色果实。这里还有瓜西亚——一种高大的石橡树，树干会出口到大陆，用来制造葡萄酒瓶的软木塞。

　　她喜欢听岩石——一种中空的神秘巨石——唱歌。在风从洞中穿过时，岩石会发出怪异的哀号声，像逝去的灵魂吟唱悲歌。

　　还有岛上的各种风。伊丽莎白熟悉所有的风：密史脱拉风、波南脱风、屈拉蒙塔那风、格利卡特风、和累范特风。柔和的风和狂暴的风。还有可怕的热风，也就是从撒哈拉沙漠吹来的暖风。

　　罗夫家的别墅位于斯梅拉尔达海岸，在切尔沃港口上方，建在悬崖顶端，俯视着大海，周围长着杜松树和结着苦涩果实的野生撒丁岛橄榄树。往下看是景色壮观的港口，港口周围的绿色山坡上散布着石头与灰泥砌成的房子，各种颜色的都有，奇奇怪怪的，很像小孩子的彩色粉笔画。

　　别墅是灰泥建筑，里面有巨大的杜松木横梁。房子依地势而建，错落排布了好几层。里面有宽大而舒服的房间，每个房间里都有壁炉和阳台。客厅和餐厅有落地窗，可一览无余地观赏岛上风光。自由式楼梯通往楼上。楼上有四个卧室。家具与周围的环境完美地融为一体，有富有乡村气息的餐桌和凳子，还有软软的安乐椅。窗帘是带流苏的羊毛材质的，由岛上的人手工织造。地上铺的五彩缤纷的斯拉萨达布瓷砖是从撒丁岛或托斯卡纳区运来的。浴室和卧室铺着的是本地产的羊毛地毯，以传统方式用植物染料染制而成。房间里挂着各种绘画，有法国印象派的，有意大利大师的，还有萨尔多人的原住民风格的作品。走廊上挂着伊丽莎白的高曾祖父母塞缪尔·罗夫和特雷尼亚·罗夫的肖像画。

整座房子中伊丽莎白最喜欢的地方是塔楼间，斜坡房顶上铺着瓷瓦。从二楼顺着一个窄窄的楼梯可以爬上去，萨姆·罗夫把这个房间当书房。书房里面有一个很大的办公桌，一个舒服的带衬垫的转椅；书柜依墙而立，墙上挂着地图，图书与地图多数都与罗夫帝国有关；阳台是用推拉门隔开的，阳台外侧是陡峭的悬崖，从阳台看到的风景让人惊心动魄。

就是在这座房子里，伊丽莎白在十二岁时发现了家族的起源，这也是她第一次感觉到生命有了归属，自己有所归依。

一切都起始于她发现的那本书。父亲开车去了奥尔比亚，伊丽莎白闲逛着上楼来到塔楼间。她对架子上的书压根儿不感兴趣，因为早就知道都是些有关药理学和生药学，以及跨国公司和国际法的专业书。这些书对她来说都很枯燥乏味。还有很少见的手稿，都放在玻璃盒子里，其中有一本是用拉丁语写成的药书，书名是《当下要事》，成书于中世纪；另一本书名是《药物学》。伊丽莎白当时正在学拉丁语，看见这些古老的书不由得生出好奇心，于是打开玻璃盒子，把书取了出来。结果发现下面还有一本。伊丽莎白把下面的那本书拿出来。书很厚，包着红色书皮，没有书名。

伊丽莎白很好奇，不由自主地把书打开。结果就像打开了一扇通往另外一个世界的门。这是她的高曾祖父塞缪尔·罗夫的自传，用英语写成，刻印在牛皮纸上。书上没有标明作者，没有日期。不过伊丽莎白知道这本书有一百多年的历史，多数页面已经褪色，还有的已经发黄，或因时间久远而剥落。可是这些都不重要。重要的是故事。故事让楼下墙上的两个肖像有了生命。伊丽莎白看高曾祖父母的肖像画已经有上百次：画中的男人和女人打扮得很老式，衣服是她不熟悉的样式。男人并不英俊，但是脸上彰显着力量与智慧。他长着金色头发，有着南斯拉夫人高高的颧骨和犀利的明亮的蓝色眼睛。女人很漂亮，头发很黑，肤色白净，眼睛如黑炭般闪亮。她穿着一件白色丝绸裙装，外面是一件搭肩衫，里面是锦缎做成的紧身上衣。对伊丽莎白来说，他们原本是无足轻重的两个陌生人。

但在伊丽莎白一个人待在塔楼间读这本书的此刻，塞缪尔和特雷尼亚开始复活。伊丽莎白觉得她好像穿越到了过去，回到了一八五三年，和塞缪尔、特雷尼亚一起生活在克拉科夫的贫民窟里。随着读得越来越深入，她开始慢慢了解到，创办了罗氏公司的高曾祖父塞缪尔很浪漫，爱冒险。

而且他还杀过人。

第8章

伊丽莎白继续读着。塞缪尔·罗夫最早的记忆是一场大屠杀中母亲的死。那是一八五五年，他五岁。他一直躲在一栋小木房子的地窖里。这栋房子位于克拉科夫的贫民窟，是罗夫家和其他几户人家共同居住的地方。不知道过了多长时间，外面的骚乱终于平息，只剩下幸存者的哭泣声。这个时候，塞缪尔才小心翼翼地从藏身的地方出来，走到贫民窟的大街上去找妈妈。在这个小男孩的眼里，整个世界似乎就是个火海。路两边的木头房子都着了火，整个天空都是红的，到处飘荡着如黑云般的浓烟。男男女女都很忙乱，有的在找家人，有的在抢救店铺、家宅以及少得可怜的财产。克拉科夫在十九世纪中期已经有消防队，但不提供给犹太人用。这里是贫民窟，位于城市的边缘，人们只能靠双手来对抗大灾难：自发组织起来，从井里打水，人手相传，用桶接水灭火。塞缪尔抬眼就能看见死人，男男女女残缺不全的尸体像被摔坏的娃娃般丢在路边；还有被强奸的赤裸的女人和孩子，他们都在流血，呻吟着等待救援。

塞缪尔在街上找到了妈妈，她躺着，处于半昏迷状态，脸上全是血。他在妈妈身边跪下，心跳得厉害："妈妈！"

妈妈睁开眼睛，看见了塞缪尔，挣扎着想说话。塞缪尔知道她要死了。他很想救她，却不知道该怎么做。他轻轻地给她擦去脸上的血，但一切都来不及了。

后来，塞缪尔就站在那里，看着掩埋队的人很小心地把妈妈身体下面的泥土挖出来：泥土浸染了妈妈的血；按照《圣经》，这些泥土必须和她一起埋葬，这样才算完整归还上帝。

就是在这一刻，塞缪尔立下志向，长大当一名医生。

罗夫家和另外八家人共住在一栋窄窄的三层木楼里。小塞缪尔和父亲、姑姑住在一个很小的房间里。他长这么大从来没有自己的房间，没有独自吃过饭、睡过觉。在他的记忆中，永远有人在说话。他压根儿不知道什么是独处，所以也不向往。他一直住在人挤人的，像迷宫一样的屋子里。

一到晚上，塞缪尔和亲戚、朋友就会被异教徒锁在贫民窟里，就像犹太人把羊、牛和鸡圈起来一样。

在太阳落山时，贫民窟的巨大的双开木门会关闭，并被一把巨大的铁锁锁起来。在太阳升起时，大门会再次打开，犹太商人们就可以进入克拉科夫城和异教徒做生意，但是在日落之前，他们必须回到贫民窟。

塞缪尔的父亲来自俄罗斯，从基辅的一场大屠杀中逃了出来，一路来到克拉科夫。他在这里遇到了自己的新娘。塞缪尔的父亲驼背，头发灰白，一张脸饱经沧桑，布满皱纹。他是一个小贩，推着手推车在贫民窟狭窄、曲折的街道上售卖各种东西，有小商品、小玩意，以及各种器皿。小塞缪尔喜欢在鹅卵石街道上跑来跑去，这里人很多，熙熙攘攘。他喜欢街上的气味，有刚出炉的面包香味、风干鱼的腥味、奶油的香味、成熟果实的味道，以及锯末和皮革的气味。他喜欢听小贩们大声地叫卖，喜欢听家庭主妇们气愤而悲伤地讨价还价。小贩们售卖的东西种类之多令人咋舌，有亚麻布、蕾丝边、条纹布、纱线团、皮革、肉类、蔬菜、针线、软香皂、拔了毛的整鸡、蜡烛、纽扣、糖水，还有鞋子。

在塞缪尔过第十二个生日那天，爸爸第一次带他去了克拉科夫城。城门边戒备森严，门那边就是异教徒们的家。一想到要进城，这个小男孩就激动得不得了。

早上六点，塞缪尔穿上最好的衣服，在黑暗中跟着父亲站在紧闭着的大门前。周围是吵吵嚷嚷的人群，以及各种车子：双轮手推车，独轮车和马车。天气阴冷，塞缪尔只穿着一件破旧的羊毛外套，冻得缩成一团。

似乎过了很长时间，橘黄色的太阳才从东边的地平线上探出头来。人群一阵骚动。不一会儿，巨大的木门开始转动，门开了，勤劳得如同蚂蚁般的小贩们开始如潮水般往城里涌。

终于进入神奇又可怕的城市，塞缪尔不由得心跳加快，抬眼就是可以俯视维斯瓦河的防御工事。塞缪尔紧跟着父亲。他现在真真切切地置身于克拉科夫，周围全是怪异的异教徒，就是这些人每天晚上把他们锁起来。他偷偷地瞄了一眼身边经过的人，惊讶地发现他们的样子与贫民窟的人很不同。他们不戴帽子，不留鬓发，不穿"贝开契斯"黑长衫，很多人胡子刮得干干净净的。塞缪尔和父亲沿着普兰特街道朝人员拥挤的市集广场走去，途中经过很大的布匹厅和立着双塔的圣玛丽教堂。塞缪尔从来没有见过如此雄伟的建筑。新世界充满令人难以置信的事物。首先是让人激动的自由感以及让塞缪尔的呼吸变得急促的开阔感。街两边的房子不是挤在一起，而是分得很开的，而且多数房子前面都有一个小小的花园。这是理所当然的，塞缪尔心想，住在克拉科夫的人个个都是百万富翁。

塞缪尔跟着父亲去了好几个不同的商品供应点。父亲在那里买东西，然后把东西扔到手推车里。车子满了，父亲开始带着小男孩回贫民窟。

"我们不能多待会儿吗？"塞缪尔恳求。

"不能，儿子。我们必须回家。"

塞缪尔不想回家。这是他长这么大第一次到城门另一边，兴致如此之高，连呼吸都不顺畅了。原来人还可以这样活着，想去哪里就去哪里，想干什么就干什么……他为什么不能生在城门另一边？但几乎是立刻，他又为自己这种不忠的想法羞愧起来。

那天晚上上床后好长时间，塞缪尔都睡不着。他在回味克拉科夫，回味有鲜花和绿色花园的漂亮房子。他暗下决心，一定要找到获得自由的方法。他想和人谈谈心中的感想，可是没有人会理解他。

伊丽莎白把书放下，身体往后一靠，闭上眼睛，想象着塞缪尔的孤独、兴奋与懊丧。

就是在这一刻，伊丽莎白开始对他有了认同感，觉得自己是他的一部分，正如他是她的一部分。他的血液在她的血脉中流淌。她生出一种神奇的令人陶醉的归属感。

伊丽莎白听见外面车道上传来父亲的汽车的声音，赶紧把书放好。在之后的时间里，她一直没有机会再去读这本书。可是在回纽约的时候，她把书藏在了手提箱下面。

第9章

感受过撒丁岛的冬日暖阳，纽约简直就是西伯利亚。街道上到处是雪水和污泥，从东河吹来的风冷飕飕的，但是伊丽莎白并不介意。她生活在波兰，生活在另一个世纪，分享着高曾祖父的冒险经历。每天下午一放学，伊丽莎白就会冲进房间，锁上门，拿出书。她曾经想过和父亲谈谈这本书，可是又不敢，害怕他把书拿走。

塞缪尔以一种神奇的、意想不到的方式鼓励着伊丽莎白。在伊丽莎白看来，他们很像。塞缪尔独来独往，没有可以说话的人。和我一样，伊丽莎白心想。他们几乎同龄——虽说隔了一个世纪，但她对他有认同感。

塞缪尔想成为一名医生。

贫民窟有数千人，人口拥挤，环境不卫生，流行病盛行，却只有三位医生被允许在那里行医；在这三位医生中，最为富有的是奇诺·瓦尔。周围的人都比他穷，他家的房子在贫民窟中仿佛是一座城堡。房子是三层楼，人在外面可以透过窗户看见他家刚刚洗过的窗帘，挺括、带着蕾丝，还可以看见擦得亮闪闪的家具。塞缪尔想象着医生就在屋子里，给病人看病，帮助他们，对他们进行治疗：医生做的都是塞缪尔想做的事情。塞缪尔不由得想，像瓦尔医生这样的人如果对我感兴趣，我就可以获得帮助，成为医生，这是毋庸置疑的。但是对塞缪尔而言，瓦尔医生和城墙另一边克拉科夫城里的异教徒一样，都是无法接近的。

塞缪尔时不时地会看到伟大的奇诺·瓦尔医生走在大街上，和同事急切地说着话。有一天，塞缪尔从瓦尔家门口经过，大门正好打开着，医生和他的女儿走了出来。他的女儿和塞缪尔年纪相仿，是塞缪尔见过的最漂亮的女孩子。从看见她的那一刻起，塞缪尔就知道她会成为自己的妻子。这听起来简直不可思议。他也不知道如何做到，只知道必须做成。

从那之后，塞缪尔会找借口靠近她家，期望能再见到她。

一天下午，塞缪尔有事从瓦尔家门口经过，听见里面传来钢琴声。他知道是她在弹。他必须看看。他四下望望，确定没人注意，于是走到房子跟前。钢琴声从楼上传出，就在他头顶正上方。塞缪尔后退几步，研究了一下墙面。墙上有足够多的着力点，可以攀着爬上去。他丝毫没有犹豫，开始往墙上爬。二层楼比预想的要高，他还没有爬上窗台，但他的脚已经离地面十英尺。他往下一看，不由得一阵眩晕。此时，钢琴声更响亮了，感觉就像是她在为他而弹。他抓住下一个着力点，猛一用劲就爬上了窗台。他慢慢抬起头，隔着窗台往里面望。客厅摆放着精致的家具，女孩坐在一架金色、白色相间的钢琴前，正在弹奏着。她身后的扶手椅上坐着瓦尔医生，他正在看书。塞缪尔根本没怎么看他。美丽的人儿近在咫尺，塞缪尔的眼里只有她，他爱她！为了让她爱上他，他无惧危险，无畏惊人之举。他愿意——塞缪尔完全沉浸在白日梦中，手下意识地一松，人掉了下去。他喊叫起来，然后看见两张吃惊的面孔盯着自己，紧接着他就摔到了地上。

塞缪尔醒来时躺在瓦尔医生的办公室的手术台上。办公室很大，配备有好几个药柜和一列手术用器具。瓦尔医生把一块很难闻的棉花团凑到他鼻子下。塞缪尔被呛了一下，挺身坐了起来。

"这就好多了，"瓦尔医生说，"我应该把你的脑子给挖出来，但我怀疑你没有脑子。小子，想偷什么？"

"什么都不偷。"塞缪尔生气地说。

"你叫什么？"

"塞缪尔·罗夫。"

医生开始用手捏塞缪尔的右手腕。塞缪尔疼得喊叫起来。

"嗯。你的手腕断了，塞缪尔·罗夫。没准儿我们应该让警察来处理。"

塞缪尔大声呻吟着，心里却想着被警察带回家该有多丢人，会有什么后果——姑姑蕾切尔会伤心欲绝；父亲会杀了他。更重要的是，要是成了罪犯，被打上了烙印，他还有什么希望去赢得瓦尔医生的女儿呢？手腕突然被拽了一下，猛地一疼，塞缪尔惊讶地抬头看着医生。

"好了，"瓦尔医生说，"我把手腕正过来了。"他开始往塞缪尔的手腕上固定甲板。"塞缪尔·罗夫，你住在附近吗？"

"不，先生。"

"我见你在附近转悠过，没错吧？"

"是的，先生。"

"为什么？"

为什么？塞缪尔如果说了实话，也许会被瓦尔医生嘲笑。

"我想当一名医生。"塞缪尔没管住嘴，脱口而出。

瓦尔医生不相信似的看着他。"这就是你像个盗贼一样爬我家墙的原因？"

塞缪尔将一切和盘托出。他讲了母亲在街上死去的场景，讲了他的父亲，讲了他第一次去克拉科夫的情形，还讲了每天晚上像牲口一样被关在贫民窟时的失望心情。他还给医生讲了自己对他女儿的好感。他把一切都说了。医生一声不吭地听着。塞缪尔自己都觉得说得很荒唐。讲完后，他小声说道："对——对不起。"

瓦尔医生定定地看了他好长时间，然后说："我也很抱歉。为你，为我，为我们所有人。每一个人都是囚犯，而最具讽刺意味的是，一个人成了另外一个人的囚犯。"

塞缪尔不解地看着他："我听不懂，先生。"

医生叹了口气："总有一天你会懂的。"说着他站起身，走到办公桌前，拿起一个烟斗，慢条斯理地往里面塞着烟丝。"恐怕对你来说今天很糟糕，塞缪尔·罗夫。"

他拿一根火柴点燃烟丝，吹灭火柴，然后扭头对着男孩。"倒不是因为你的手腕断了。会好起来的。不过我将要做的，可能不会这么快就让你缓过劲来。"塞缪尔看着他，眼睛睁得大大的。瓦尔医生走到他身边，声音很温和地说："很少有人有梦想。你有两个梦想。恐怕我会把你这两个梦想都打碎。"

"我并不——"

"塞缪尔，仔细听我说。你永远都当不了医生——在我们的世界里，永远都不行。在贫民窟，只有三个医生获准行医。而这里医术精湛的医生有几十个，他们都在等着我们三个退休或死去，然后接班。你没有机会的，一点都没有。你生在错误的时代，错误的地方。小子，你能理解我的话吗？"

塞缪尔咽了一下口水。"能，先生。"

医生犹豫了一下，然后接着说："你的第二个梦想——恐怕同样是不可能实现的。你根本没可能娶特雷尼亚。"

"为什么？"塞缪尔问。

瓦尔医生盯着他。"为什么？这和你不能当医生的原因一样。我们活着要遵守规则，遵守传统。我女儿会嫁给同一阶层的人，这个人要有能力让她过和小时候一样的生活。她嫁的人要有一技之长，是律师、医生或者拉比。你——你必须把她忘掉。"

"可是——"

医生领着他往门口走，说："过几天，要找个人看看夹板。绷带一定要保持干净。"

"好的，先生，"塞缪尔说，"谢谢你，瓦尔医生。"

瓦尔医生端详着眼前这位长着金色头发，长相聪明的男孩子，说："再见，塞缪尔·罗夫。"

第二天下午早些时候，塞缪尔按响瓦尔家的门铃。瓦尔医生隔着窗户看着，心里清楚应该把他打发走。

"让他进来吧。"瓦尔医生吩咐女佣。

从那之后，塞缪尔每星期来瓦尔医生家两到三次。他给瓦尔医生跑腿，作为交换，医生在给人治病、做实验调制药品时允许他在一旁看着。小男孩观察着，学习着，把一切都记下来。他很有天赋。瓦尔医生心里的愧疚感也越来越强，因为他知道，他这么做是在鼓励塞缪尔，鼓励他去做不可能的事情；可他无法拒绝。

不知是出于偶然还是有意为之，塞缪尔在的时候，特雷尼亚几乎总是在他附近晃悠。偶尔，他会扫见她从实验室门口走过，还有一次，他在厨房里不经意撞上了她。他的心跳得厉害，还以为自己会昏过去。她定定地看了他一会儿，眼神里满是猜测，然后平静地点点头，走了。至少她注意到了他！这是第一步。剩下的只是时间问题。塞缪尔心里没有一丝的怀疑。这是命运的安排。特雷尼亚已经成为塞缪尔的未来梦想的重要部分。他曾经只为自己做梦，现在他为他们两人做梦。无论如何，他要让两人走出贫民窟，离开这个难闻的、拥挤的监狱。他会获得巨大的成功。现在，他的成功不仅仅是为他自己，还是为了他们两个。

尽管这一切都是不可能的。

伊丽莎白读着塞缪尔的故事睡着了。早晨醒来时，她很小心地把书藏好，然后穿衣服去上学。她没办法忘掉塞缪尔。他是怎样娶到特雷尼亚的？怎样逃出贫民窟的？又是怎样变成名人的？伊丽莎白被这本书迷住了，不愿意谁来打扰她或把她从书中拉出来，强迫她回到二十世纪。

伊丽莎白必修的一门课是芭蕾舞课，但她并不乐意上。她把自己塞进粉色的芭蕾短裙里，盯着镜子，试图告诉自己身材很迷人。但是事实摆在这里。她很胖，永远也当不了芭蕾舞演员。

伊丽莎白过十四岁生日后不久，舞蹈老师内图洛娃小姐就宣布，两星期之后班上要在礼堂举办年度舞蹈表演，还要求学生邀请家长参加。伊丽莎白不由得一阵惊慌。一想到要当着那么多人的面站在舞台上，她就害怕。她挺不过这一关。

大街上，一个过街的小孩正要从一辆汽车前跑过。伊丽莎白看见了，飞快跑过去，把小孩从死亡的爪牙下救了回来。不幸的是，女士们，先生们，伊丽莎白·罗夫的脚指头被车轮压伤，不能在今晚的表演会上跳舞了。

一位粗心的女佣在楼梯顶层落下了一块香皂。伊丽莎白脚下一滑，顺着长长的楼梯滚落下来，摔伤了屁股。医生说："不用担心。三星期之后就好了。"

哪有这么好的运气！在要表演的那一天，伊丽莎白安然无恙。她心里急得不行。塞缪尔再次帮助了她。她想起他曾经也很害怕，但还是去找了瓦尔医生。她不能做让塞缪尔丢脸的事情。她要直面考验。

伊丽莎白甚至没有对父亲提起过舞蹈表演的事。在过去，在学校要求的时候，她也常常邀请父亲去学校开会或参加聚会，但是他总是很忙。

这天晚上，伊丽莎白正准备去参加舞蹈表演，父亲回到了家。他这一次出城有十天。

他从她卧室门口经过，看见了她，说："晚上好，伊丽莎白。你胖了。"

她不由脸一红，试图把肚子收回去。"是的，爸爸。"

他说着什么，然后话锋一转："学习怎么样？"

"很好，谢谢你。"

"有什么问题吗？"

"没有，爸爸。"

"好吧。"

在过去的很多年里，这样的对话他们说过无数次，你一句，我一句，毫无意义，而这似乎是他们唯一的交流形式。学习怎么样？——很好，谢谢你。——有什么问题吗？——没有，爸爸。——好吧。就像两个陌生人讨论天气，对对方的话既不倾听，也不在乎。还好，我们中有一个人在乎，伊丽莎白想。

但是这一次萨姆·罗夫说完后并没有立刻走。他看着女儿，一副若有所思的样子。他习惯有问题就立刻处理。此刻他就感觉到有问题，却又想不明白是什么。如果有人把答案告诉他，他就会说："别傻了。我已经给了伊丽莎白一切。"

正当父亲要走的时候，伊丽莎白脱口而出："我的——我的芭蕾舞课要进行表演。我报名了。你不会来，对吧？"

她说这话的时候，心里满满的都是恐惧。她不想让他去看自己笨拙的样子，为什么还要问他呢？她心里很清楚，因为她是班上唯一一个家长不会去大礼堂的学生。反正，问也没关系。她对自己说，因为他会说不去。她很生自己的气，摇摇头，转过身。难以置信的是，她听见身后的父亲说："我想去。"

大礼堂里挤满了家长和亲友，舞台两侧各有一架巨大的钢琴，大家都在看学生随着钢琴伴奏跳舞。内图洛娃小姐远远地站在舞台一侧，给跳舞的孩子们大声数着节拍，把家长的注意力全都吸引过来。

有几个孩子确实跳得很优雅，显示出真正的天赋苗头。其他的孩子则如同走过场，用热情代替能力。油印的节目单上印着三段歌剧节选：《葛蓓莉亚》《灰姑娘》，以及必不可少的《天鹅湖》。主要节目是单人舞，这是每个孩子都有的专属荣耀时刻。

在后台，伊丽莎白深陷恐惧之中。她一直从侧幕往外望，每次都能看见坐在第二排中间的父亲。她后悔请他来，真是傻透了。从表演开始到现在，伊丽莎白就这样躲在后台，混在其他要跳舞的学生中间。但现在轮到她了。她穿着芭蕾舞短裙，身材臃肿，像马戏团里的人。她清楚，只要一上台，所有人都会嘲笑她，而她竟然还邀请父亲来看自己丢脸！唯一令人感到安慰的是，她的独舞只有六十秒。内图洛娃小姐不是傻子。一切都会很快结束，没有人会注意到伊丽莎白。父亲的眼睛只要离开一分钟，她的节目就结束了。

其他女孩跳的时候，伊丽莎白就看着。她们一个接一个，在她眼里，个个都仿佛是马尔科娃、马克西莫娃和方廷。突然，一只冷冷的手搭在伊丽莎白裸露的胳膊上，把她吓了一跳。是内图洛娃。内图洛娃压低声音说："踮起脚尖，伊丽莎白，该你了。"

伊丽莎白想说"明白，小姐"，但是喉咙一阵发干，话没说出口。两位钢琴师奏响伊丽莎白熟悉的独舞曲目。她却呆呆地站在原地，就是不迈步。内图洛娃小姐悄声说"上去"，紧接着伊丽莎白背后被人推了一把，跌跌撞撞就上了台。她半裸着身体，面对着上百位心怀敌意的陌生人。她不敢看父亲。她想尽快让可怕的磨难过去，赶紧逃走。她要做的动作很简单：下几个腰，来几个单脚跳，再来几个大的跳跃。她开始合着拍子走步，试图把自己想象得很瘦，很高，身手灵活。动作都做完了，观众中传来稀稀拉拉的礼节性的掌声。伊丽莎白往第二排望过去：父亲正坐在那里，自豪地微笑着，鼓着掌——在为她鼓掌！伊丽莎白心里突然有什么东西被打开了。音乐已经停止，伊丽莎白却还在跳：下腰，单脚跳，摆腿，转圈。她失去控制，情不自禁。一头雾水的钢琴师开始给她伴奏，一开始是一位，接着另一位也跟上。在后台，内图洛娃小姐被气坏了，正发疯似的朝伊丽莎白示意。但身处幸福之中的伊丽莎白根本不理会她，全然处于忘我的状态。对她来说，唯一重要的是她在台上，正在为父亲跳舞。

　　"我相信你能理解，罗夫先生。这是学校无法忍受的行为。"内图洛娃小姐气得身体发抖。"你女儿目中无人，太过任性，就像——就像她是个闪亮的星星。"

　　伊丽莎白能感觉到父亲在扭头看过来，但她不敢跟他对视。她知道自己做的事情无法被原谅，但是她停不下来。在舞台的那一瞬间，她尽力为父亲创造出了美丽的东西，尽力去打动父亲，引起他的注意，让他为她感到自豪，爱她。

　　现在她听见他说："你说得完全正确，内图洛娃小姐。我会适当惩罚伊丽莎白。"

　　内图洛娃小姐得意扬扬地看了伊丽莎白一眼，说："谢谢你，罗夫先生。就由你来处置吧。"

　　伊丽莎白和父亲站在校园外。自从离开内图洛娃小姐的办公室，他一句话都没有说过。伊丽莎白正在努力想着怎么道歉。但是，她能说什么？怎么才能让父亲明白她这么做的原因呢？他是个陌生人，她害怕他。她见过他发脾气，因为别人犯了错或没有听他的话，他当时的样子很可怕。现在，她一声不吭地站着，等他往自己身上发泄怒气。

　　他转向她，说："伊丽莎白，我们为什么不去朗佩尔迈耶喝杯巧克力苏打水呢？"

　　伊丽莎白突然哭了。

　　那天晚上，她躺在床上，大睁双眼，激动得怎么都睡不着。她不停地在脑子里回放之前发生的情形，一遍又一遍。她太激动了，几乎到了承受不住的程度。因为这不是幻想出来的白日梦。一切都切切实实地发生了，都是真的。她看到自己和父亲坐在朗佩尔迈耶饭店，周围是色彩斑斓、巨大无比的填充动物，有熊、大象、狮子，还有斑马。伊丽莎白点了一份香蕉圣代，没想到那是一个巨无霸。但父亲并没有批评她。他在和她说话，不是"学习怎么样？——很好，谢谢你。——有什么问题吗？——没有，爸爸。——好吧"这样的对话，而是真正的谈话。他给她讲了最近去东京的事情，讲了东道主请他吃的特色菜——裹着巧克力的蚱蜢和蚂蚁，讲到他为不丢面子，不得不硬着头皮吃。

等到伊丽莎白舀起最后一勺冰激凌的时候，父亲突然说："利兹，你为什么要那么做？"

她知道，所有的一切都要被毁掉了，他会训斥她，说对她很失望。

她说："我是想比其他人都强。"她没敢说，是为了你。

他看着她，就这样似乎过了很长时间，然后哈哈大笑起来。"你确实让所有人都大吃一惊。"语气中带着一种自豪。

伊丽莎白感觉血一下子涌上脸颊，不由得说："你不生我的气？"

他眼睛里有一种她从未见过的东西。"就为了你想比其他人都强生气？这才是罗夫家的人该有的样子。"说着他伸出手，捏了捏她的手。

伊丽莎白睡着前最后的想法是：父亲喜欢我，他是真的喜欢我。从现在起，我们要永远在一起。他出去时带着我。我们可以谈很多事情，我们会成为好朋友。

第二天下午，父亲的秘书通知她，一切都已经安排好，将要送她去瑞士的寄宿学校读书。

第10章

伊丽莎白被送到了国际勒芒学校，这是一所女子学校，位于圣布莱斯村——可以俯瞰纳沙泰尔湖。女学生的年龄从十四岁到十八岁不等。瑞士有着优秀的教育体制，而这所学校是众多学校中的佼佼者。

伊丽莎白不喜欢在这里度过的每一分钟。

她感觉自己被流放了。她被人从家里驱赶出来，仿佛她犯了罪，受到了最严厉的惩罚。在那个神奇的晚上，她以为自己接近了某种美好的事物，终于发现了父亲，而且父亲也发现了她，感觉他们将成为好朋友。但是现在他离得比以前更远了。

伊丽莎白可以通过报纸和杂志了解父亲的动向。上面经常出现有关他的报道和照片：他面见首相或总统，在孟买开了一家药店，在爬山，在和伊朗国王共进晚餐。伊丽莎白会把所有的报道都粘在剪贴簿上，时常拿出来翻看。她把剪贴簿和塞缪尔的书藏在一起。

伊丽莎白还是不跟其他学生交往。有些女孩子会和两三个同学共住一间屋子，但是伊丽莎白却要求自己住一间。她给父亲写了很长的信，然后把表露自己感情的部分撕掉。她时不时会收到父亲的留言条，生日那天会收到从高档商店买来的包装精美的礼物，都是他的秘书送来的。伊丽莎白非常想念父亲。

她想要和他一起在撒丁岛的别墅里过圣诞节。日子一天天临近，等待也让人越来越难以忍受。她激动得要死，还给自己列了清单，并很仔细地记下来：

不要惹人烦。

要有趣。

不要抱怨任何事情，尤其是学校。

不要让他知道你很孤独。

不要打断他说话。

永远穿戴整齐，即便是在吃饭的时候。

要多开口笑，让他知道你有多快乐。

这个清单是一种企盼，一份祈祷文，是她奉献给诸神的祭品。如果这些她都做到了，或许——或许——伊丽莎白开始出现幻觉。她会向父亲说自己对第三世界国家和十九个发展中国家的深刻的洞察，父亲会说："我不知道你这么有趣。"（第二条规则）"你是一个非常聪明的女孩，伊丽莎白。"然后他转身对秘书说："我认为伊丽莎白没有必要再回学校。我为什么不让她和我在一起呢？"

一种企盼，一份祈祷文。

公司的里尔喷射机在苏黎世接上伊丽莎白，把她送到奥尔比亚机场。之后她上了一辆豪华轿车。伊丽莎白坐在后排座位上，一言不发。为防止腿发抖，她并紧双膝。她很激动，心里想着无论发生什么，我都不能让他看见我哭。无论如何都不能让他知道我很想他。

汽车朝斯梅拉尔达海岸驶去，先是漫长、蜿蜒的山间公路，之后一转上了一条窄些的山路。这条路直通山顶，是伊丽莎白一直都害怕走的路。路很窄，很陡，一侧是高山，一侧是吓人的深渊。

汽车在房子前停下。伊丽莎白下了车，朝房子走去。走着走着她便跑了起来，没了命地往屋里跑。前门打开，撒丁岛上的管家玛格丽塔笑盈盈地站在门口："你好，伊丽莎白小姐。"

"我爸爸在哪里？"伊丽莎白问。

"事出紧急，他去了澳大利亚。但是他给你留下了很多漂亮的礼物。这将是一个令人愉快的圣诞节。"

第11章

伊丽莎白随身带着那本书。她站在别墅的走廊里，端详着塞缪尔·罗夫以及紧挨着他的特雷尼亚的画像。她感受到了他们的存在，就好像他们活过来了一样。这样过了很长时间，伊丽莎白才转过身，拿着书，顺着梯子上了塔楼房。她每天要在塔楼房里待好几个小时读这本书。每次打开书，她都觉得离塞缪尔和特雷尼亚更近了，横在他们之间的那个世纪开始消失……

伊丽莎白读到，塞缪尔在之后的几年里，花了大把的时间和瓦尔医生待在实验室里，帮着他调制药膏和药品，他也了解到药物的制作原理。背景中总有特雷尼亚的影子，她经常出现，总是那么美丽。只要一看见她，塞缪尔心中就充满梦想，坚信终有一天她会属于他。塞缪尔和瓦尔医生相处得很好，但特雷尼亚的母亲是截然不同的人。她说话刻薄，为人势利，不喜欢塞缪尔。他一直尽量避开她。

塞缪尔对能治愈人的药物非常迷恋。一本被人们发现的莎草纸书上记载着公元前一五五〇年埃及人用来治病的八百一十一种处方。那时的人生命预期只有十五岁。看了当时的一些处方后，塞缪尔才明白人们短寿的原因：处方里有鳄鱼的粪便、蜥蜴的肉、蝙蝠的血、骆驼的唾液、狮子的肝脏、青蛙的趾头，以及独角兽研成的粉。每一张处方上都有Rx标记，这是对埃及疗愈之神的古老的祷告方式。就连"化学（chemistry）"一词也来自埃及古老的地方卡密（Kahmi或Chemi）。医生兼有神职身份，被称为智者。塞缪尔记住了。

贫民窟和克拉科夫的药店很原始。多数瓶瓶罐罐里装的药都未经过测试或试验。有的有用，有的有害。塞缪尔对这些药都非常熟悉：蓖麻油、甘汞、大黄、碘酒化合物、可卡因，以及催吐剂。药店里能买到的还有治疗百日咳、腹绞痛和伤寒症的万能药。因为药店没有采取卫生措施，所以药膏和口服剂里经常可以看到死昆虫、蟑螂、老鼠粪、毛发屑等。多数病人吃了这样的药要么因病而死，要么因药而死。

有好几本杂志专门刊登医药类新闻，塞缪尔求知若渴，读了很多。他还和瓦尔医生讨论自己的看法。

"这种说法有道理，"塞缪尔语气很确定地说，"每种疾病都会有治疗方法。健康是合乎自然的，疾病是有违自然的。"

"或许吧，"瓦尔医生平静地说，"可是我的多数病人不会让我在他们身上尝试新药，而且我觉得他们是明智的。"

塞缪尔贪婪地读着瓦尔医生家里有限的医药藏书。他把这些书读了又读，书中悬而未决的问题让他困惑。

塞缪尔为正在发生的革命激情澎湃。有的科学家认为，增强抵抗力可以摧毁疾病，从而从根本上消除病因，这种方法是可行的。瓦尔医生尝试过一次。他从一个患白喉的病人身上提取血液，然后注射给一匹马。马死了，瓦尔医生随即放弃试验。但是年轻的塞缪尔坚信瓦尔医生的路子是对的。

"你现在不能停止，"塞缪尔劝瓦尔医生，"我知道会有作用。"

瓦尔医生摇摇头。"塞缪尔，这是因为你才十七岁。等到了我这个年纪，你就不会这么坚信了。忘了这件事吧。"

塞缪尔不为所动。他想继续试验，但是做试验需要动物。除了抓流浪猫和老鼠之外，他没有可供试验的动物。塞缪尔给这些动物用药，不管剂量多么小，它们都会死。这些动物太小，塞缪尔心里想。我需要大一些的动物，马，牛或者羊，但是我去哪里找呢？

一天下午晚些的时候，塞缪尔回到家，发现房前有一匹马和一辆车。车子外侧有一个写得很潦草的牌子：罗氏。塞缪尔不敢相信地盯着马看了一会儿，然后跑进屋里找父亲。"那匹——外面那匹马，"他结结巴巴地问，"你从哪里弄到的？"

父亲很自豪地冲着他微微一笑。"我做生意赚来的。有了马，我们能跑的地方就会更多。没准儿四五年后，我们又可以买一匹。想想看。我们有两匹马。"

这是他父亲顶天的抱负：有两匹弱不禁风的马，在克拉科夫肮脏的、拥挤的贫民窟里拉车。他的话让塞缪尔想哭。

那天晚上等所有人都睡着后，塞缪尔去了马厩，仔细检查了这匹马。他们给马取名菲德。它无疑是马中最为低劣的那种，已经很老，背部凹陷，腿瘸着。没人相信它能跑得过塞缪尔的父亲。但是这些都不重要。重要的是塞缪尔有了试验用的动物。他不用再去抓老鼠或流浪猫了。当然，他得非常小心，坚决不能让父亲发现端倪。塞缪尔抚摸着菲德的头，对它说："你要进入医药行业了。"

塞缪尔借用菲德的地盘，在马厩一角临时搭建起自己的实验室。

他在一盘浓肉汤里培养白喉病菌。浓汤变浑浊后，他取一些放进另外一个容器中，然后开始稀释，先是往里加水，接着慢慢加热。他把最后得到的溶液装满一根针管，走到菲德跟前，低声问道："还记得我给你讲过的话吗？好吧，今天就是你的重要日子。"

塞缪尔把针头扎进菲德肩膀上松松垮垮的皮肤里，学着瓦尔医生的样子，把药液推进去。菲德转过头，责备地看着他，还往他身上撒尿。

塞缪尔估计培养液在菲德身上发挥作用得七十二个小时。到时候，塞缪尔会给它加大剂量，然后再加大剂量。如果抗体理论是对的，那么每增加一次剂量都可以增强血液对这种疾病的抵抗力。这样塞缪尔就可能培育出疫苗。接下来，他就可以找人试验。当然，找人并不难。对患了可怕疾病的人来说，只要能救命，他们很愿意尝试。

接下来的两天里，塞缪尔只要是醒着，都会守着菲德。

"我还从没见过这么喜欢马的人，"父亲说，"你离不开它，对吗？"

塞缪尔咕哝着回答了一句，声音小得几乎听不见。他对自己的作为感到愧疚，但他知道一旦说出来会发生什么，不过也没必要让父亲知道。他所做的只不过是从菲德身上取点血，培养出一两瓶血清。这是再英明不过的做法。

第三天是关键，一大早塞缪尔就被屋外父亲的声音弄醒了。他跳下了床，飞快地跑到窗户前往外观望。父亲站在街上的车旁，撕心裂肺地喊叫着。但塞缪尔看不到菲德的踪影。塞缪尔披上件衣服，冲了出去。

"畜生！"父亲喊叫着，"骗子！骗人！小偷！"

人们开始在父亲周围聚集。塞缪尔拨开人群走到父亲跟前。

"菲德呢？"塞缪尔问。

"很高兴你能问我，"父亲不无抱怨地说，"它死了。像个狗一样死在了街上。"

塞缪尔的心不由得一沉。

"本来一切都好好的，我照顾着生意，没有催它，也没有用鞭子抽它，或者是像我认识的小贩那样赶它。它是怎么感激我的呢？倒地就死。等抓到那个卖马的人，我非杀了他不可！"

塞缪尔转过身去，心里难过得要死。死去的不仅仅是菲德，还有他的梦。随同消失的还有从贫民窟逃出去的梦想、自由，以及与特雷尼亚和他们未来的孩子们的漂亮房子。

但是更大的灾难还在后面。

那天菲德死后，塞缪尔听说瓦尔医生和妻子打算把特雷尼亚嫁给一位拉比。塞缪尔简直不敢相信。特雷尼亚属于他！塞缪尔跑到瓦尔家。在客厅找到瓦尔医生和夫人。他走到他们面前，深吸一口气，大声宣布："这样做是错的，在特雷尼亚的事上，这样做是错的。她要嫁的人是我。"

他们都吃惊地看着他。

"我知道我还配不上她，"塞缪尔紧接着说道，"但是除了我之外，她嫁给谁都不会幸福的。拉比对她来说太老——"

"窝囊废！出去！出去！"特雷尼亚的母亲勃然大怒。

六十秒钟后，塞缪尔站在了大街上，从那以后再也不许踏进瓦尔家一步。

夜里，塞缪尔和上帝进行了一次长谈。

"你想让我做什么？如果不能拥有特雷尼亚，为什么让我爱上她？你难道没有感情吗？"沮丧时他提高嗓门喊道，"你能听见我说话吗？"

一同住在拥挤小房子里的其他人回答："我们能听见你说话，塞缪尔。看在上帝的分儿上，闭上嘴，让我们睡会儿吧！"

第二天下午，瓦尔医生派人去叫塞缪尔。他被领进客厅。瓦尔先生、瓦尔夫人和特雷尼亚都在。

"我们似乎遇到了问题，"瓦尔医生说，"我们的女儿长大了，很固执。出于某种原因，她喜欢上了你。塞缪尔，我不会把这叫作爱，因为我不相信年轻的女孩子们知道什么是爱。不过，她拒绝嫁给拉比诺维茨。她认为自己想嫁的人是你。"

塞缪尔偷偷瞄了一眼特雷尼亚。她冲他笑笑，这让他心里乐开了花。快乐是短暂的。

瓦尔医生接着说道。"你说过爱我的女儿。"

"是——是——是的，先生。"塞缪尔结结巴巴地说。他又试着说了一遍，声音更加坚定："是的，先生。"

"那我来问你，塞缪尔，你想让特雷尼亚余生和一个小贩一起生活吗？"

塞缪尔立刻看到了陷阱，却又破不了这个局。他又看了一眼特雷尼亚，慢慢地说："不想，先生。"

"好吧。那你就知道问题所在了。我们都不想特雷尼亚嫁给一个小贩。塞缪尔，你是个小贩。"

"我不会永远都是，瓦尔医生。"塞缪尔的声音坚定，不容置疑。

"那你会是什么？"瓦尔夫人没好气地说，"你来自一个小贩家庭，你永远都是小贩。我不会允许女儿嫁给一个小贩。"

塞缪尔看着他们三个，脑子里乱糟糟的。他带着恐惧与绝望而来，先是被抛到快乐巅峰，现在他又跌进黑暗的深渊。他们想让他干什么？

"我们妥协一下，"瓦尔医生说，"我们将给你六个月的时间，证明你不会是一个小贩。如果到那个时候你不能给特雷尼亚过惯的生活，那么她就得嫁给拉比诺维茨。"

塞缪尔吃惊地盯着他。"六个月！"

没有人能在六个月内获得成功。这是肯定的，生活在克拉科夫贫民窟的所有人都做不到。

"你听明白了吗？"瓦尔医生问。

"明白了，先生。"塞缪尔再清楚不过了。他觉得胃里似乎装满了铅。他需要的不是解决方案，而是一个奇迹。只有女婿是医生、拉比或有钱人，瓦尔家的人才会满意。塞缪尔飞快验证着每种情况的可能性。

法律禁止他当医生。

拉比？取得犹太教教工身份，需要从十三岁就开始学习。塞缪尔现在快十七岁了。

有钱人？那根本是不可能的事情。每天二十四小时在街上兜售商品，就算干到九十岁，他还是个穷人。瓦尔家给他定了一项无法完成的任务。表面上看，他们向特雷尼亚做出了妥协，同意她推迟与拉比的婚礼，但同时又给塞缪尔设定了无法达到的条件。特雷尼亚是唯一相信他的人。她相信他能在六个月里获得某种名声或赚到钱。

六个月的期限计时开始。时间飞逝。塞缪尔每天都在帮父亲卖东西。不过，一到太阳西斜的影子落到贫民窟的城墙上，塞缪尔都会赶紧回家，狼吞虎咽地吃点东西，然后去实验室里忙活。他制作了数百批血清，往兔子、猫、狗和鸟身上注射，结果它们都死了。它们都太小，塞缪尔绝望地想。我需要一个大点的动物。

但是他没有。时间在飞快地溜走。

塞缪尔一星期去两次克拉科夫，补充他和父亲卖掉的货物。天亮时，他站在紧闭的大门里侧，周围全是小贩，但他对他们充耳不闻，视而不见。他的思绪在另外一个世界里。

一天早上，塞缪尔正站在大门前做白日梦，忽然听到有人喊："你！犹太人，走啊！"

塞缪尔抬起头。大门已经打开，他的推车挡住路了。一个卫兵正生气地示意他前行。通常大门口有两个卫兵值班。他们穿着绿色的制服，佩戴着特殊的标记，手里拿着枪或粗棒。一个门卫环腰的链子上挂着一个很大的钥匙，那是用来开、锁城门用的。沿着贫民窟有一条小河，河上架着一座老木桥。桥对岸是警察驻地，看守贫民窟大门的卫兵就住在那里。塞缪尔不止一次看见有倒霉的犹太人被拖过桥去。那一直都是有去无回的路。犹太人必须在日落前赶回贫民窟。如果天黑后在大门外面被抓住，就会被逮捕，送到劳工营。对所有的犹太人来说，天黑后在贫民窟外面被抓住简直是噩梦。

按要求，两个卫兵夜间都应该在岗，在大门前来回走动；但是贫民窟的人都知道，犹太人被锁进来后，其中一个卫兵常常会溜到城里，快活一晚上，天亮前赶回，帮助同伴打开大门，开始新的一天。

平时驻守在这里的两个卫兵分别叫保罗和阿拉姆。保罗为人和气，脾气很好。阿拉姆则完全不同。他像头牲口，皮肤黝黑，身材矮壮，胳膊有力，身体像个啤酒桶。他爱找犹太人碴。只要他当值，门外的犹太人都会早早回来，因为他最喜欢把犹太人锁在外面，打晕，然后拖过桥去，扔到可怕的警察驻地。

现在喊叫着让塞缪尔前行的人就是阿拉姆。塞缪尔赶紧穿过大门，朝城市走去。他能感觉到阿拉姆的眼光盯在自己的后背上。

塞缪尔的六个月限期很快变成五个月，然后变成四个月，再然后变成三个。没有哪一天，没有哪一刻塞缪尔不在想着那件事，其余时间则在小小的实验室里疯狂地忙着。他试图找贫民窟里的几个富人谈谈，但他们几乎都没有时间理他，有时间的则给他提了毫无用处的建议。

"你想挣钱，小子？还是省钱吧，终有一天，你可以省出足够的钱来买下像我这样的一个好店铺。"

说起来很容易——他们多数人都出生在富裕之家。

塞缪尔想过带特雷尼亚一跑了之，但是去哪里呢？最后不还是在一个贫民窟里，自己依然是个身无分文的窝囊废。不，他爱特雷尼亚，不能这么对她。这才是把他困住的真正的陷阱。

时间一刻不停地在溜走。三个月变成两个月，然后变成一个月。塞缪尔唯一的安慰是，在这段时间里，他获准每星期可以见三次心爱的特雷尼亚。当然，特雷尼亚每次都有人陪着。塞缪尔每次看见她，都会爱她更深一点。这是一种乐中透苦的感情：见的次数越多，他越清楚将要失去她。"你会想到办法的。"特雷尼亚总是给他打气。

但是现在只剩下三个星期了，而塞缪尔和六个月前一样，还是束手无策。

一天深夜，特雷尼亚来马厩找塞缪尔。她抱着他说："塞缪尔，我们跑吧。"

他从来没有像在那一刻那样更爱她。为了他，她宁愿让自己名誉扫地，放弃母亲、父亲，以及优渥的生活。

他紧紧地抱着她，说："我们不能跑。无论去了哪里，我都是个小贩。"

"我不介意。"

塞缪尔想起她漂亮的家、宽敞的房间和用人，又想起自己和父亲、姑姑住的狭小、肮脏的屋子，说："特雷尼亚，我介意。"

她转过身，走了。

第二天早上，塞缪尔在街上碰到原先的同学艾萨克。他正牵着一匹马走过。马得了急性腹绞痛，只有一只眼睛，腿瘸，还聋。

"早上好，塞缪尔。"

"早上好，艾萨克。不知道你牵着可怜的马去哪里。不过你最好快点。看样子它支撑不了多长时间。"

"它不用撑多长时间。我在送罗蒂去动物胶厂。"

塞缪尔突然起了兴趣，不禁打量起这匹马。"我觉得他们给不了你太多。"

"我知道。我只是想要几个弗洛林①买辆车。"

塞缪尔心跳不由得加快。"我觉得可以让你省一趟。我用我的车换你的马。"

不到五分钟，生意成交。

现在塞缪尔要做的是再造一辆车，给父亲解释老车是怎么没的，而他又是怎么弄到这匹随时会倒毙的马的。

塞缪尔把罗蒂领到当时养菲德的地方。仔细端详，这匹马的情况更让人泄气。塞缪尔拍拍马，说："不要担心，罗蒂，你将改写医疗史。"

几分钟后，塞缪尔开始忙着制作新的血清。

贫民窟人口拥挤，环境不卫生，经常有传染病。最近一次的传染病是发烧。人会咳得喘不过气，甲状腺肿大，最后在痛苦中死去。医生不知道病因，

---

① 曾是欧洲标准的流通货币。——编者注

也不知道怎么救治。艾萨克的父亲染上了这种病。塞缪尔听说后，赶紧去找艾萨克。

"医生已经来了，"哭着的艾萨克告诉塞缪尔。"他说没法儿治。"

楼上传来剧烈的咳嗽声，无休无止，听起来很可怕。

"我想让你帮帮我，"塞缪尔说，"给我一个你父亲的手绢。"

艾萨克疑惑地盯着他。"要什么？"

"要他用过的手绢。你拿的时候小心。上面全是病菌。"

一小时之后，塞缪尔回到马厩，小心翼翼地把手绢上的东西刮到装满培养液的盘子里。

那天他忙了一夜。接下来的第二天一整天一直到第三天他都在不停地忙着，先是把小剂量的液体注入生病的罗蒂身上，然后加大剂量。他在与时间做斗争，他想救艾萨克的父亲。

这也是在救他自己。

在之后的几天里，塞缪尔一直说不清楚上帝是关照了他，还是关照了这匹老马。剂量逐渐增加，但罗蒂都挺了过来。塞缪尔终于获得了第一批抗毒素。他接下来的任务是说服艾萨克的父亲进行尝试。

结果压根儿不用做工作。塞缪尔到艾萨克家的时候，屋里挤满了亲友，都在为楼上将死的人难过。

"他只剩下一点时间了。"艾萨克告诉塞缪尔。

"我能见见他吗？"

两个男孩上了楼。艾萨克的父亲躺在床上，脸烧得通红。每咳嗽一下，他的身体都会抽搐一阵子，人变得更加虚弱。很明显，他不行了。

塞缪尔深吸一口气，说："我想和你、你妈妈谈谈。"

他们两个对塞缪尔带来的小玻璃瓶都没有任何信心，但不试就是等死。他们愿意尝试仅仅是因为不会损失什么。

塞缪尔给艾萨克的父亲注射了免疫血清。他坐在床边等了三个小时，症状并没有减轻。血清没有起作用。如果说有什么作用的话，那就是咳嗽得更厉害了。塞缪尔最后走时没敢看艾萨克的眼睛。

第二天天一亮，塞缪尔就去了克拉科夫城买东西。他心里不安，想回去看看艾萨克的父亲是否还活着。

所有的市场上都有很多人，该买的东西似乎怎么都购置不全。到下午晚些时候，车子终于装满，他开始回贫民窟。

离城门还有两英里的时候，灾难降临。一个车轮碎成两半，货物在人行道上散落一地。塞缪尔深陷危急境况之中。他必须找一个轮子，但又不敢把车子丢下不管。人群开始聚拢，贪婪的眼睛盯着地上散落的货物。塞缪尔看见一个穿制服的警察——一个异教徒走过来，他知道自己彻底完了。他们会把所有的东西都拿走。只见警察挤过人群走到吓坏的男孩面前，说："你需要一个新车轮。"

"是，是的，先生。"

"你知道哪里有吗？"

"不知道，先生。"

警察在一张纸上写了什么，说："去吧。你找他说你需要的东西。"塞缪尔说："我不能丢下车子。""没事，你走吧，"警察说着以严厉的目光扫了一眼人群，"我就待在这里。快去！"

塞缪尔一路狂奔，按字条上写的找到一家铁匠铺。萨缪尔说明情况，铁匠找到一个正好合适的车轮。塞缪尔从随身的小袋子里拿出钱付了轮子费，还剩下十几个基尔德①。

他滚着轮子，飞快地回到车子旁。警察还在那里，人群已经散去，货物都在。半个小时之后，他在警察的帮助下安好了车轮。塞缪尔继续往家赶。他心里一直在想着艾萨克的父亲，到底是死是活呢？这个问题悬在心里，他知道自己快要撑不住了。

现在离贫民窟只剩一英里。塞缪尔能望见直插天空的高高城墙。在他望着的当口，太阳已经坠入西方的地平线，不熟悉的街道完全陷入黑暗中。他只顾着忙活，竟然忘记了时间。太阳已经落山，他却在城外面！他推着沉重的手推车跑了起来，心怦怦直跳，好像随时都会炸裂。现在肯定只剩下一个卫兵在值

---

① 原荷兰货币单位。——编者注

班。如果是待人和善的保罗，那就还有机会。如果是阿拉姆——塞缪尔简直不敢去想。此时夜色更浓了，浓雾一般朝他裹挟而来。天上飘起小雨。塞缪尔已经靠近贫民窟的城墙，只剩下两个街区的距离，他隐隐约约看见了城门。门是锁着的。

此前，塞缪尔从未见过城门从外面锁上的样子。现在就好像生活突然翻了个面一样。他吓得身体直发抖。他被关在了外面，和家人、他的世界，以及熟悉的一切都隔开了。他放慢速度，小心地靠近城门，寻找着卫兵。看不见人影。塞缪尔心里一下子又燃起希望，开始异想天开。卫兵或许是有什么急事被叫走了，他可以想办法打开城门，或爬过墙去，这样也不会有人看见。可是等他走到大门前的时候，一个卫兵从阴影中走了出来。

"过来。"卫兵命令他。

在黑暗中，塞缪尔看不清对方的脸，但他听出了声音，对方是阿拉姆。

"再走近些。过来。"

阿拉姆微微咧嘴笑着，盯着走过来的塞缪尔。男孩犹豫了。

"就是这样，"阿拉姆仍在鼓励他，"接着走。"

塞缪尔慢慢地朝这个巨人走去，胃里像打翻了五味瓶，头嗡嗡跳得厉害。"先生，"塞缪尔说，"请容我解释一下。出了故障。我的车——"

阿拉姆伸出火腿一样的手，紧紧抓住塞缪尔的衣领，把他提溜到了半空。"你这个婊子养的犹太哑巴，"他压低声音说，"你觉得我会在乎你为什么留在外面吗？你是在城门错误的一面！知道现在会把你怎么样吗？"

男孩吓得直摇头。

"让我来告诉你，"阿拉姆说，"我们上星期接到新命令，太阳落山后所有被关在城外的犹太人都要被运往西里西亚，做十年苦工。你觉得怎样？"

塞缪尔简直不敢相信。"可是我——我什么都没做。我——"

阿拉姆伸出右手狠狠地扇了塞缪尔一嘴巴子。塞缪尔重重地摔在地上。"我们走。"阿拉姆说。

"去——去哪里？"塞缪尔很紧张，吓得说话都不利索了。

"去警察营地。明天一早，你就会和其他渣滓一起被运走了。起来。"

塞缪尔躺在地上，大脑无法集中注意力。"我——我得回家跟家人道别。"

阿拉姆咧嘴一笑。"他们不会想念你的。"

"求你了!"塞缪尔乞求着,"至少——至少让我给他们留个信。"

阿拉姆脸上的笑容逐渐消失。他不无威胁地俯视着塞缪尔,不过声音还算温和。"起来。该死的犹太人。要是再让我说一遍,我就会把你的睾丸踢瘪喽。"

塞缪尔慢慢地站起身。阿拉姆一只手像铁钳一样死死地抓着他的一只胳膊,开始领着他往警察驻地走。在西里西亚做十年劳工!没有人能从那里回来。这个男人正抓着自己的胳膊拖拽着他过桥往营地走。塞缪尔不由得抬头看着对方。

"不要这样,"塞缪尔乞求着,"放我走吧。"

阿拉姆把他的胳膊抓得更紧了,以致他的血流都不顺畅了。"哀求吧,"阿拉姆说,"我喜欢听犹太人求人。听说过西里西亚吗?你到那儿的时候正好是冬天。不过,你不用担心。地下煤矿里又好又暖和。等你的肺让煤染黑,咳得要死要活的时候,他们就会把你扔在雪地上让你等死。"

警察营地的粗陋建筑就在前面,隔着桥,在雨中影影绰绰。

"快点!"阿拉姆命令。

突然间,塞缪尔意识到不能让任何人如此对待自己。他想起了特雷尼亚,想起了家人和艾萨克的父亲。没有人能把他的性命从他手里夺走。不管怎样,他要逃走,救自己。此时他们正穿行在窄窄的桥上。下面的小河因为冬雨涨了水,正哗哗地流着。只有三十码①了。无论做什么,现在都是下手的时候了。但是怎么逃呢?阿拉姆有枪,就算没枪,他块头那么大,也能毫不费力地把塞缪尔弄死。阿拉姆的体格几乎是塞缪尔的两倍,力气要大得多。他们现在已经到了桥的另一端,营地就在眼前。

"快点,"阿拉姆低吼了一声,继续拖着塞缪尔往前走,"我还有别的事要做。"

他们现在离营地很近,塞缪尔已经听见里面传出来的笑声。阿拉姆抓得更

---

① 英美制长度单位。1码约为0.91米。——编者注

紧了，此时他正拖着男孩经过一片鹅卵石地面。几乎没有时间了。塞缪尔右手伸进口袋，摸到还剩几个钢镚的袋子。他握了握袋子，激动得血液直往上涌。他小心地用闲着的手把袋子拿出来，松开口绳，扔到地上。钢镚落到石头地上，叮当作响。

阿拉姆突然停下脚步。"什么东西？"

"没有什么。"塞缪尔赶紧回答。

阿拉姆看着男孩的眼睛，一咧嘴笑了。他抓紧塞缪尔，后退一步，低头看过去，发现了地上敞开口的钱袋子。

"你去的地方不需要钱。"阿拉姆说。

他伸手去拾钱袋子，与此同时塞缪尔也弯下腰。阿拉姆从他手里夺走了钱袋子，但是塞缪尔要的不是钱袋子。他抓住了地上的一块大鹅卵石，然后站起身，用尽全身力气往阿拉姆的右眼砸去。阿拉姆的右眼瞬间变成红色的果酱。塞缪尔还在砸着，一下又一下。他看着阿拉姆，先是鼻子塌下去，接下来是嘴，最后整张脸成了血肉模糊的一片。此时的阿拉姆还站着，像个瞎了眼的怪兽。塞缪尔看着，心里很害怕，不敢再砸了。随后，阿拉姆庞大的身躯慢慢地倒了下去。塞缪尔看着死去的卫兵，不敢相信自己竟然打死了人。他听见营房里传来说话声，突然意识到自己正身处可怕的危险中。如果他们现在抓住他，根本不会把他送往西里西亚。他们会把他活活打死，然后吊在城市广场上。单单是打警察，他就会被处罚致死。更何况塞缪尔杀了警察。他必须赶紧逃走。他可以跑过边境，可是那样一来余生就成了一个被追捕的逃犯。他得另想办法。他低头盯着脸已经血肉模糊的尸体，突然有了主意。他弯腰，从卫兵身上摸到城门的沉重钥匙。然后，他克制住内心的嫌恶，抓住阿拉姆的靴子，开始把他往河堤上拖。死人很沉。塞缪尔不停地拖着，营房里传来的说话声让他一点儿不敢松懈。终于到了河边，他停下来喘了口气，然后把尸体从陡峭的河岸推了下去。他看着尸体翻滚着掉进快速流动的河水中，有一只手搭在了河岸上，似乎过了很长时间，尸体才随着水流漂走，再也看不见。做了这样的事情，塞缪尔很害怕，人呆住了，神情恍惚了一阵。然后他捡起用过的石头，扔进河里。他依然身处巨大的危险中。他转过身，穿过桥，朝贫民窟关闭的巨大城门跑去。附近没有一个人。塞缪尔用颤抖的手把钥匙插进锁里，转动了几下。他拉开巨大的木门。什么事情都没有发生。门太重，平时他是推不动的。但是在那天晚上，塞缪尔变得无所不能。他浑身是劲，竟然把城门推开了。他把车子推进去，回身锁上门。他推着车往家里跑去。整栋楼的住户都在客厅里，在塞缪尔走进去的时候，他们像看还魂的鬼一样盯着他。

"他们竟然放了你！"

"我——我没弄明白，"他的父亲结结巴巴地说，"我们以为你——"

塞缪尔飞快地把发生的事情说了一遍。人们的表情由关心变成了恐惧。

"哦，我的天哪！"塞缪尔的父亲哀叹，"他们会把我们所有人都杀死！"

"听我的话就不会这样。"塞缪尔说。他说了自己的想法。

十五分钟后，塞缪尔、他的父亲，以及两个邻居站在贫民窟的大门前。

"要是另外一个卫兵回来了怎么办？"塞缪尔的父亲小声问。

塞缪尔说："我们必须冒这个险。如果他在，我担全责。"

塞缪尔推开巨大的城门，一个人溜到外面。他已经做好随时会有人扑上来的准备。他把巨大的钥匙插在锁孔里，然后转动钥匙。贫民窟的门就这样从外面锁上了。塞缪尔把钥匙挂在腰间，往大门的左侧走了几步。不一会儿，从城墙上顺下来一根粗蛇一样的绳子。塞缪尔抓住绳子，父亲和其他人在墙对面开始往上拽。塞缪尔上了墙头，用绳子打了个扣，套在一根杵着的尖木桩上，然后顺着绳子爬下来。站稳以后，他把顶端的绳子抖开。

"哦，天哪！"他的父亲喃喃地说，"天亮后怎么办？"

塞缪尔看着他，说："要狠狠地砸门，告诉他们我们要出去。"

天亮了，贫民窟聚集了很多穿制服的警察和士兵。他们必须找到钥匙，商人们吵吵嚷嚷着要出去，必须在太阳升起时打开城门。另一个卫兵保罗已经承认晚上擅离岗位，在克拉科夫过了一夜。他已经被逮捕。但是阿拉姆这个谜团还没有解开。平时贫民窟附近有卫兵失踪会成为大屠杀的绝佳借口。但这一次犹太人都安安全全地锁在里面，很明显他们不可能伤害阿拉姆。阿拉姆的女友众多。最后，他们认定阿拉姆和其中一个女友跑掉了，并认为他会把笨重的钥匙扔掉，于是到处找，却怎么都找不到。他们当然找不到，因为钥匙被深埋在塞缪尔家的地下。

塞缪尔身心俱疲，倒在床上立刻就睡着了。他是被人喊叫着摇醒的。塞缪尔的第一个念头是他们找到了阿拉姆的尸体，是来抓我的。

他睁开眼睛。艾萨克非常激动地站床前。"止住了，"艾萨克大声说，"咳嗽止住了。上帝保佑！走，去我们家。"

艾萨克的父亲坐在床上。烧已经神奇地退了，咳嗽也止住了。

塞缪尔走到他床前。老人说："我觉得可以喝点鸡汤。"塞缪尔不由得大哭起来。

在同一天里，塞缪尔杀死了一个人，同时又救了一个人。

艾萨克的父亲康复的消息很快传遍贫民窟。有将死之人的人家把罗夫家团团围住，乞求塞缪尔给他们一点神奇的血清。他无法满足所有人的需求，于是去找瓦尔医生。医生已经听说他的事情，但还是不相信。

"我要亲眼看看，"他说，"制一批血清，我要在我的病人身上试。"

可选的人很多。瓦尔医生选了一个自认为有可能最快会死的。二十四小时后，病人开始康复。

瓦尔医生去了塞缪尔日夜不停制作血清的马厩，说："这血清管用，塞缪尔。你做到了。你想要什么嫁妆？"

塞缪尔抬头看着他，疲惫地说："一匹马。"

那一年是一八六八年，罗氏公司开始起步。

塞缪尔和特雷尼亚结婚了，塞缪尔得到的嫁妆是六匹马和一个小小的配备齐全的专属实验室。他开始从草药中提取药液。很快，邻居们无论生了什么病，都开始来他这个小小的实验室买药。他们得到了救治。塞缪尔的名声开始传播开来。对于那些拿不出钱的人，塞缪尔总是说："别着急，拿走吧。"他对特雷尼亚说："药是用来治病的，不是用来赚钱的。"

塞缪尔的生意不断扩展。很快，他对特雷尼亚说："我觉得是时候开药店了，我们可以卖药膏、药粉和其他处方药以外的药。"

药店从一开始生意就很好，曾经拒绝塞缪尔的富人们都拿着钱来找他。

"我们合伙吧，"他们说，"我们开连锁店。"

塞缪尔和特雷尼亚商量了一下。"我不希望有合伙人介入。这是我们的生意。我不想让外人插手。"

特雷尼亚赞同他的看法。

生意越来越好,塞缪尔又开了好几家店。拿钱来找他的人更多了。塞缪尔全都拒绝了。

岳父问塞缪尔为什么要这么做。他说:"永远不要让一只友好的狐狸进鸡窝。终有一天,狐狸会有饿的时候。"

生意越来越兴旺,塞缪尔和特雷尼亚的婚姻也幸福美满。她给他生了五个儿子——亚伯拉罕、约瑟夫、安东、扬和皮托尔,每生一个孩子,塞缪尔就会新开一家店,一家比一家规模大。一开始,塞缪尔雇了一个人,然后雇了两个,很快他手下已经有二十多个人。

有一天,塞缪尔接待了一位政府官员。"我们打算撤销对犹太人的限制,"官员对塞缪尔说,"我们想让你在克拉科夫开一家药店。"

塞缪尔照做了。三年后,他的生意兴隆,他已经有能力在克拉科夫市中心盖起自己的药店,还给特雷尼亚在城里买了一栋房子。塞缪尔终于实现了从贫民窟逃出来的梦想。

但是他知道,他的梦想远在克拉科夫之外。

孩子们逐渐长大,塞缪尔开始给他们雇私人教师。每个男孩都要学一种不同的外国语言。

"他简直是疯了,"塞缪尔的岳母说,"他简直是邻里之间的笑柄,竟然让亚伯拉罕和扬学英语,约瑟夫学德语,安东学法语,皮托尔学意大利语。他们要和谁去讲?这里没有人说那些野蛮的语言。孩子们相互之间也说不了话!"

塞缪尔只是笑笑,很耐心地说:"这是他们教育的一部分。"他知道孩子们将来要和谁说话。

孩子们长到十五岁左右的时候,开始和父亲去不同的国家。每一次旅行,塞缪尔都会为计划中的未来铺垫基础。等到亚伯拉罕长到二十一岁时,塞缪尔把全家人召集起来,郑重宣布:"亚伯拉罕要去美国生活。"

"美国!"特雷尼亚的妈妈喊叫起来,"那里全是野蛮人!我不会让我的外孙去的。孩子就安安全全地在这里待着。"

安全。塞缪尔想起了大屠杀、阿拉姆和母亲的惨死。

"他要去国外。"塞缪尔大声宣布。他扭头看着亚伯拉罕，说："你要在纽约开一家店，负责那里的生意。"

亚伯拉罕自豪地说："好的，父亲。"

塞缪尔转向约瑟夫："等你过二十一岁生日的时候，就去柏林。"约瑟夫点点头。

安东说："如果我将来要去法国，我希望是巴黎。"

"你自己要小心，"塞缪尔低声吓唬他，"有些异教徒非常漂亮。"

他转向扬，说："你将来去英格兰。"

最小的儿子皮托尔迫不及待地问："我将来去意大利。爸爸，我什么时候可以走？"

塞缪尔不由得哈哈大笑，对他说："皮托尔，今天晚上还走不了。要等你长到二十一岁。"

事情就这样安排好了。塞缪尔陪着儿子们去国外，帮助他们建立办事处和工厂。在之后的七年里，罗夫家在另外五个国家有了分部。家族企业正在变成一个王国。塞缪尔和律师从一开始就规定：每个公司都是独立的，但同时又要对母公司负责。

"不要外人介入，"塞缪尔不断警告律师，"股票永远不能离开家族。"

"不会离开的，"律师向他保证，"但是，塞缪尔，如果你的儿子们不能售卖股票，他们又该如何和睦相处呢？我相信你想让他们过得舒舒服服。"

塞缪尔点点头。"我们会给他们安排漂亮的房子住。他们会有丰厚的薪水，有公款支付账户，但是其他的一切必须回馈到生意中。想卖掉股票，必须获得全体股东同意。股票的大头属于我的大儿子和他的继承人。我们要做大，比罗斯柴尔德家族的规模还要大。"

在之后的多年里，塞缪尔的预言变成现实。生意越做越大，越来越兴隆。家人们分散在各地，但塞缪尔和特雷尼亚很注重让他们尽可能紧密地团结在一起。有人过生日或到犹太教赎罪日，儿子们都会回家。不过，他们回来不仅仅是为了过节。男孩子会和父亲私下长谈，讨论生意上的事。他们有私用情报系统。一人得到了新药研制成功的消息，会通过送信员告诉其他人，接着他们就会着手自己生产。他们就是靠着这种方式一直领先于竞争者。

时间的车轮滚滚向前，男孩们结了婚，有了孩子。塞缪尔有了孙子孙女。一八九一年，亚伯拉罕在他二十一岁生日那天去了美国。七年之后，他娶了一位美国女孩。一九〇五年，这位儿媳妇给塞缪尔生了第一个孙子，伍德罗。伍德罗的一个儿子名叫萨姆。约瑟夫娶了一位德国女孩，她给他生了一儿一女，儿子结婚后，生了个女儿名叫安娜。安娜嫁给了德国人沃尔瑟·加斯纳。在法国，安东娶了一位法国女孩，她给他生了两个儿子，其中一个自杀身亡，另一个结了婚，有一个女儿，名叫埃莱娜。埃莱娜结过好几次婚，但都没有孩子。在伦敦的扬娶了一位英国女孩，他们唯一的女儿嫁给了名叫尼科尔斯的一位从男爵，生了个儿子，名叫亚历克。在罗马，皮托尔娶了一位意大利女孩。他们有一个儿子和一个女儿。儿子结婚后，生了一个女儿名叫西莫内塔。西莫内塔爱上了一个年轻的建筑师伊沃·帕拉齐，并和他结了婚。

这就是塞缪尔和特雷尼亚后代的情况。

塞缪尔活了很大岁数，见证了席卷全球的变化之风。马可尼发明了无线电报，莱特兄弟在基蒂霍克首次成功试飞飞机。德雷福斯事件成了头条，海军上将皮尔里到达北极。福特T型车开始批量生产，电灯和电话陆续出现。在医药行业，引发结核病、伤寒病和疟疾的病菌被分离出来，并用于医疗中。

在成立之后不到半个世纪的时间里，罗氏公司发展成跨国巨头，业务遍布全球。

塞缪尔和瘦弱的马——罗蒂创建了一个王国。

大概是在读了第五遍后，伊丽莎白把书悄悄放回了玻璃盒子里。她不再需要它了。她已经成了书的一部分，正如书已经成了她的一部分一样。

平生第一次，伊丽莎白终于知道自己是谁，从哪里来。

第12章

　　伊丽莎白第一次见到里斯·威廉斯是在入校第一年的第二个学期，她过十五岁生日那天。他顺路来学校，带来了父亲给她的生日礼物。

　　"他本来想亲自过来，"里斯解释道，"但是他走不开。"伊丽莎白心里失望，试图掩饰，但是里斯还是敏锐地感觉到了。这个小女孩有一种孤苦和掩饰不住的脆弱感，这让他心里一动。他情不自禁地说："为什么不和我一起吃顿晚餐呢？"

　　伊丽莎白心里想，这真是个好可怕的想法。她想象得出他们两个走进饭店会是什么样的：他，帅气得令人难以置信，温文尔雅，而她戴着牙箍，又矮又胖。"谢谢你，不用。"伊丽莎白生硬地回绝，"我——我有功课要做。"

　　但是里斯·威廉斯拒绝接受她的回绝。他想起了他一个人度过的孤独的生日。于是他在征得校长同意后，带伊丽莎白出去吃晚餐。他们上了里斯的车，开始往飞机场的方向开。

　　"纳沙泰尔在另一个方向。"伊丽莎白提醒道。

　　里斯看着她，很无辜地反问道："谁说我们要去纳沙泰尔？"

　　"我们去哪里？"

　　"马克西姆餐厅。这是庆祝十五岁生日唯一的去处。"

　　他们坐着私人飞机飞往巴黎，吃了一顿超级棒的晚餐。一开始上的是肥鹅肝酱饼，配有松露、龙虾浓汤、柚汁脆皮鸭，以及马克西姆餐厅的招牌沙拉，最后以香槟酒和一个生日蛋糕收尾。然后，里斯开车带伊丽莎白去了香榭丽舍大道。那天晚上他们很晚才回到瑞士。

这是伊丽莎白长这么大过得最快乐的一个夜晚。里斯想尽办法让她高兴，让她觉得自己很漂亮。整个晚上她都陶醉不已。里斯把伊丽莎白送回学校时，她说："我不知道怎么感谢你。我——这是我有过的最快乐的时光。"

"感谢你的父亲吧。"里斯咧嘴一笑，"这都是他的主意。"

但伊丽莎白知道其实不是。

她觉得里斯·威廉斯是她见过的最优秀的男人，毫无疑问也是最帅气的一位。那天晚上她上床的时候心里还想着他。后来她爬起来，走到窗前的小桌子前，拿出一张纸和一支笔，写下了这样的文字："里斯·威廉斯夫人。"

她盯着这些字看了很长时间。

里斯本来和一位魅力四射的法国女演员有约会，结果迟到了二十四小时。但他并不在乎。两人最终也去了马克西姆餐厅，可是里斯却觉得和伊丽莎白在这里的晚上更有趣些，这是他下意识的想法。

终有一天，她会成为他需要小心应对的人。

伊丽莎白开始改变，但是她从来没有想明白的是，塞缪尔和里斯·威廉斯，到底谁对她的影响更大。她开始重新生出自豪感。她不再有不停吃东西的冲动，身体也开始瘦下来。她开始喜欢运动，对上学产生了兴趣。她努力与其他女孩交往，这种变化令她们都难以相信。要知道，她们曾多次邀请伊丽莎白参加睡衣聚会，但都被拒绝。出乎所有人意料的是，有一天晚上她出现在一个睡衣聚会上。

聚会在四个女孩的房间里举行，等伊丽莎白到的时候，屋子里已经满满地挤了二十多个学生，都穿着睡衣或睡袍。其中一个女孩惊讶地抬起头，说："看看谁来了！我们都在赌你不会来呢。"

"我——我来了。"

空气中满是辛辣的香烟味。伊丽莎白知道很多女孩抽大麻，但是她从来没有试过。房间的主人是一位法国女孩，名叫勒妮·托卡尔。她走到伊丽莎白跟前，嘴里叼着一根短粗的褐色香烟。她深吸一口，然后把烟递给伊丽莎白。

"抽烟吧？"

这与其说是询问不如说是判断。

"当然。"伊丽莎白撒谎了。她接过烟，犹豫一下，然后就放在唇间，吸了一口。她能感觉到自己的脸变绿了，肺也开始反抗，但她只是勉强笑了笑，大吸一口气，然后说："很好。"

勒妮一转身，伊丽莎白就瘫到了沙发上。她头有点晕，但很快就过去了。她尝试着又吸了一口，开始有了轻松愉快的神奇感觉。伊丽莎白听说过，也读过有关大麻效果的文字。据说，大麻可以释放拘束感，让人放得开。她又吸了一口，这一次吸了一大口。她开始产生一种愉快的飘飘然的感觉，好像人在另一个星球上。她可以看见屋子里的女孩子们，听见她们的说话声，但不知为什么，她们都很模糊，声音也好像被处理过了，很缥缈。灯光太过明亮，她不由得闭上眼睛。刚闭上眼睛，人就飘到了半空。这种感觉很奇妙。她看到自己飘过学校的屋顶，升啊升啊，飘过了白雪皑皑的阿尔卑斯山，飘进绒毛一般的雪白云海中。有人在叫她的名字，把她唤回地球。伊丽莎白不情愿地睁开双眼。勒妮俯身看着她，一脸的关切。

"罗夫，你没事吧？"

伊丽莎白慢慢地挤出一丝满意的笑容，含含糊糊地说："我很舒服。"极度兴奋的她说了大实话："我以前从没有抽过大麻。"

勒妮定定地看着她："大麻？这是高卢香烟。"

纳沙泰尔村的另一侧有一个男子学校。只要有机会，伊丽莎白的同班同学就会偷偷溜出去约会。女孩子们一直在讨论男孩子。她们谈论他们的身体，还讲男孩子们对她们做了什么，她们怎么反过来对付。有时候，伊丽莎白会觉得所在的学校到处都是女色情狂，个个痴迷于性。学生们在学校里私下玩一种名为"剥荸荠"的性游戏。报酬是从村里买的油酥糕点。十分钟"剥荸荠"可以赚一份糕点。

另外一个很受欢迎的性娱乐是在浴室里。学校有很大的旧式浴缸，淋浴头是活的，能从墙上的座架上取下来。

伊丽莎白不喜欢"剥荸荠"，也不喜欢淋浴头，但是她的性冲动开始变得越来越强烈。就是在这个时候，她有了很惊人的发现。

伊丽莎白有一位女教师，名叫尚塔尔·哈里奥特，个子不高，身材苗条。她快三十岁的年纪，几乎还是个女学生的样子。人长得很漂亮，笑起来非常好看，是伊丽莎白见过的最讨人喜欢的老师。伊丽莎白对她很依恋，只要有不高兴的事情，都会去找她，对她毫无保留。哈里奥特小姐是一位善解人意的倾听者。她会握住伊丽莎白的一只手，抚摸着，提安慰人心的建议，还会奉上一杯热咖啡和小甜饼。伊丽莎白立刻会感觉好起来。

哈里奥特小姐教法语，同时还教时尚课。在时尚课上，她强调样式和色彩的和谐，配饰要得体。

"记住，女孩子们，"她常常讲，"戴错了配饰，世界上最漂亮的衣服看起来也会很糟糕。""配饰"成了哈里奥特小姐的口头禅。

伊丽莎白发现，自己躺在暖暖的浴缸里时心里想的都是哈里奥特小姐，想两人说话时她的神情，想她轻柔地抚摸自己的手的感觉。

上其他课的时候，伊丽莎白发现思绪会飘到哈里奥特小姐身上，一遍遍地回想她抱着自己，安慰自己，触摸自己胸部的场景。一开始，伊丽莎白以为哈里奥特小姐的触碰是无意的，但是这样的事情一再发生，而且每次她都会用柔和且不无探寻的眼光看着自己，似乎在等待着什么。伊丽莎白想着哈里奥特小姐微微隆起的胸部，想着她长长的腿。她很想知道她赤身裸体躺在床上会是什么样子。就是在这个时候，伊丽莎白突然有了清醒的认识。

她是个同性恋。

她对男孩不上心，因为她感兴趣的是女孩。她喜欢的不是班上同学那样傻傻的小女孩，而是像哈里奥特小姐这样善解人意、会体谅人的女子。伊丽莎白想象着她们两个躺在床上，相拥着，互相安慰着。

伊丽莎白听说过女同性恋的事，也读过很多相关的书。她知道同性恋的日子不好过。社会不认可。同性恋被看作对天性的犯罪。伊丽莎白心想，温柔深情地爱一个人有什么错吗？至于爱的是男人或女人有那么重要吗？重要的难道不是爱本身吗？无爱的异性婚姻难道就比有爱的同性婚姻更幸福吗？

伊丽莎白知道，父亲如果知道她的真实性取向会很震惊。好吧，她必须直面这一切。她要重新调整对未来的设想。她不可能过其他女孩子那样的正常生活，有丈夫，有孩子。无论她去哪里，都永远是个被驱逐的人，是个反叛者，生活在社会的主流之外。她和尚塔尔·哈里奥特小姐可以在某个地方找个小小的公寓，或小小的一栋房子。伊丽莎白会把房子用软蜡笔画装饰得漂漂亮亮的，还要摆放得体的配件。家里会有雅致的法国家具，墙上挂着漂亮的画。她的父亲会施以援手——不，她不能期望父亲会帮忙。他很有可能一辈子都不会再搭理她。

伊丽莎白考虑过衣服的问题。她或许是同性恋，但从穿衣上绝对看不出来。她不会穿花呢衣服和宽松的长裤，不会穿女西装，不会戴粗俗的男式帽子。如此穿着的女人情感上都有残疾，让其他人避之唯恐不及。她会尽可能穿得女性化些。

伊丽莎白决定学做饭，这样就可以给哈里奥特小姐——尚塔尔小姐——准备她最爱吃的饭。伊丽莎白想象着两人坐在公寓或小房子里，享受着自己准备的烛光晚餐。首先来一份维希冷汤，之后是好吃的沙拉，然后是小虾、小龙虾或烤大牛排，然后再来份精美的冰激凌甜点。吃完饭后，她们会坐在火光熊熊的壁炉前，看外面软软的雪花飘舞。雪花。这么说应该是冬天。伊丽莎白赶紧修改菜单。把冷的维希冷汤换成好喝的、热气腾腾的洋葱汤，没准儿还可以来个奶酪火锅。餐后点心就吃蛋奶酥。她得学会把握火候，防止蛋奶酥塌陷。然后两人会坐在暖暖的炉火前，给对方读T.S.艾略特或V.J.拉贾顿的诗。

> 时间是爱的敌人，
> 是偷走我们黄金时光的小偷。
> 我从来不知道，
> 为什么情人们用白天、夜晚和年
> 来数他们的幸福，
> 而我们的爱却只能用
> 快乐、叹息和眼泪来测量。

哈，是的，伊丽莎白可以想象到，漫长的未来岁月在她们两人之前伸展开来，流逝的时光融化成金色的、暖暖的一抹光。

她沉沉睡去。

伊丽莎白一直有所企盼，可这一天真正到来的时候却让她大吃一惊。一天晚上，她被一阵响声惊醒，有人进了她的房间，还轻轻地关上了门。伊丽莎白眼睛唰地睁开。她看见一个人影踏着碎了一地的月光朝她的床走来，一缕月光照在来人的脸上，是哈里奥特小姐——尚塔尔。伊丽莎白的心狂跳不已。

尚塔尔低声叫她"伊丽莎白"，然后站定，睡袍滑落下来。她下身什么都没有穿。伊丽莎白嘴唇一阵发干。她一直盼着这一刻的到来，现在真的来了，她竟然害怕起来。说实话，她并不知道应该做什么，或者说不知道怎么做。她不想在心爱的女人面前一副傻样子。

"看着我。"尚塔尔声音嘶哑地命令道。伊丽莎白照做了，她扫视着对方裸露的身体。尚塔尔·哈里奥特的身体与伊丽莎白想象的并不一样。她的胸部有点像揉皱了的苹果，还稍微有点下垂。她有小肚腩，而且她的臀部——下坠，这是伊丽莎白想起的唯一的词。

但是这些都不重要。重要的是皮囊下面这个女人的灵魂、勇气和胆量：无畏于与他人不同，和整个世界对抗，要和伊丽莎白共度余生。

"往里面挪挪，我的小天使。"哈里奥特轻声说。

伊丽莎白照做了。这位老师钻进被窝，躺在伊丽莎白的身边。她身上散发着一种强烈的野性气息。她把脸扭向伊丽莎白，用胳膊抱住伊丽莎白："宝贝，我一直梦想着这一刻。"她吻着伊丽莎白的双唇，把舌头探进她的嘴里，发出急促的呻吟声。

毫无疑问，这种感觉非常不舒服。伊丽莎白从来没有经历过，她很震惊，一动不动地躺着。尚塔尔的——哈里奥特小姐的手指开始在伊丽莎白的身上滑动，摸她的胸部，然后慢慢地顺着肚子往下，伸到了她的大腿处。她的唇则一直吻着伊丽莎白的唇，像个动物似的流着口水。

原来是这样的。这是美丽的奇妙时刻。如果我们合而为一，你和我合体就可以创造宇宙，撼动星球与苍穹。

哈里奥特小姐的手还在往下探，抚摸着伊丽莎白的大腿，伸到她的两腿间。伊丽莎白赶紧想象烛光晚餐，蛋奶酥，夜晚壁炉前的相依相偎，以及两人在一起的美好时光。可是这些都不管用。伊丽莎白的脑子和肉体跟不上趟；她觉得身体好像受到了侵犯。

哈里奥特小姐呻吟着："宝贝，我想要你。"

伊丽莎白能想起的话却是："这可是个问题。我们两个都长错了配件。"

说完，她开始疯狂地哭，大声地笑。哭是因为美丽的烛光晚餐没有了，笑是因为她是个健康、正常的女孩子。这一刻她自由了，不再被之前的思绪困扰。

第二天，伊丽莎白尝试了淋浴喷头。

第13章

伊丽莎白十八岁的时候，是她在学校的最后一年。那年的复活节假期，她去撒丁岛的别墅过了十天。她已经学会开车，而且这是她第一次独自一人在岛上探索。她沿着海滩开了很长时间的车，还走访了小小的渔村。在地中海温暖的阳光照耀下，她在别墅里游泳；晚上则躺在床上，听风轻轻吹过鸣石时唱出的哀婉歌谣。她去神殿参加狂欢节活动，整个村子的人都穿着民族盛装。女孩子们都戴着多米诺面具，谁都认不出谁。她们邀请男孩子跳舞。每个人都很自由，做着平时不敢做的事情。男孩可能觉得非常了解晚上示爱的女孩子，可到第二天早上就不一定还会这么肯定。伊丽莎白觉得，整个村子的人都在参演电影《卫兵》。

她开车去蓬塔穆拉，看萨尔多人在露天的火上烤小羊羔。本土的岛民给她吃希达——一种裹在面团里的山羊乳干酪，上面有热蜂蜜。她喝着甘甜的美酒塞勒梅蒙特——当地产的一种白葡萄酒，在世界上其他任何一个地方都喝不到，因为这种酒太过鲜美而不适宜长途运输。

伊丽莎白最喜欢去的是切尔沃港的红狮子酒馆，地方很小，在地下室里，有十张供吃饭用的桌子，还有一个老式的吧台。

伊丽莎白把假期称作"男孩们的快乐时光"。他们都是富家子弟，蜂拥而至，一拨接一拨地邀请伊丽莎白去游泳、骑马。这是求偶仪式的第一步。

"他们都很合适。"父亲对她说。

在伊丽莎白的眼里，他们都是些笨蛋，酗酒，话太多，还对她动手动脚。

她很清楚，他们要的不是她本人，不是因为她聪明，值得追求，而是因为她是罗夫家的人，是罗夫王国的继承人。伊丽莎白不知道自己已经出落得很漂亮，因为人更容易接受过去的事实而不是镜子里的样子。

这些男孩子带她吃，带她喝，还想带她上床。他们发现伊丽莎白还是个处女，膨胀的男性意识让他们心生妄想，以为只要拿走伊丽莎白的童贞，就会被她疯狂地爱上，让她永远成为自己的奴隶。他们不撞南墙不回头。无论他们带伊丽莎白去了哪里，晚上的结局都一样——"咱们上床吧"。可她总是有礼貌地加以拒绝。

他们不知道该怎么俘获她的心。他们知道她漂亮，顺理成章地认为她肯定很蠢，从来没有想过她比他们都要聪明。谁见过既漂亮又聪明的女孩子呢？

于是，为了让父亲高兴，伊丽莎白会和男孩子们出去，但他们都很无聊。

里斯·威廉斯来到别墅，伊丽莎白很惊讶地发现，再次见到他，自己竟很激动、高兴。他比记忆中的样子还要帅气。

里斯见到她似乎也很高兴。"你怎么了？"他问。

"你什么意思？"

"你最近照过镜子吗？"

她不由得脸一红。"没有。"

他扭过头对萨姆说。"除非男孩子们都是聋子、哑巴和瞎子。我有一种感觉，利兹跟我们在一起的时间不多了。"

我们！伊丽莎白很喜欢他这样说。只要有可能，她就会不离这两个男人左右，给他们端茶倒水，替他们跑腿，还老是盯着里斯看。有时候伊丽莎白只是静静地坐在不碍事的地方，听他们谈生意上的事。她很喜欢这样。他们谈兼并，谈新工厂，谈成功的和失败的产品以及成功和失败的原因。他们还谈竞争者，计划策略与反策略。在伊丽莎白听来，这一切都是那么激动人心。

有一天萨姆上了塔楼房，忙工作。里斯邀请伊丽莎白一起吃午餐。她带他去了红狮子酒馆，然后看着他和酒馆里的其他男人投飞镖。伊丽莎白惊讶地发现里斯很能适应环境。他似乎到哪儿都如鱼得水。她看过一句西班牙话，一直没有弄明白是什么意思，但是现在看着里斯却忽然懂了。他是一个很容易换皮的人。

他们坐在角落的一张桌子前。桌子很小，上面铺着红白相间的桌布。两人吃着馅饼，喝着啤酒，说着话。里斯问她学校的情况。

"还不算太坏，"伊丽莎白坦承道，"我知道自己学到的东西很少。"

里斯面带微笑。"很少有人能意识到这一点。你今年六月份毕业，对吗？"

伊丽莎白很奇怪他竟然知道。"是的。"

"毕业后，你知道要干什么吗？"

这也是她一直在问自己的问题。"不知道。不太清楚。"

"想结婚吗？"

听到这话，她的心似乎停止了跳动，然后才意识到这是个普适的话题。"我还没有找到让我想要结婚的人。"她想起了哈里奥特小姐，想起了壁炉前温暖的晚餐和飘落的雪，不由得大笑起来。

"秘密？"里斯问。

"秘密。"她希望能和他说说这件事，但是她对他还不太了解。伊丽莎白意识到，自己实际上对里斯一点都不了解。他富有魅力，很潇洒，曾出于同情带她去巴黎吃生日晚宴，但他是个陌生人。她知道他业务能力突出，父亲很依赖他。但是她对他的个人生活和他究竟是什么样的人一无所知。看着他时，伊丽莎白有一种感觉：他经历丰富，表露出来的感情是为了掩盖内心的真实感受。伊丽莎白不知道是否有人真正了解他。

后来，伊丽莎白失去了童贞，而该负责任的是里斯·威廉斯。

和男人上床的想法对伊丽莎白的诱惑越来越大。部分原因来自身体：那种强烈的渴望有时候让她猝不及防，如波涛般的懊丧感一波接一波袭来，把她攫住，成为一种不肯离去的迫切的身体上的疼痛。部分原因是强烈的好奇心，想知道那件事到底是怎么回事。当然，她不会随便和谁上床。这个人要有些特别，她珍爱这个人，这个人也珍爱她。

一个星期六的晚上，伊丽莎白的父亲在别墅举办了一场盛大的晚宴。

"穿上你最漂亮的衣服，"里斯对伊丽莎白说，"我想带你在所有人面前炫耀一番。"

伊丽莎白很激动。她理所当然地认为自己是里斯的约会对象。结果里斯来的时候带了一位漂亮的意大利金发女郎。伊丽莎白很生气，感觉遭到了背叛。午夜时分，她离开晚宴，和一个长着胡子，醉了酒，名叫瓦西洛夫的俄罗斯画家上了床。

整个过程持续的时间很短，简直是场灾难。伊丽莎白很紧张，瓦西洛夫喝得烂醉。伊丽莎白觉得压根儿没有什么前戏、高潮和事后温存。前戏部分是瓦西洛夫脱下裤子，重重地倒在床上。当时伊丽莎白本想逃走，但她又铁了心要为里斯的背叛而惩罚他。她脱掉衣服，爬上了床。过了一会儿，瓦西洛夫毫无征兆地进入她的身体。那种感觉很奇怪，虽然说不上不舒服，但也没有地动山摇的感觉。她感觉到瓦西洛夫的身体猛地一震，不一会儿他就鼾声大起。伊丽莎白躺在床上，心里充满对自己的厌恶。难以相信，所有的歌谣、书籍和诗歌歌颂的东西竟然是这样的。她想起了里斯，不由得想哭。伊丽莎白悄悄地穿上衣服，回了家。第二天早上画家打来电话时，伊丽莎白让管家推托说自己不在家。第二天，伊丽莎白返回学校。

她和父亲、里斯是坐着公司的飞机一起回去的。原来的飞机可以承载一百位乘客，现在已经改装成豪华舱。后面有两个宽大的、装饰雅致的卧室——带有配备齐全的浴室，还有一个舒服的办公室，中间有一个客厅，壁上挂着画，前面还有一个装修精致的厨房。伊丽莎白感觉飞机就是父亲神奇的飞毯。

两个男人多数时候都在讨论生意。里斯闲下来时常会和伊丽莎白下棋。她和他打成平手。里斯说"下得不错"，伊丽莎白高兴得脸都红了。

在学校的最后几个月过得很快。是她想想未来的时候了。伊丽莎白想起里斯的问题，你知道自己要干什么吗？她还是不确定。因为塞缪尔，伊丽莎白开始喜欢上家族生意，她很愿意参与其中，但不知道能做什么。没准儿可以从帮助父亲入手。她想起了所有有关母亲的故事：一位了不起的女主人，萨姆的无价之宝。她要努力补上母亲的空缺。

就从这里入手。

第14章

伊丽莎白和瑞典外交官在房间里跳舞。对方闲着的手捏着她的屁股，她只当没看见，嘴角带着微笑，眼睛熟练地在屋子里扫视着：衣冠楚楚的各位客人，乐队，穿制服的用人，装在各式异域风情盘子里的自助餐，上等的葡萄酒。她心里很满意。舞会办得不错。

他们这是在长岛庄园的舞厅里。有二百位客人，他们对罗氏公司都非常重要。伊丽莎白意识到外交官的身体开始往自己的身上贴，试图挑逗她，还在她耳边轻舔，轻声说"你是一位美丽的舞者"。

"你也是。"伊丽莎白微笑着回应。突然，她脚步错乱，尖尖的鞋跟重重地踩在对方的脚趾头上。对方痛得喊叫起来，伊丽莎白赶紧惊叫着道歉："对不起，外交官先生。我去给你拿杯饮料。"

说完她抽身而去，轻盈地穿过人群，朝吧台走去，眼睛则滴水不漏地在整个屋子游走。她在看一切是否都处于完美状态。

完美——这是父亲的要求。伊丽莎白现在已经为萨姆操办过上百场宴会，不过她还没有学会放松。每一场宴会都是大事，都是首场秀，有很多可能出错的地方。但她觉得以前从来没有这样幸福过。从小她就梦想着靠近父亲，让他需要她，离不开她，现在这一切都实现了。她还学会接受现实：他对他的需要缺乏人情味，她对他的价值取决于她对公司的贡献。这是萨姆·罗夫评判人的唯一标准。伊丽莎白已经填补上母亲去世留下的空白，她已经成为父亲的女主人。不过因为伊丽莎白非常聪明，她的角色已远远不只是女主人。她和萨姆参加业务会议，和他乘坐飞机，一起住国外的酒店套房，一起去工厂、大使馆和各地的宫殿。她看着父亲如何运用权力，调配数十亿的资金买进或卖出，乃至拆毁或新建建筑。罗氏公司是一个大聚宝盆，伊丽莎白看着父亲对朋友慷慨解囊，对敌人一毛不拔。这是一个很迷人的世界，充满有趣的人，而萨姆·罗夫是这一切的核心。

伊丽莎白现在正环顾整个舞厅。她看见萨姆站在吧台前，正和里斯、一位首相以及一位来自加利福尼亚的议员聊天。父亲看见了她，示意她过去。伊丽莎白朝他走过去的时候，不由得想起三年前第一次操办宴会的情景。

伊丽莎白一毕业就飞回了家。她十八岁了。这一次她回的家是位于曼哈顿比克曼街的那栋公寓。里斯和她父亲在一起。她知道他会在。她把有关他的往事藏在心里隐秘的地方，什么时候孤独了，难过了，心灰意冷了，她都会回顾往事，用回忆温暖自己。一开始似乎毫无希望。一个十五岁的女学生和一个二十五岁的男人。十年的差距似乎是一百年。但是仿佛通过某种神奇的数学运算，在她十八岁的时候，他们之间的年龄差显得不那么重要了。她在追赶他，年龄似乎增长得比他要快似的。

他们在书房谈生意。她走进去时，两人都站起身来。父亲很随意地说：
"伊丽莎白，一起吧？"

"好。"

"哈。这么说，你已经毕业了。"

"是的。"

"那就好。"

欢迎她回家的话仅此而已。里斯朝她走过来，脸上带着微笑。看见她，他似乎发自内心地感到高兴。"利兹，你看起来很棒。毕业典礼怎么样？萨姆本来想去，但是脱不开身。"

这些本来都是她父亲该说的话。

伊丽莎白很为自己这种伤感而生气。她告诉自己，父亲并不是不爱她，只是把自己奉献给了她无法参与的世界。他本来可以带儿子进入这个世界，而女儿对他来说是外人。她不符合公司发展大计。

"我打扰到你们了。"她说着朝门口走去。

"等等，"里斯喊住她，扭头对萨姆说，"利兹回来得正是时候。她可以帮助操办星期六晚上的宴会。"

萨姆扭头看着伊丽莎白，端详着，好像在对她进行重新评估。她长得很像妈妈，有着同样的美和天生的优雅。萨姆的眼神里闪过一丝兴致。之前他从来没有想到女儿会是罗氏公司的潜在资产。"有正式服装吗？"

伊丽莎白惊讶地看着他。"我——"

"没关系。去买一件。知道怎么操办宴会吗？"

伊丽莎白紧张得咽了一口唾沫，说："当然知道。"这难道不是上瑞士女子精修学校的好处之一吗？他们教所有的社交礼仪。"我当然知道怎么操办宴会。"

"好吧。我从沙特阿拉伯邀请了一群人。大约有——"他看向里斯。

里斯冲伊丽莎白微微一笑，说："四十人，差不多。"

"都交给我吧。"伊丽莎白很自信地说。

结果完全搞砸了。

伊丽莎白让厨师把蟹肉冷盘当成第一道菜，然后是人人有份的豆焖肉配精酿葡萄酒。不幸的是，豆焖肉里有猪肉，而阿拉伯人既不吃甲壳类也不吃猪肉。他们还不喝酒精饮料。于是，这些客人们只盯着食物看，什么都不吃。伊丽莎白坐在长桌桌首，和父亲面对面。场面非常尴尬，她死的心都有。

那天晚上救场的是里斯·威廉斯。

他抽身去了书房，在里面待了一会儿，打了一通电话。然后回到餐厅，开始讲有趣的故事，逗客人们开心。有工作人员开始清理桌子。

似乎是一眨眼的工夫，餐饮车队就开了进来，变魔术似的开始往桌子上端各种菜肴。首先是蒸粗麦粉、烤羔羊、米饭，还有一盘盘的烤鸡和鱼肉，然后是甜食、奶酪和新鲜的水果。除了伊丽莎白以外，所有人都吃得很开心。她很憋屈，一口都吃不下去。她每次抬头看向里斯，都会发现他在看着自己，满眼是秘不示人的神情。伊丽莎白说不清楚是为什么，只觉得受到了羞辱：他不仅看见她出丑，还救了她的场。晚宴终于结束。当最后一批客人恋恋不舍地离去时，已经是凌晨。伊丽莎白、萨姆和里斯都在休息室里。里斯倒了一杯白兰地。

伊丽莎白深吸一口气，把脸扭向父亲："晚宴的事，我很抱歉。要不是里斯——"

"相信你下次会做得更好。"萨姆很平静地说。

萨姆没说错。从那以后每次操办宴会，无论是四个人还是四百个人，伊丽莎白都会将客人研究一番，了解他们的喜好和忌讳，吃什么，喝什么，喜欢什么样的娱乐。她给每个人建档案卡，所有情况都登记在案。客人们会很满意地发现最喜欢的葡萄酒、威士忌以及备好的雪茄，而且伊丽莎白可以很有见解地跟他们谈工作。

她操办的多数宴会里斯都参加了。他总是和最漂亮的女孩子在一起。伊丽莎白恨这些女孩子，还试图模仿她们。如果里斯带的女孩子把头发高高地盘在脑后，伊丽莎白便也会把头发弄成同样的样式。里斯带的女孩子穿什么，她也穿什么。她还学她们举手投足的样子。但是这些似乎都没有吸引住里斯。他似乎压根儿都没有注意到。伊丽莎白懊丧不已，觉得还是做回自己好。

伊丽莎白二十一岁生日那天早上，她下楼吃早餐。萨姆说："今天晚上订几张剧院的票吧。之后还要去'二十一'餐厅，吃晚餐。"

啊，原来他记得，伊丽莎白心里非常高兴。

接着他父亲又说："我们总共有十二个人，要把新签订的玻利维亚合同仔细检查一遍。"

她只字未提生日的事情。她收到以前的几位同学发的祝贺电报，仅此而已。到那天晚上六点的时候，她收到一个巨大的花束。伊丽莎白认为是父亲送的。但是卡片上写的是："美丽女神的美丽日子。"署名是"里斯"。

父亲那天晚上七点离家去剧院。他注意到了花，心不在焉地说："有心上人了，嗯？"

伊丽莎白想说"是生日礼物"，但有什么用呢？如果你爱的人需要提醒才知道今天是你的生日，那么你说了也是白说。

她眼睁睁地看着父亲离开，却不知道该怎么打发生日之夜。二十一岁生日这天似乎一直都是一个重要的里程碑，标志着她长大了，有了自由，成了女人。看吧，这就是个神奇的日子，但她感到与去年、前年的这一天没有任何区别。他怎么就记不住呢？如果她是个男孩，他会记住吗？

管家过来问晚饭吃什么。伊丽莎白说不饿。她很孤独，感觉没人要。她为自己感到难过。但是她难过的不只是这个生日没人和她庆祝，而是过去所有的生日都是这么孤单地过的。她在为独自长大、从来没有妈妈或爸爸关心而难过。

那天晚上十点，她穿着睡袍，一个人坐在黑咕隆咚的客厅壁炉前，突然听见一个声音，"生日快乐"。

灯亮了，里斯·威廉斯站在客厅。他走到她跟前，责备似的说："这可不是庆祝生日的方式。一个女孩子能有多少个二十一岁生日？"

"我——我想着你今晚和父亲在一起。"伊丽莎白慌乱地说。

"是的。他说你今天晚上一个人在家。穿好衣服。我们去吃晚餐。"

伊丽莎白摇摇头。她拒绝接受他的同情。"谢谢你，里斯。我——我真的不饿。"

"我饿，而且我不愿意一个人吃。我给你五分钟时间穿衣服。要不，我就这样带你出去。"

他们在长岛的一家小餐馆吃的饭。他们吃了汉堡、辣椒和法式炸洋葱，喝了乐啤露，还聊了许久。伊丽莎白觉得这次比马克西姆餐厅那次感觉还要好。里斯所有的注意力都在她身上，她理解他为什么那么受女人欢迎了。他不仅人长得帅气，而且是真心喜欢女人，喜欢和女人在一起。他让伊丽莎白觉得自己很特别，是他在这个世界上最想在一起的人。伊丽莎白心想，怪不得所有人都会爱上他。

里斯给她讲了一点小时候在威尔士的事情，他说得很美好、很刺激、很快乐。"我从家里跑出来了，"他说，"因为我心中有一种渴望，想看遍这个世界，什么事都做做。我曾想成为我所见到的每一个人。当下的我对我来说永远是不够好的。你能理解这种心情吗？"

当然啦，她非常了解这种心情！

"我在公园、海滩干活。有一年夏天，我还在罗西里划着科拉科尔拉游客，而且——"

"等等，"伊丽莎白打断他，"什么是罗西里，什么是——科拉科尔？"

"罗西里是一条水流湍急的河，里面有很多危险的激流。科拉科尔是一种古老的独木舟，以木板条和防水的动物皮制成，最早可以追溯到前罗马时期。你从来没有去过威尔士，对吧？"她摇摇头。里斯继续说："好吧，你会喜欢上威尔士的。"她知道她会的。"尼思山谷是世界上最美丽的风景之一。可以看看的美丽去处还有阿伯-艾迪、卡尔布迪、波特克莱斯、基尔盖蒂和兰古姆（这些地名从他舌下如同欢快的曲子一样蹦出来），都是人迹罕至的野生环境，到处都有神奇的惊喜。"

"可是你离开了威尔士。"

里斯冲她笑笑，说："因为我内心有过渴望。我想拥有整个世界。"

他没有告诉她，那种渴望还在。

在之后的三年里，伊丽莎白变得对父亲来说不可或缺。她的工作是让他生活得舒服，好让他集中精力处理对他来说重要的事情：生意。他日常生活的琐碎事务全都交给伊丽莎白打理。她会根据父亲的需要解雇或招聘用人，或开或关诸多住处的某一个，还替他宴请客人。

不止这些，她还是他的眼睛和耳朵。开完业务会之后，萨姆会问伊丽莎白对某个人的印象，或让她解释他做某件事的动因。她曾看着他做出影响数千人生活、涉及上亿美元的决定。她听到国家领袖求萨姆·罗夫开工厂，或者求他不要关闭工厂。

在一次这样的会议之后，伊丽莎白说："难以置信。就像——就像你在管理一个国家似的。"

父亲大笑起来，回答道："罗氏公司的收入比世界上四分之三的国家都多。"

伊丽莎白和父亲一起旅行，认识了罗夫家族的其他成员：她的堂兄弟姐妹们，以及他（她）们的丈夫或妻子。

伊丽莎白小的时候，他们节假日会过来，她也会在学校放假的时候去看他们，彼此都见过面。

罗马的西莫内塔和伊沃·帕拉齐一直是最有趣的一对。他们坦率、友好，而且伊沃总能让伊丽莎白感觉到自己是个女人。他负责罗氏公司的意大利分部，管理得很好。人们喜欢和伊沃做生意。伊丽莎白记得一位曾见过他的同学这样说："你知道我喜欢你姐夫什么吗？温暖而有魅力。"

这就是伊沃，温暖而有魅力。

其他成员还有巴黎的埃莱娜·罗夫-马特尔和她的丈夫查尔斯·马特尔。伊丽莎白一直看不透埃莱娜，跟她在一起从来没有轻松过。她对伊丽莎白一直都很好，但总有一块冷冷的禁区，是伊丽莎白怎么都走不进去的。查尔斯是罗氏公司法国分部的负责人。他很能干。不过伊丽莎白无意中听父亲讲过，他缺乏动力，长于执行命令，却缺乏主动性。萨姆没有换掉他是因为法国分部赚的钱很多。伊丽莎白怀疑埃莱娜·罗夫-马特尔对分部的成功没少下功夫。

伊丽莎白喜欢她的德国堂姐安娜·罗夫·加斯纳和她的丈夫沃尔瑟·加斯纳。伊丽莎白记得听家人闲聊时说过，安娜·罗夫属于下嫁。大家普遍认为沃尔瑟·加斯纳一无所长，是靠结婚发财的人，他娶了比自己大而且不好看的女人，图的是钱。伊丽莎白不认为堂姐不好看。她一直觉得安娜只是腼腆，敏感，不爱说话，受到生活的惊吓而已。伊丽莎白第一次见沃尔瑟就喜欢上了他。他长得像电影明星，五官具有古典美，但是他似乎既不傲慢也不做作。他看起来是真心爱安娜。伊丽莎白听说过关于他的可怕故事，但是她不相信。

在所有的堂兄弟姐妹中，亚历克·尼科尔斯是伊丽莎白最喜欢的一位。他的妈妈来自罗夫家族，嫁给了第三代从男爵乔治·尼科尔斯爵士。伊丽莎白一有问题就会找亚历克。不知为什么，或许是因为亚历克体贴入微、彬彬有礼，总把年龄尚小的伊丽莎白视作同龄人。而且她知道，"同龄人"这种说法现在对亚历克来说是多么大的褒奖。他一直以平等的方式待她，随时都能伸出援手、提出建议。伊丽莎白记得有一次心里很绝望，想离家出走。行李已经收拾好了，她心血来潮地给伦敦的亚历克打电话告别。他当时正在开会，但还是出来接了电话，和伊丽莎白谈了一个多小时。和他聊完了，伊丽莎白便决定原谅父亲，再给他一次机会。这就是亚历克·尼科尔斯爵士。他的妻子维维安则是截然不同的人。如果说亚历克为人慷慨、体贴入微，那么维维安则很自私，毫不顾及他人。她是伊丽莎白见过的最以自我为中心的女人。

很多年前，伊丽莎白在亚历克和维维安位于格洛斯特郡的乡村庄园过周末时，一个人出去参加了野餐活动。后来天开始下雨，她便早早回来了。她从后门进来，在走廊里听见书房有说话声，嗓门很高，是他们在吵架。

"我受够了照顾小孩，"维维安喊叫着，"今天晚上，你来带你的宝贝堂妹，自己逗她玩。我要回伦敦。我跟人约好了。"

"你可以取消约会，维维安。这孩子也就和我们再待一天，而且她——"

"对不起，亚历克。我想好好玩玩，今天晚上就要。"

"看在上帝的分儿上，维维安！"

"见鬼去吧，你个笨蛋！别想替我决定我的生活。"

伊丽莎白还没来得及走开，维维安就已经从书房冲出来。她飞快地扫了一眼惊慌失措的伊丽莎白，爽快地说："宝贝，这么早就回来了？"然后，她就大步上了楼。

亚历克来到书房门口，轻声说："进来吧，伊丽莎白。"

伊丽莎白很不情愿地走了进去。亚历克的脸因为尴尬而发红。伊丽莎白很想安慰他，但不知道怎么说。亚历克走到一个很大的桌子前，拿起一根烟管，装满烟丝，点燃。在伊丽莎白眼里，这一切好漫长。

"你要理解维维安。"

伊丽莎白说："亚历克，这不关我的事。我——"

"但是在某种意义上这是你的事。我们是一家人。我不想让你怪她。"

伊丽莎白不敢相信。刚才那些令人难以置信的话她都听到了，而亚历克还在护着他的妻子。

"有时候在婚姻中，"亚历克接着说，"丈夫和妻子会有不同的需求。"他尴尬地顿了顿，在找合适的字眼。"我不想让你责怪维维安，因为我——有些需要我满足不了。那不是她的错，你会明白的。"

伊丽莎白没有控制住自己。"她——她经常和别的男人出去吗？"

"恐怕是这样的。"

伊丽莎白很震惊。"你为什么不离开她？"

他冲她温和地一笑。"我离不开她，亲爱的小孩。你都看见了，我爱她。"

第三天，伊丽莎白回了学校。从那时起，她觉得跟亚历克比跟任何人都亲近。

最近一段时间，伊丽莎白很担心父亲。他似乎有心事，心里老想着什么，但是她又不知道是什么事。她问起时，他只是说："小问题而已，需要我处理一下。将来我会告诉你。"

他变得很诡异，而且伊丽莎白再也接触不到他的私密文件。所以当他对伊丽莎白说"我明天准备去沙莫尼爬山"的时候，她很高兴。她知道父亲需要休息。他瘦了，脸色苍白、憔悴。

"我来给你预订房间，"伊丽莎白赶紧说。

"不用麻烦。他们已经订过了。"

这也很不像他的风格。第二天早上他去了沙莫尼。那是她最后一次见他。那是她最后一次见他……

伊丽莎白躺在黑魆魆的卧室里回想过去。父亲的死很不真实，可能是因为他活着时太生龙活虎。

他是最后一位姓罗夫的人。她除外。公司现在会怎么样呢？她的父亲持有控股权。她不知道他把股权给了谁。

伊丽莎白第二天下午就知道答案了。萨姆的律师来到家里。"我带来了你父亲立下的遗嘱的复印件。我不愿意这个时候打扰你，但又觉得你应该尽快知道。你是你父亲的唯一受益人。也就是说，罗氏公司的控股权在你手上。"

伊丽莎白无法相信。他肯定没想过让她掌管公司。"为什么？"她不由得问道，"为什么是我？"

律师犹豫片刻，然后说："罗夫小姐，恕我直言。你父亲还很年轻。我敢说他没想到会这么早死。假以时日，我敢说他会留下别样的遗嘱，指定某个人接管公司。他可能还没有想好。"说着，他耸耸肩。"不过，这都是不切实际的空谈。重要的是，控股权现在在你手上。股权如何处理，给谁都由你决定。"他端详了她一会儿，然后接着说："罗氏公司的董事会里以前从没有过女人，但是——好吧，到时候你会接替你父亲的位置。本星期五在苏黎世召开董事会议。你能参加吗？"

萨姆会希望她去。

塞缪尔也会这么想。

"我能。"伊丽莎白说。

111

第二部

第15章

葡萄牙　星期三，九月九日　午夜时分

　　邦贝尔街是埃斯托里尔的一条暗巷，曲折幽深，很危险。街上的一栋出租房的卧室里正在拍片子。屋子里有四个人。一个摄影师，床上是两个出镜的演员，男的三十多岁，女的很年轻。女孩头发金黄，身材傲人，除了脖子上的一条鲜艳的红丝带，全身一丝不挂。男人块头很大，肩膀全是肌肉，胸部形状如桶却没有一根胸毛，看起来很不相称。第四个人是观看者，坐在镜头后，戴着黑色的宽沿帽子和墨镜。

　　摄影师扭头看着观看者，向他投去询问的眼光。观看者点点头。摄影师按下开关，摄影机开始嗡嗡作响，他对两位演员说："各就各位，开始。"

　　床上两个人开始激战。

　　观看者身体前倾，眼睛直直地盯着所有的动作。

　　观看者的呼吸越来越急促，眼睛还是死死地盯着床上。这女孩是第三个了，比前两个还要漂亮。

　　此时女孩正来回扭动身体，发出轻微的呻吟声。嘴里不停喊着："就这样，就这样，就这样！我要来了！"

　　摄影师看向观看者。对方点点头，墨镜后面的眼睛闪闪发亮。

　　"停！"摄影师对着床上的男人喊道。

　　这女孩还处于狂乱的兴奋中，根本没听见他说什么。她满脸陶醉，身体开

114

始震颤。此时男人巨大的手掐住了她的喉咙并开始用劲，掐得她无法呼吸。她不解地盯着他。猛然间，她似乎明白了什么，眼神充满了恐惧。

观看者在想：要的就是这一刻。就是这个时候！天哪！看看她的眼睛！瞳孔因为恐惧而放大。她拼死想挣脱掐着脖子的一双铁手，但无济于事。她还处在亢奋中，性高潮带来的战栗与拼死挣扎的痛苦合而为一。

观看者的身体被汗水浸透。他激动得难以自已。女孩在人生最美妙的快乐中死去，眼睛直直地凝视着死亡。美不胜收。

突然间一切都结束了。观看者坐在原处，满足得浑身发颤，大口大口地喘着气，一副精疲力竭的样子。女孩得到了惩罚。

观看者觉得自己像上帝。

第16章

苏黎世　星期五，九月十一日　中午时分

罗氏公司的全球总部占地六十英亩，位于苏黎世西郊区的史普莱登巴赫一带。行政办公楼是一栋十二层的现代化玻璃建筑，周围散落着较低的楼房，包括科研楼、生产车间、实验室、企划部，还有几条铁路支线。这就是势力遍布全球的罗氏帝国的脑中枢。

接待大厅的装饰以绿色和白色为主，摆放着丹麦家具，现代感十足。玻璃办公桌后面坐着一位接待员，经她允许进入大楼的人都必须由向导陪着。大厅右边靠后的地方是一排电梯，其中一部是供公司总裁专用的。

这天上午，这部专用电梯被董事会成员们使用了。他们在几个小时之内从世界各地赶过来，有的坐飞机，有的坐火车，有的坐直升机，还有的坐豪华轿车。他们现在都在会议室里：亚历克·尼科尔斯爵士、沃尔瑟·加斯纳、伊沃·帕拉齐，以及查尔斯·马特尔。会议室的空间很大，天花板很高，墙面镶着橡木板。屋子里唯一不是董事会成员的人是里斯·威廉斯。

点心和饮料都摆放在边柜上，但屋子里的人都没有食欲。他们很紧张、很兴奋，每个人都有心事。

凯特·埃尔林走进会议室。凯特·厄林已年近五十，是一位做事利落的瑞士女人。"罗夫小姐到了。"

她扫视一眼屋子，确保一切安排就绪：每个位子上都有钢笔、便签本、银质水杯、雪茄、香烟、烟灰缸、火柴。凯特·厄林十五年来一直是萨姆·罗夫的贴身秘书。萨姆的离世不会让她降低他的或者说她的工作标准。她很满意地点点头，离开了会议室。

而在楼下的行政大楼前，伊丽莎白·罗夫正从豪车里出来。她穿着黑色的西装套装，里面是白色的衬衫。她没有化妆，看起来比实际年龄要年轻，不像是二十四岁。她脸色苍白，很脆弱。

媒体在等着她。她刚走进大楼，就被围住了，全是电视台、电台和报社的记者，都带着摄像机和麦克风。

"我来自《欧洲日报》，罗夫小姐。能给个声明吗？谁将会接管公司，鉴于你父亲现在——"

"请往这边看，罗夫小姐。能给读者们一个大大的微笑吗？"

"美联社，罗夫小姐。你父亲的遗嘱是怎么写的？"

"《纽约每日新闻》。你父亲难道不是很擅长登山吗？调查发现他是怎么——"

"《华尔街日报》。能讲一下公司的财务——"

"我来自《泰晤士报》。我们准备写一篇专题文章，就罗夫——"

伊丽莎白在三个保安的护送下穿过蜂拥而上的记者，走进大厅。

"罗夫小姐，再来一张——"

伊丽莎白终于进了电梯，门关上了。她不由得深吸一口气，浑身却战栗起来。萨姆死了。他们为什么不能让她一个人待着？

很快，伊丽莎白走进会议室。亚历克·尼科尔斯第一个迎上来。他轻轻地抱住她，安慰道："对不起，伊丽莎白。我们都很难过。维维安和我想给你打电话，但是——"

"我知道。谢谢你，亚历克。谢谢你能想着我。"

伊沃·帕拉齐走上前，在她的两颊各吻一下。"亲爱的，我不知道该怎么说，你还好吗？"

"是的，很好。谢谢你，伊沃。"她转过身，"你好，查尔斯。"

"伊丽莎白，埃莱娜和我都很难过。只要有任何——"

"谢谢你。"

沃尔瑟·加斯纳走到伊丽莎白跟前，很尴尬地说："安娜和我想为你父亲的事向你表达最沉痛的哀悼。"

伊丽莎白点点头，随后高高地扬起头。"谢谢你，沃尔瑟。"

她不想待在这里，周围的人都让她想起父亲。她想逃走，想一个人待着。

里斯·威廉斯远远地靠边站着。他观察着伊丽莎白的脸，心里想，要是他们再不停下来，她就要撑不住了。于是他特意穿过人群，伸出手说："你好，利兹。"

"你好，里斯。"她上一次见他还是他上门来告知父亲去世的消息，似乎是好多年前的事了，又好像是刚刚发生的。真实的情况是已经过去一星期。

里斯知道伊丽莎白在努力保持镇定。于是他说："既然所有人都到了，我们为什么不开始呢？"他不无安慰地微微一笑。"不会花太长时间的。"

她感激地冲他笑笑。所有人围着长方形橡木桌，在惯常的位子上坐定。里斯领着伊丽莎白来到桌首，替她拉开椅子。父亲的椅子，伊丽莎白想象着萨姆坐在这里，主持着这样的会议。

查尔斯先发言。"既然我们没有——"他停下来，扭头看着亚历克，"你何不接手主持会议？"

亚历克扫视一圈，发现其他人都在低声附和着"非常好"。

亚历克按了一下面前桌子上的按钮。很快，凯特·厄林回来了，手里拿着一个笔记本。

她随手关上门，拉出一个直靠背椅，拿出笔记本和笔，摆好架势。

"我觉得在当前的形势下，我们可以免去诸多程序。我们所有人都失去了一位亲人，很悲痛。但是，"亚历克说，他不无歉意地看着伊丽莎白，"眼下最重要的是罗氏公司要树立起强大的公众形象。"

"赞同。近一段时间我们受够了媒体的骚扰。"查尔斯愤愤不平地说。

伊丽莎白看着他，问道："为什么事？"

里斯解释道："公司目前面临着许多非同寻常的难题。我们深陷多起诉讼中，正在接受政府调查，有几家银行还在逼债。总之，没有一件事有利于公司的形象。公众买药是因为相信制药公司。如果失去这种信任，我们就会失去客户。"

伊沃不无安慰地说："我们还没有什么解决不了的问题。重要的是要尽快重组公司。"

"怎么重组？"伊丽莎白问。

沃尔瑟回答："把我们的股票卖给公众。"

查尔斯接下去说："用这种方式，我们就可以还上所有的银行贷款，还会剩下足够的钱——"他后面的话没有说出来。

伊丽莎白看着亚历克，说："你同意吗？"

"我认为我们所有人都同意，伊丽莎白。"

她将身体往椅背上一靠，陷入沉思。里斯拿起一些文件，起身，送到伊丽莎白面前。"我已经把所有的文件都准备好。你需要做的就是签字。"

伊丽莎白扫了一眼放在眼前的文件。"我签了这些字，会发生什么？"

查尔斯接过话茬。"我们有很多国际经纪人公司，他们准备联合起来，为股票发行提供财力支持。他们保证按共同约定的价格销售。提供这样大财力支持的公司，有好几家是体制内的，还有几家是私企。"

"你指的是像银行和保险公司这样的公司吗？"伊丽莎白问。

查尔斯点点头。"正是。"

"他们会把自己人安排进董事会。"

"那是惯常的……"

伊丽莎白打断他："这样一来，实际上，他们会掌控罗氏公司。"

"我们依然是董事会成员。"伊沃赶紧提出异议。

伊丽莎白转向查尔斯。"你说过，股票经纪人已经联合起来做好了准备。"

查尔斯点点头。"是的。"

"那么为什么没有做？"

他看着她，一脸不解。"我不明白。"

"如果所有人都认为最好的做法是将公司拱手让出去，让外面的人接管，那么为什么以前没有这么做？"

尴尬的沉默。伊沃说："亲爱的，要得到全体人的同意。董事会每个人都得同意。"

"谁不同意呢？"伊丽莎白问。

这次沉默的时间更长。

最后里斯开口了。"萨姆。"

伊丽莎白突然意识到从走进这间屋子起一直让她心里不安的是什么了。他们都为父亲的死震惊、痛苦和哀悼，但同时屋子里有一种一触即发的激动情绪，一种胜利——奇怪的是，闯进她脑子的词竟然是"胜利"——的感觉。他们已经把所有的文件都准备好，万事俱备。她要做的就是签字。但是如果他们想做的事情是对的，那么父亲为什么会反对？她大声地问出这个问题。

"萨姆有自己的想法，"沃尔瑟解释道，"你的父亲非常固执。"

和塞缪尔一样，伊丽莎白心想。永远不要让一只友好的狐狸进鸡窝。终有一天，狐狸会有饿的时候。萨姆不想卖，他肯定有充分的理由。

伊沃说："亲爱的，相信我，把这一切交给我们打理会更好些。你不懂这些事情。"

伊丽莎白平静地说："我愿意打理这些事情。"

"为什么要劳神管这些呢？"沃尔瑟表示反对，"等股票卖了，你就可以拿到很多很多的钱，根本花不完的钱。你想去哪里就去哪里，可以好好享受享受。"

沃尔瑟的话不无道理。她为什么要卷进来呢？她要做的就是签了面前的文件，然后走人。

查尔斯很有耐心地说："伊丽莎白，我们这是在浪费时间。你没有选择。"

就是在这一刻，伊丽莎白意识到她有选择，就像她父亲一样有选择。她可以走开，让他们随心所欲地处置公司；也可以留下，找出他们急于卖掉股票，给她施压的原因。因为她切切实实感受到了这种压力。压力来势很猛，几乎到了明目张胆的程度。屋子里的所有人都想让她在文件上签字。

她瞥了一眼里斯，想知道他在想什么。表面上什么都看不出来。伊丽莎白看看凯特·厄林。她当萨姆的秘书时间很长。伊丽莎白希望能有机会单独和她谈谈。大家都在看着伊丽莎白，等着她点头。

"我不打算签字，"她说，"现在不行。"

众人都惊呆了，一时无语。过了一会儿，沃尔瑟说："我不理解，伊丽莎白。"他脸色苍白。"你当然必须签字！一切都安排好了！"

查尔斯生气地说："沃尔瑟是对的，你必须签字。"

一时间所有人都在说话，场面混乱，愤怒的话如暴风雨般砸在伊丽莎白身上。

"你为什么不签字？"伊沃问。

她当然不能说因为我的父亲不让签，因为你们在催我、逼我。她本能地意识到情况不对，她下定决心要查清楚到底是怎么回事。眼下她只能说："我需要一点时间把整个事情想清楚。"

所有人都面面相觑。

"亲爱的，需要多长时间？"伊沃问。

"我还不知道。我想进一步弄清楚这里面到底发生了什么。"

沃尔瑟一下子变得歇斯底里了。"该死，我们不能——"

里斯坚决地制止住他。"我认为伊丽莎白是对的。"

其他人扭头看着他。里斯接着说："应该给她机会，让她了解一下公司正在面临的问题，然后再做决定。"

所有人都琢磨着里斯的话。

"我同意。"亚历克说。

查尔斯生气地说："先生们，我们同意不同意都没有区别。伊丽莎白是掌权人。"

伊沃看着伊丽莎白。"亲爱的——我们需要快些做出决定。"

"会的。"伊丽莎白承诺。

大家都看着她，各有心事。

其中一个人心里想的是，哦，上帝，她也必须死。

第17章

伊丽莎白被震撼到了。

她过去经常随父亲来苏黎世的总部，但一直都是以来访者的身份。权力属于他。现在权力属于她。她环视一圈偌大的办公室，感觉像个冒名顶替者。这个办公室由恩斯特·霍尔装修，整体庄严肃穆。办公室一头立着一个伦琴柜子，柜子上面挂着一张米勒的画。屋子里有一个壁炉，壁炉前是一个麂皮沙发，一张很大的咖啡桌和四把安乐椅。墙上挂着很多画，有雷诺阿的、夏加尔的、克利的，还有两张库尔贝早期的作品。办公桌用厚重的红木制成。紧挨办公桌的是一个条桌，上面摆放着全套通信设备——一组联通世界各地总部的电话，还有两个带扰频器的红色电话，一个内部对讲系统，一个自动收报机，以及其他的设备。办公桌后面挂着塞缪尔·罗夫的画像。

一个室内门通向一个较大的衣帽间，里面有洋杉木衣橱和加了衬垫的抽屉。有人已经拿走了萨姆的衣服。伊丽莎白心里很感激。她走进浴室，地面铺着瓷砖，里面有一个大理石浴缸和一个淋浴间，加热架上挂着崭新的土耳其毛巾。药柜是空的，父亲生前的所有日常用品都被人拿走了。可能是凯特·厄林。伊丽莎白不由得胡乱猜想：凯特是否一直都在爱着萨姆呢？

高级套房里有一个很大的桑拿房、一个设备齐全的健身房、一个理发室、一个可以容纳一百人就餐的餐厅。在萨姆宴请外国客人的时候，桌上的花卉中央会插上小小的外国客人所属国的国旗。

另外，萨姆还有一个专用餐厅，装修雅致，墙上装饰着壁画。

凯特·厄林向伊丽莎白解释着："白天有两个厨师当值，晚上是一个。如果你在午餐或晚餐时宴请的客人数量超过十二个，需要提前两个小时通知他们。"

现在伊丽莎白坐在办公桌前，面前堆得高高的论文、备忘录、统计表和报告。她不知道该从哪儿下手。她想起父亲也曾坐在这里，就坐在这把椅子上，就坐在这个办公桌后面。失亲之痛瞬间涌上心头。萨姆一直很能干，很有才华。她现在多么需要他！

伊丽莎白在亚历克返回伦敦之前设法跟他聊了一会儿。

"别着急，"他劝她，"不要让任何人给你施压。"

他对她的处境感同身受。

"亚历克，你觉得我应该赞成公司上市吗？"

他冲她微微笑着，不无尴尬地说："恐怕我得说是的，但是我也有自己的立场，不是吗？股票在被卖出去之前，对我们任何人都毫无用处。现在这一切由你决定。"

伊丽莎白现在坐在偌大的办公室里，心里想的就是她和亚历克的对话。她本想给亚历克打电话，差一点就没有克制住。她只想对他说"我改变主意了"，然后走人。她不属于这里。她觉得力不从心。

她看着控制台上的对讲机按钮，其中一个上面写着里斯·威廉斯。伊丽莎白斟酌片刻，按动了这个按钮。

里斯坐在她对面，看着她。伊丽莎白很清楚他在想什么，他们都在想什么。她不应该坐在这里。

"今天上午开会时，你简直是丢了一个炸弹。"里斯说。

"很抱歉让所有人不爽了。"

他咧嘴一笑。"'不爽'倒也说不上。你让所有人都大吃一惊。一直以为一切都是板上钉钉的事。宣传稿都准备好了。"说着，他端详了她片刻。"是什么让你决定不签字的，利兹？"

那只是一种感觉，一种本能。她该怎么给他解释呢？他会嘲笑她的。萨姆拒绝让罗氏公司上市，她必须找出原因。

里斯仿佛看穿了她的心事，说："你的高曾祖父创办了这个家族企业，不允许外人介入。但是当时这是个小公司。情况已经发生了变化。我们现在是世界上最大的医药公司之一。无论谁坐在你父亲的位置上都需要做最终决定。那可不是小责任。"

她看着他，不确定他是不是在劝她撒手。"你会帮助我吗？"

"你知道我会的。"

她舒了一口气，意识到自己很依赖他。

"我们要做的第一件事情，"里斯说，"是带你转转这里的工厂。你知道公司的实体布局吗？"

"了解得不多。"

这不是真话。在过去的几年里，伊丽莎白跟着萨姆开了很多次会，掌握了很多罗氏公司的运营情况。但是她想听听里斯怎么看。

"我们生产的不仅仅是药品，利兹。我们还制造化学品、香水、维生素、发胶，以及杀虫剂。我们生产化妆品和生物电子仪器。我们有食品部和肥料部。"这些伊丽莎白都知道，但是她还是愿意听他说下去。"我们出版专门发行给医生的杂志。我们制造黏合剂、建筑防护剂和塑性炸药。"

伊丽莎白能感觉到他开始沉浸在他所说的事情中，能够听出他语气中隐隐的自豪感。她莫名其妙地又想起父亲。

"罗氏公司在一百多个国家建有工厂和公司。每个公司都要向这个办公室汇报。"他停下来，好像在看她是否听明白了。"塞缪尔带着一匹马和一个试管进入这个行业。现在公司已经发展成在全世界拥有六十个工厂、十个研发中心，以及由数千名销售人员和选派人员组成的销售网络的大型企业。"伊丽莎白知道，选派人员指的是专门拜访医生、走访医院的人员。"去年，单是美国在药品上的花费已经达到一百四十亿美元——我们在这个市场上占有很大的份额。"

然而，罗氏公司和银行之间出了麻烦。某个地方出了问题。

里斯带伊丽莎白看公司总部的工厂。实际上，苏黎世总部有十二个工厂，在六十英亩的园区内建有七十五栋楼房。这里是一个缩小版的世界，完全可以自给自足。他们看了制造车间、研发部、毒理学实验室，以及储存车间。里斯带伊丽莎白去了一个摄影棚，这里专门为研发、全球广告以及产品部门拍摄视频材料。"我们这里使用的胶卷比好莱坞主要的摄影棚用的都多。"里斯告诉伊丽莎白。

他们看了分子生物车间和液体中心。该中心有五十个巨大的内层为玻璃的不锈钢罐子，从天花板吊下来，里面装满了预备装瓶的液体。他们还看了压片车间，药粉在这里被压成药片，以同一规格，压上罗氏的印记，加上包装，打上标签，全程不用人动手。有的药是处方药，凭处方出售，其他的则是非处方药，可以在柜台购买。

有几栋小些的楼房离其他的楼房较远，它们是专供科学家们使用的。这些科学家有分析化学家、生物化学家、有机化学家、寄生虫学家和病理学家。

"有三百多位科学家在这里工作，"里斯告诉伊丽莎白，"他们多数是博士。"

"想不想看看我们的亿万美元房间？"

伊丽莎白点点头，饶有兴致。

这是一栋独立的砖头建筑，由佩枪、穿制服的警察把守着。里斯出示了安全通行证，他和伊丽莎白才获准进去。他们走上一条长长的走廊，尽头是一个大铁门。门卫用两把钥匙打开门，伊丽莎白和里斯走了进去。房间里没有窗户，从地面一直到天花板摆满了架子，上面放着各式瓶子、罐子和管子。

"为什么把这里叫作亿万美元房间？"伊丽莎白问。

"因为装满这里花了我们很多钱。看见架子上的化合物了吗？那些都没有名字，只有号码，都是没有成功的，都是失败产品。"

"但是上亿——"

"每一种起作用的新药，背后都有大约一千种药要送到这个房间。有的药品研发达十年，然后被放弃。研发一种药要投入五百万到一千万美元，结果却发现没有用，或者是已经被人率先发现。这些我们并不会扔掉，因为时不时地总有聪明的年轻人会摸索回来，发现这屋子里有的东西有价值。"

这里涉及的金钱数量是可怕的。

"来吧，"里斯说，"我带你看看失败房间。"

这是另外一栋建筑，这次只有一个人把守，里面和前一个房间一样，只有放着瓶瓶罐罐的架子。

"我们在这里也损失了大量钱财，"里斯说，"不过是计划好的。"

"我不明白。"

里斯走到一个架子前，拿起一个瓶子，上面标着"肉毒中毒"。"你知道美国去年有多少肉毒中毒患者病例吗？二十五个。但我们却花费了数百万美元确保这种药品有库存。"他又随机拿起一个瓶子。"这是狂犬病解药。这个房间里都是治疗罕见病的药——被蛇咬、被有毒植物刺伤等。我们把这些药免费提供给武装部队和医院，算是公益服务。"

"我很赞同这一行为。"伊丽莎白说。塞缪尔也会很认可的，她心里想。

里斯带着伊丽莎白去了胶囊生产车间。空瓶子由巨大的传送带送到这里，然后进行消毒，装胶囊，贴标签，塞入药棉，封口。所有的工作都是全自动的。

还有一个玻璃吹制车间，一个规划建造新楼的建筑中心，还有一个负责征收土地的房地产事业部。在一栋大楼里，有很多写手在用五十种语言编写小册子，随后用印刷机印刷。

有的部门让伊丽莎白不由得想起乔治·奥威尔的《一九八四》。无菌室沐浴在怪异的紫外线中。临近的房间被喷涂成不同的颜色——白色、绿色和蓝色，工人也相应地穿着不同颜色的工作服。每一次进入房间，所有人都要经过一个特殊的消毒室。蓝制服工人一整天都被锁在车间里，他们吃饭、休息或上厕所时，必须脱掉工作服，进入一个消毒的绿色区域，穿上其他服装，回来时过程则相反。

"我想你会觉得这里很有趣。"里斯说。

此时他们正走在研发大楼的灰色走廊里。他们来到一扇门前，上面写着"控制区，请勿进入"。里斯把门打开，和伊丽莎白走了进去，接着又过了一道门。伊丽莎白发现他们置身于一个光线暗淡的房间，里面摆放着装有动物的笼子，有数百个。房间里面又热又潮，她感觉仿佛一下子走进了热带丛林。等眼睛逐渐适应了黑暗，她才看清楚，原来笼子里装的都是猴子、仓鼠、猫和白鼠。很多动物长着赘生物，各个部位上都有，看上去很吓人。有的动物头上毛发被剃掉，满头都是植入大脑的电极管。有的动物尖叫着，发出含混不清的声音，在笼子里上蹿下跳。其他的则昏昏欲睡，一副无精打采的样子。屋子里很吵，很难闻，如同地狱，让人无法忍受。伊丽莎白走到装着一只白色小猫的笼子前。猫的脑袋被削开，外面贴着一块透明的塑料盖，从塑料盖上延伸出很多电线。

"这是——这是干什么？"伊丽莎白问。

一个站在笼子前记笔记的高个子、留着胡子的年轻人解释道："我们在试验一种镇静剂。"

"希望它能管用，"伊丽莎白很无力地说，"我希望人们能用上。"说完，趁着还没有呕吐，她赶紧走出屋子。

走廊里，里斯站在她身边问："你没事吧？"

她深吸一口气。"我——我很好。这一切真的有必要？"

里斯看着她说。"那些试验挽救了很多人的生命。自一九五〇年以来，三分之一的人活着就是因为有了现代医疗技术。想想这个方面。"

伊丽莎白确实想了。

用了整整六天时间，伊丽莎白才看完主要的建筑。总部大得让伊丽莎白头发晕，她累得精疲力竭。而且她知道，现在看到的还只是一个罗夫工厂，而这样的工厂全世界有几十个。

事实与数字令人瞠目。"推出一种新药需要五到十年时间，我们每试验两千种化合物，平均只有三种产品……"

"罗氏公司仅质控部门就有三百人。"

"在全世界，罗氏公司养着五十多万员工……"

"我们去年的净收入是……"

伊丽莎白认真听着，努力消化着里斯抛过来的令人难以置信的数字。之前她知道公司很大，但"大"是很不具象的字眼，只有真正转换成人和钱的时候才令人震惊不已。

那天晚上伊丽莎白躺在床上，回想着日间的所见所闻。她满心都是摆脱不掉的力不从心的感觉。

伊沃：亲爱的，相信我，把这一切交给我们打理会更好些。你不懂这些事情。"

亚历克："恐怕我得说是的，但是我也有自己的立场。"

沃尔瑟："为什么要劳神管这些呢？你想去哪里就去哪里，可以好好享受享受。"

他们说的都对，他们所有人都对，伊丽莎白心想。我要离开，让他们按喜欢的方式处置公司吧。我不属于这个位置。

她做出这个决定的那一刻，不由得一阵轻松，很快进入梦乡。

第二天是星期五，是周末假期的开始。伊丽莎白到办公室后，让人去叫里斯。她要把自己的决定告诉他。

"威廉斯昨天晚上不得不飞往内罗毕，"凯特·厄林告诉她，"他让我告诉你，他星期二回来。其他人可以吗？"

伊丽莎白犹豫了一下。"请联系亚历克爵士。"

"好的，罗夫小姐。"凯特有些犹豫，接着说，"今天早上，警察局送来一个给你的包裹，里面是你父亲在沙莫尼时的个人物品。"

一听到萨姆，那种剧烈的痛又涌上来了。

"警察说，你派的取件人到的时候，包裹已经在路上，他们无法给他，并为此道歉。"

伊丽莎白眉头一皱。"我派的取件人？"

"你派往沙莫尼去取包裹的人。"

"我没有派任何人去沙莫尼。"这很明显是体制作风，搞错了。"包裹在哪里？"

"我放到你柜子里了。"

是一个威登手提箱，里面装着萨姆的衣服，一个上锁的公文包，钥匙绑在包上。这可能是公司文件。她会让里斯处理。忽然她想起里斯不在。好吧，于是她决定也出去过周末。她看着手提箱，心里想，没准儿是萨姆的个人物品。我最好还是先看看。

凯特·厄林还在忙活。"对不起，罗夫小姐。亚历克爵士不在办公室。"

"请给他留言，让他回我电话。我马上去撒丁岛的别墅。给帕拉齐先生、加斯纳先生和马特尔先生留同样的信息。"

她要告诉他们，她要离开，他们可以卖掉股票，按喜欢的方式处置公司。

她期盼着漫长的周末。别墅是避风港，是安抚人的茧，她可以在那里独自想想自身和未来。砸在她身上的事情都发生得太快，她压根儿没有机会理出一个头绪。萨姆遭遇意外——伊丽莎白有意避开"死亡"这个字眼；她继承了罗氏公司的控股权；家人们为了让公司上市开始急切地施压；公司本身就像一头权力遍布世界的巨兽，每次心跳都让人心惊胆战。伊丽莎白需要同时应对的事情太多了。

那天下午晚些时候，伊丽莎白飞往撒丁岛，带着那个手提箱。

第18章

她从机场坐了一辆出租车。别墅已关闭，没有一个人，伊丽莎白也没有把她要过来的事告诉任何人。她自己开门进屋，慢慢地行走在宽敞熟悉的房间，一切都好像是从来没有离开过的样子。她没有想到会如此想念这里。对伊丽莎白来说，童年那点难得的快乐回忆就是这里。迷宫一样的房间里本该有好几位用人在忙碌，做饭、扫地、擦家具。一个人的时候，感觉怪怪的。现在只有她一个人，还有过去的回响。

她把萨姆的手提箱放到楼下过道，拿着自己的行李箱上了楼。这是她多年养成的习惯：回家直奔卧室。走到过道中间的时候，她不由得停住。父亲的房间在最里头。伊丽莎白转身朝父亲的房间走去。她慢慢打开门。她很清楚萨姆不在了，但内心深处那种血脉相连的骨肉之情还是让她期望看见萨姆，听见他说话的声音。

当然，屋子是空的，跟伊丽莎白走时没有两样。里面有一张很大的双人床，一个漂亮的高脚抽屉柜，一个梳妆桌，两把舒服的软椅子，壁炉前摆着一个长沙发。伊丽莎白放下行李箱，走到窗户前。铁百叶窗关着，挡住了九月下旬的阳光；窗帘是拉上的。她拉开窗帘，打开窗户，清新的山风吹进来，柔柔的，凉凉的，满是秋天的感觉。她要睡在这个房间。

伊丽莎白转身下楼走进书房。她在一把舒服的皮椅子上坐定，双手抚摸着椅子的边缘。这是里斯和父亲商讨事情时经常坐的地方。

她心里想着里斯，很想让他陪着。她想起那个晚上：他带她去巴黎吃晚餐，然后送她回学校；她回到房间后，一遍又一遍地写下"里斯·威廉斯夫人"。此时的她心血来潮，走到桌子前，拿起笔开始慢慢地写"里斯·威廉斯夫人"。她看着写下的字，不由得微笑，开始打趣自己。"真想知道，这个时候有多少和我一样的傻子在做着同样的事情。"

她把思绪从里斯身上移开，但是他依然在她内心深处，让她快乐，倍感安慰。她站起身，开始在屋子里走动。她走进厨房。厨房是老式的，很大，里面有烧木头的炉子，还有两个烤箱。

她走到冰箱前，打开冰箱门。里面是空的。她应该事先想到这种情况，因为房子已经关闭了。她却突然觉得很饿。她在橱柜里翻找，找到两小罐金枪鱼，半罐雀巢咖啡，还有一袋未开封的薄脆饼干。伊丽莎白心想，在家过漫长的周末，可得好好计划一下。她不愿意每顿饭都去城里吃，那就必须到卡拉沃尔普的小市场里买足够几天吃的食物囤上。车库里一直放着一辆多功能吉普车，不知道是不是还在。她走到厨房后面，打开门往车库走去。吉普车还在。伊丽莎白走回厨房，看见橱柜后面的一块板上挂着很多车钥匙，上面都贴着标签。她找到吉普车钥匙，又回到车库。车里有汽油吗？她扭动钥匙，尝试启动汽车。汽车立刻发动了。汽油余量没问题。明天早上，她要开车去城里采购需要的食品。

她回到屋里。走在铺着瓷砖的接待厅里时，她听到了自己的脚步声。那是一种空旷、孤独的声响。她希望亚历克能给她打电话。就在她这么想的时候，电话铃突然响了，把她吓了一跳。她走上前，拿起电话："你好。"

"伊丽莎白，我是亚历克。"

伊丽莎白不禁大笑起来。

"什么事情这么有趣？"

"说了你也不会信。你在哪里？"

"在格洛斯特。"

伊丽莎白突然有一种想见他的冲动，想把她对公司的决定告诉他，但是这不能在电话上说。"亚历克，能帮我一个忙吗？"

"你知道我会的。"

"周末你能过来吗？我想和你说点事。"

亚历克稍微犹豫了一下，说："当然可以。"

他只字未提自己有约会，有多么不方便。"当然可以。"这就是亚历克。

伊丽莎白很勉强地说："带维维安来。"

"恐怕她来不了。她——嗯——在伦敦很忙。我明天早上到。可以吗？"

"很好。告诉我什么时候到，我好去机场接你。"

"我坐出租车会更方便。"

"好吧。谢谢你，亚历克。非常感谢。"

伊丽莎白把听筒放回原处，感觉心里好多了。

她知道自己做出了正确的决定。她在这个位置纯粹是因为萨姆还没来得及确定继承人就死了。

伊丽莎白不知道谁会成为下一任罗氏公司的总裁。董事会自会决定。她只是从萨姆的角度想想而已。她最先想到的人是里斯·威廉斯。其他的人都是各司其职，只有里斯是唯一掌握公司整体运营状况的人。他聪明，做事讲求效率。当然，问题在于里斯不符合总裁的任职条件，因为他没有与罗夫家族联姻，还不算罗夫家族的人，不能进董事会。

伊丽莎白进了走廊，看见了父亲的手提箱。她犹豫了一下。现在看里面的东西已经没有什么意义。等明天早上亚历克到了，她就把东西给他。不过，如果里面有私人物品……她把箱子拎到书房，放到桌子上，解下钥匙，打开箱子两侧的小锁。箱子中间是一个大的马尼拉纸信封。伊丽莎白打开信封，看见一沓未装订的打印文件，最上面是一个硬纸封面。封面上写着：

萨姆·罗夫亲启

机密文件

无复印件

很明显这是一份报告。但上面没署名，伊丽莎白无从知道是谁写的。她翻看着报告，速度越来越慢，最后停下了。她无法相信看见的内容。她拿着文件走到扶手椅前，踢掉鞋子，蜷腿坐好，然后又开始看文件。

这一次，她一个字一个字地读着，心里越来越害怕。

这是一份让人震惊的调查报告，属于机密文件，调查的是过去一年发生的一系列重大事件。

在智利，罗氏公司所属的一家化工厂发生爆炸，向方圆十平方英里的区域排放出数吨有毒物质，造成十二人死亡，数百人被送往医院。所有的家畜都死了，蔬菜全部染毒。整个地区的人口被迫疏散。罗氏公司被告上法庭，公司因此已经花费上亿美元。但令人震惊的是，爆炸是有人蓄意为之。报告说：智利政府对事故的调查流于形式。官方的态度似乎是：公司如此富有，受害人如此贫穷，那就让公司承担赔偿责任。我们的调查人员坚持认为这是一起蓄意破坏事件，用的是塑性炸药，具体是一人还是多人所为尚不明确。由于官方在此事上持敌对态度，具体情况将很难证实。

伊丽莎白很熟悉这次爆炸。当时报纸和杂志上的相关报道铺天盖地，还配有受害人的照片。整个世界的媒体都在攻击罗氏公司，指责公司存在疏漏，不关心人类疾苦。这件事严重损害了公司形象。

报告的第二部分事关罗氏公司的主要科研项目，个个都是公司的科学家们研究了很多年的项目，共有四个，每一个都具有难以估量的潜在价值。这些项目加起来，耗费的研发费用达到五千多万美元。每个项目的结果都一样：竞争对手采用相同的配方，先于罗氏公司申请了专利。报告继续写道："一个孤立的事件可以归结为偶然。在一个有多家公司进行研究的领域，好几家公司研发出相同的产品也在所难免。但在短短几个月内出现四个同类事件，这让我们不得不得出这样的结论：罗氏公司内有人把研究材料泄露或卖给了竞争公司。由于这些实验均具有保密性，享有最高级别的安保条件，并且在不同的实验室进行，因此本调查认为：参与这些事件的人中，有一人或多人能拿到最高级别的准许证。我们因此推断，对这些事件负有责任的是罗氏公司最高层的管理人员。"

报告后面还有更多。

一大批有毒的药物被贴错标签，运送出去。在被召回之前，已经造成好几人死亡，给公司带来了更多负面的影响。没有人知道错误的标签来自何处。

一个戒备森严的实验室丢了一种可以致人死亡的毒素。不到一个小时，一位身份不明的人把此事透露给报纸，引起一阵惶恐。

下午的影子早已变长，时近傍晚，空气开始变得冷起来。伊丽莎白完全沉浸在手中的文件里。书房很黑，她打开灯继续看。可怕的事情一个接着一个。

报告简明扼要，丝毫不夹杂情感，却掩盖不住其中的惊心动魄。有一件事情是明摆着的。有人处心积虑要破坏或毁掉罗氏公司。

公司高层的管理人员。在最后一页的空白处，有她父亲手写的字，简洁而准确：又在给我施压，想让公司上市？要设法套住这个卑鄙小人。

她现在还记得，当时萨姆很着急，突然间变得神神秘秘起来。他不知道谁还可以信任。

伊丽莎白又看了看报告封面。"无复印件"。

伊丽莎白确定报告来自外部的调查机构。这么说，除了萨姆之外极有可能还没有其他人看过报告。现在她看了。那个有罪之人还不知道自己已经受到怀疑。萨姆知道是谁吗？萨姆在出事前和他当面对质过吗？伊丽莎白无从知晓。她只知道一点：公司出了叛徒。

是公司高层中的某个人。

其他人不可能有机会，也没有能力在多个层面上造成如此大的破坏。这就是萨姆拒绝公司上市的原因吗？他是想先抓到罪人吗？一旦公司上市，所有行动都要向一群陌生人汇报，根本不可能开展秘密调查。

伊丽莎白想起了那天的董事会议，他们是那么急于让她卖掉公司。所有人。

伊丽莎白一个人待在房子里，忽然间觉得很孤独。电话铃响了，把她吓了一跳。她走过去，拿起电话："喂？"

"利兹，我是里斯。刚刚看到你的信息。"

她很高兴听到里斯的声音，但很快又想起给他留言的原因。她想告诉他自己打算签文件，让公司上市。可是在短短的几个小时里，一切都变了。伊丽莎白望向走廊，看着塞缪尔的肖像画。他创办了这家公司，并为之奋斗。伊丽莎白的父亲让公司发展起来，使之成为一家大公司，并为之而活，直至奉献出生命。

"里斯，"伊丽莎白说，"我下星期二想召开一次董事会议，下午两点。

要保证所有人参会，你能安排一下吗？"

"下星期二下午两点，"里斯确定着，"还有别的吗？"

伊丽莎白犹豫了一下，说："没有了。就这些。谢谢你。"

伊丽莎白慢慢地把听筒放回原处。她要和他们斗一斗了。

她和父亲一起爬在高高的山上。不要往下看，萨姆一直提醒伊丽莎白，但是她不听。下面是几千英尺的悬空，其他什么都没有。空中传来轰隆隆的雷声，一道闪电向他们袭来，击中萨姆的绳子。绳子着了火，萨姆开始在半空中翻滚。伊丽莎白看见父亲翻着跟头往下滚着，不由得尖叫起来。但是她的尖叫声被轰隆隆的雷声淹没了。

伊丽莎白突然醒过来，睡衣完全被汗水浸透，心怦怦跳得厉害。雷声噼啪作响。她往窗户看去，发现外面正下着瓢泼大雨。落地玻璃门开着，风把雨水吹进卧室。伊丽莎白赶紧起身，跑过去把门闭紧。她朝外面望去。天空中黑云密布，地平线处有闪电划过。但这一切她都视而不见。

她还在想着刚才的梦。

早上，袭击小岛的暴风雨过去了，只有微风吹拂。伊丽莎白希望这样的天气不会推迟亚历克的到来。

读完报告后，她非常需要找个人聊聊，同时觉得应该把报告放在一个安全的地方。塔楼房里有一个保险柜。她可以把报告放在那里。伊丽莎白去洗了个澡，穿上宽松的长裤和一件毛线衫，下楼去书房拿报告。

报告不见了。

第19章

房间里好像遭到飓风侵袭。夜里，大风把玻璃门吹开，风雨肆虐，屋里乱糟糟的。有几页报告散落在被雨水打湿的地毯上，其他的很明显被风刮走了。

伊丽莎白走到落地玻璃门前，往外面寻找着。草地上看不到散落的报告，现在又有风，风把散落的报告吹下悬崖轻而易举。肯定是这样的。

无复印件。她必须找到萨姆雇用的调查公司。没准凯特·厄林知道。不过伊丽莎白拿不准萨姆是否信任凯特。这已经成了一场可怕的游戏，所有人之间都没有了信任。她必须小心行事。

伊丽莎白突然想起家里没有吃的。她可以到卡拉沃尔普去买些，并在亚历克到达前赶回来。她走到大厅的柜子前，拿出雨衣，还拿了一个束头发的头巾。等一会儿雨停了，她再到外面找散落的报告。她走进厨房，从钥匙架上取下吉普车钥匙。她从后门出来，朝车库走去。

伊丽莎白发动汽车，小心翼翼地把吉普车从车库倒出来，然后掉转车头，朝自用车道驶去。地面湿滑，她一直踩着刹车。到车道尽头，右拐，吉普车上了一条窄窄的山间公路，朝下面的卡拉沃尔普村驶去。这个时间路上没有什么车。不过，平时这里车也不多，因为很少有人家住得这么高。伊丽莎白往左侧扫了一眼，看见了下面的海。夜里的暴雨让海涨了潮，海水颜色发暗，翻腾着。

她开得很慢，因为这段路非常危险。路面是从陡峭的崖壁上凿出来的，只有两个车道宽，很窄。车道里侧是坚硬的岩石，外侧是深数百英尺的悬崖，下面就是大海。伊丽莎白尽可能靠着里面行驶，坡度太陡，惯性很大，她的脚不离刹车。

车正驶向一个急转弯。伊丽莎白下意识地把脚放到刹车上，想让吉普车慢下来。

刹车不管用。

过了好长时间，伊丽莎白才反应过来。于是又踩，这次她更用力，把全部力量都用上，可是吉普车还在提速。她开始慌了。车现在过了拐弯，车速加快，顺着陡峭的山坡疾驰着，而且越来越快。她又踩刹车，但刹车还是没有用。

前面又有一个拐弯。伊丽莎白眼睛一刻不敢离开路面，根本顾不上去看速度计。但通过眼角余光，她看见速度计指针在飞速地往上攀升，心里凉意陡增，充满恐惧。到了拐弯处，车身打着滑驶了过去，因车速过快，后面的车轮都被甩到悬崖边上了，好在轮胎抓住了地面。吉普车继续前行，顺着坡度很陡的公路一路猛冲下去。没有障碍，没有刹车，没有什么能让车停下来。吉普车就像过山车一样飞速下滑，而且前面又出现要命的弯道。

伊丽莎白的脑子快速运转，寻找着逃脱的办法。她想到跳车。她不顾危险地飞快扫了一眼速度计。此时车速已经达到七十英里每小时，而且还在往上攀升。一侧是坚硬的崖壁，一侧是要命的深渊。这样下去，她就要死了。突然之间，伊丽莎白意识到这是有人在陷害她，父亲同样死于非命。萨姆读过报告，结果被人害死。她也要被害死了，而她却不知道害她的人是谁，谁对她和父亲有这么大的仇恨竟然下此毒手。如果是陌生人干的，她或许会好受一点。但是这个人她必然认识，对方也认识她。一张张脸在她脑海里闪现。亚历克……伊沃……沃尔瑟……查尔斯……肯定是他们中的一个。公司高层中的某个人。

她的死会被归为意外事故，就像萨姆那样。伊丽莎白此时流泪了，一声不响，泪水和细密的雨水混到了一起，但她几乎没有意识到。

地面湿滑，吉普车失去控制，开始打滑，伊丽莎白拼死握住方向盘，让车不偏离公路。她知道车早晚会翻过悬崖，自己会不省人事。她的身体开始变得僵硬，握方向盘的手太过用力，手指已经开始发麻。现在整个宇宙仿佛只剩她自己。车沿着山道往下猛冲，风呼啸着，撕扯着她，仿佛在对她说："来吧，跟我一起吧！”风扯着车子，想把它拉下悬崖。吉普车又开始打滑，伊丽莎白拼命控制住车身，把所学的开车本领全都用上。在车打滑时紧握方向盘，她一直不松手，后轮终于打直，车又开始往山下飞驰。伊丽莎白偷瞟了一眼速度计……八十英里每小时。前面出现一处急转弯，她知道这次躲不过去了。

脑子里有什么东西突然僵住，她和现实之间好像出现了一层薄薄的纱。她听见父亲说话的声音。你一个人在这黑魃魃的地方干什么？他抱起她，把她送到床上。她在舞台上跳舞，转啊，转啊，转啊，怎么也停不下来。内图洛娃小姐冲着她大喊（抑或是风声）。里斯来了，他说一个女孩子能有多少个二十一岁生日。伊丽莎白心想，再也见不到里斯了，于是高声喊着他的名字。薄纱消失。但是噩梦在继续。现在，急转弯就在眼前，而车子像子弹一样将射过去了。她会翻下悬崖。这一切快点发生吧，她无声地祈祷着。

就在此时，伊丽莎白扫见离急转弯有一段距离的路右侧有一条很小的防火通道。通道从崖壁上凿出来，顺着山边往上伸展。她必须当机立断。她不知道小路通向哪里。她只知道路是往上走的，而这可以让车速减下来，也许是个机会。于是她决定上小路。在吉普车经过小道的那一瞬间，伊丽莎白猛地往右打死方向盘。后轮开始打滑，但是前轮在石子地面上，巨大的冲力让前轮紧抓着地面。吉普车现在开始向上冲，伊丽莎白拼命打着方向盘，让车一直跑在窄窄的小道上。路边有稀疏的树。车飞奔而过时，树枝抽打着她，撕扯着她的脸和手。她目不斜视。让人恐怖的是，她看见了下面的第勒尼安海。这条小路原来通向悬崖的另一面，根本不安全。

她现在离悬崖越来越近，车速太快，她根本不可能从车上跳下去。悬崖就在眼前，数百英尺下面就是大海。吉普车快到悬崖边时，猛地打了个滑，伊丽莎白最后记得的场景是一棵树隐隐约约出现在面前，然后就是爆炸，爆炸声似乎填满了整个宇宙。

然后，世界安静下来，全是白色，很祥和，一片寂静。

第20章

她睁开双眼，人在医院的病床上。她看见的第一个人是亚历克·尼科尔斯。

"屋子里没有给你吃的东西。"她轻声说着就哭了起来。

亚历克眼里满是痛苦，他伸出胳膊抱住她，紧紧搂住。"伊丽莎白！"

她无力而含糊地说："没事，亚历克。一切都好。"

确实如此。她精疲力竭，浑身都是擦伤，但她还活着。她简直不敢相信。她一想起在山上飞奔时的恐惧就浑身发冷。

"我在这里待多长时间了？"她声音虚弱、嘶哑。

"他们是两天前把你送进来的。你一直处于昏迷状态。医生说这是个奇迹。亲见事故现场的人都认为你必死无疑。一队前去服务的人碰巧看到你，于是赶紧把你送到这里。你遭遇了脑震荡，浑身严重擦伤，但是，感谢上帝，你哪儿都没摔坏。"他看着她，一副不解的样子，问道："你为什么顺着防火通道往上开？"

伊丽莎白给他讲了经过。他随着她又经历了一遍可怕的行程，她看见他脸上震惊的表情。他不停地说着："啊，天哪。"一遍又一遍。伊丽莎白讲完时，他脸色已经苍白。"好意外，好可怕！"

"亚历克，这不是意外。"

他不解地看着她。"我不明白。"

他怎么可能明白，他没有读到报告。伊丽莎白告诉他："有人对刹车做了手脚。”

他不相信地摇摇头。“为什么要这样做？”

“因为——”她不能告诉他。目前还不能。她最信任亚历克，但是还不到讲的时候，必须等到她身体恢复而且有时间时才行。

“我不知道，”她避而不谈，“我只是这么想想而已。”

她看着他，看出他脸上的表情在不断变化：从不相信到不解到愤怒。

“好吧，我们一定要查清楚。”他说得很坚定。

他拿起电话。几分钟后，他联系上了奥尔比亚的警察局局长。“我是亚历克·尼科尔斯，”他说，“我——是的，她很好，谢谢你……谢谢你。我会告诉她。我打电话是想了解一下她开的那辆吉普车的情况。你能告诉我车现在在哪里吗？……能把车留在那里吗？希望你能找一位好汽修工。我半小时后到。”他放下听筒，对伊丽莎白说：“车在警察局车库。我这就过去。”

“我和你一起去。”

他惊讶地看着她。“医生说你必须再卧床休息一两天。你不能——”

“我和你一起去。”她很倔强。

四十五分钟后，伊丽莎白不顾医生的抗议，拖着满是擦伤、浮肿的身体办理了出院手续，和亚历克·尼科尔斯一起去了警察局车库。

奥尔比亚的警察局局长叫路易吉·费拉罗，是位皮肤黝黑、中等年纪的萨尔多人。他大腹便便，还有罗圈腿。跟他在一起的是布鲁诺·坎帕尼亚侦探。后者个头要高很多，五十多岁，体格健壮，肌肉发达，一副精明强干的样子。他站在伊丽莎白和亚历克旁边，看着汽修工检查吉普车。车已经用液压升降机升起来了。左前保险杠和散热器被撞得粉碎，因为一路擦着树跑，上面一道一道的都是树木的汁液。伊丽莎白一看见车就差点晕倒，赶紧靠在亚历克身上。他关切地看着她：“你确定看得了这个？”

“我感觉还好。”伊丽莎白撒谎了。她其实感觉很虚弱，非常累，但她必须亲眼看看。

机修工用一块油腻的布擦擦手，走到他们几个面前。

“现在造车跟以前不一样了。”他说。

谢天谢地，伊丽莎白心想。

"换作别的车早撞成零零碎碎的了。"

"刹车怎么样？"亚历克问。

"刹车？刹车完全正常。"

伊丽莎白感觉好像出现了幻觉。"什么——你什么意思？"

"刹车状况良好。车祸压根儿没伤着刹车。我刚才说现在造车跟以前不一样就是这个意思——"

"怎么可能，"伊丽莎白打断他，"吉普车上的刹车不管用。"

"罗夫小姐认为有人动了刹车。"费拉罗局长解释道。

汽修工摇摇头。"不可能，先生。"他走回吉普车旁，指着车下面。"只有两种方式可以——"他把脸扭向伊丽莎白。"对不起，姑娘——弄坏吉普车上的刹车。要么剪断刹车线，要么拧松螺帽，"他指着车下面的一个金属疙瘩，"放出里面的刹车液。你自己可以看看，这根刹车线是完好的，而且我检查了刹车鼓，里面的刹车液也是满的。"

费拉罗局长安慰伊丽莎白："我很理解你当时的状况——"

"稍等。"亚历克插话道。他转向汽修工。"有没有可能，刹车线被剪断后又重新接上，或者有人放掉刹车液，然后又重新装上？"

汽修工固执地摇摇头。"先生，这些刹车线没有动过的痕迹。"说着他又拿起破布，仔细地把固定刹车鼓的螺帽上的油擦掉。"看见这个螺帽了吗？如果有人拧动过，上面会有新的痕迹。我敢保证在过去的六个月里没有人动过它。刹车一点问题都没有。我给你们看看。"

他走到墙边，拉下电闸。一阵嗡嗡声响，液压升降机开始往下放吉普车。所有人都看着。汽修工钻进车里，发动机器，然后开始往后倒车。车贴近后墙的时候，他挂上一挡，然后猛踩油门。车朝着坎帕尼亚侦探撞过去。伊丽莎白不由得张嘴大叫，吉普车却在离侦探一英寸[①]的地方猛地停下。汽修工不理会侦探甩过来的眼神，说："看见了吗？刹车完全没问题。"

现在所有人都看着伊丽莎白。她知道他们都在想什么。但是这消除不了她在山路上开车时的恐惧。她还记得脚确实踩住了刹车，但是不管用。可是警察

---

① 英美制长度单位。1英寸=2.54厘米。——编者注

找的汽修工已经证明刹车管用。难道他也是一伙的？也就是说警察局长也可能是知情人？我简直成妄想狂了，伊丽莎白暗想。

亚历克束手无策："伊丽莎白——"

"我开那辆吉普的时候，刹车确实不管用。"

亚历克定定地看了她一会儿，然后对汽修工说："我们假想一下，有人确实做了手脚，导致吉普车的刹车不管用。还有什么别的办法造成这种情况吗？"

坎帕尼亚侦探接过话茬。"可以弄湿刹车衬片。"

伊丽莎白心里一阵激动。"那样的话，会出现什么情况？"

坎帕尼亚侦探接着说道："刹车衬片压在刹车鼓上时，不会产生制动力。"

汽修工点点头。"他说得对。唯一需要确认的一个情况是——"他扭头对着伊丽莎白，"你启动时刹车管用吗？"

伊丽莎白想起从车库往外倒车时用过刹车，后来到第一个转弯时也用了。"管用，"她回答道，"都管用。"

"那么，答案来了，"汽修工得意扬扬地说，"你的刹车在雨中被淋湿了。"

"稍等，"亚历克不同意，"为什么不是在她发动前有人弄湿的呢？"

"因为，"汽修工很有耐心，"如果有人在她发动前弄湿，她就根本用不了刹车。"

警察局长把脸转向伊丽莎白。"雨水很危险，罗夫小姐。尤其是在这种狭窄的山路上。这种事情发生得太多了。"

亚历克看着伊丽莎白，不知道接下来该怎么办。她感觉自己像个傻子。这只是一场意外。她想赶紧离开。她看着警察局长。"我——我很抱歉，给你找这些麻烦。"

"没事。我很乐意。我的意思是——我对这种情况很担心，但是能帮上忙总是好事。坎帕尼亚侦探会送你去别墅。"

亚历克对她说："妹妹，我说什么你别介意，你脸色苍白。现在，我想让你上床，再卧床休息几天。我打电话定些吃的。"

"要是我待在床上，谁做饭呢？"

"我来做。"亚历克宣布。

那天晚上他做了晚饭，还端到伊丽莎白的床上。

"恐怕我做饭不怎么样。"他把托盘放在伊丽莎白面前，很高兴的样子。

这简直是年度最含蓄的说辞，伊丽莎白心想。亚历克做的饭确实很难吃。饭要么煳，要么不熟，要么放的盐太多。但她硬着头皮吃，部分是因为饿，部分是因为不想辜负亚历克的好意。他陪她坐着，跟她随意聊着，只字不提她在警察局车库的傻样。她为这个而爱他。

他们两个在别墅待了好几天。伊丽莎白一直在床上，亚历克小题大做地照顾着她，所有的饭都是他做，还给她读书。在这期间，伊丽莎白觉得电话从来没有停过。伊沃和西莫内塔每天都打电话，询问她怎么样了。埃莱娜和查尔斯，还有沃尔瑟也一样。就连维维安也打了电话。他们都提出要过来陪她。

"我真的很好，"她告诉他们，"你们没有必要过来。过几天我就回苏黎世。"

里斯·威廉斯打来电话。听到他的声音时，伊丽莎白才意识到自己原来那么想念他。

"听说你要和埃莱娜一决高下了。"里斯说。她能听出他很担心。

"不对，我只是往山下狂飙。"她不敢相信，现在都可以拿那件事开玩笑了。

里斯说："利兹，你好好的，我很高兴。"

他的语气，还有他说的话温暖着她。她想知道此刻他是不是和别的女人在一起，那个人是谁。当然了，那个人肯定是个美人。

让她见鬼去吧。

"你知道自己上头条了吗？"里斯又问。

"不知道。"

"'女继承人遭遇车祸，九死一生。几星期前，她父亲，知名的——'接下来的故事你自己可以编。"

他们在电话里聊了半个小时。挂掉电话，她感觉好多了。里斯似乎对她真的很有兴趣，很关心。不知道他周围的女人是否都有这种感觉。这是他魅力的一部分。她想起两人一起庆祝她生日的场景。里斯·威廉斯夫人。

亚历克走进卧室，说："你看起来像只柴郡猫。"

"是吗？"

里斯一直都能让她开心。她想，或许我应该把机密报告的事告诉他。

亚历克安排了一架公司的飞机，他们飞回苏黎世。

"我不愿意这么快就把你带回去，"他不无歉意，"但事情非常紧急，需要做出决定。"

飞往苏黎世的行程一帆风顺。机场有记者。伊丽莎白简要说了一下车祸的事情，然后在亚历克的护送下安全钻进豪华轿车。他们朝公司总部驶去。

她现在在会议室里，董事会所有成员以及里斯都在。会议已经开了三个小时，空气中充满了难闻的雪茄味和香烟味。伊丽莎白因为车祸显得体力不支，而且她头疼得厉害。没什么可担心的，罗夫小姐，等脑震荡好了，头疼自然会消失。

她环顾整个房间，看到的是一张张紧张、生气的脸。"我已经决定，不上市。"伊丽莎白告诉他们。他们认为她专断、固执。他们怎么知道她差一点就妥协了呢。但是现在，她不可能妥协。屋子里有敌人。如果她现在退出，敌人就赢了。

他们试图说服她，各有各的方式。

亚历克动用理性："罗氏公司需要有经验的总裁，伊丽莎白。尤其是现在。为了你，也为了所有人，我认为你应该放手。"

伊沃开始施展魅力。"你是一个漂亮的女孩子，亲爱的。整个世界都是你的。为什么要作茧自缚，管无聊的生意呢？你可以出去，快乐快乐，旅旅游——"

"我已经旅游过了。"伊丽莎白说。

查尔斯使出高卢人的逻辑。"你只是因为一场悲剧才碰巧拥有控股权，这并不等于说你可以运营公司。我们出现了严重的问题。你只会让情况更糟糕。"

沃尔瑟直奔主题。"公司要面对的麻烦已经够多了。你根本不知道有多麻烦。你现在卖，为时还不晚。"

伊丽莎白感觉仿佛遭到了围攻。他们讲的时候，她听着，估摸着他们的意思。每个人都说为了公司好——可是其中有一个人正在毁掉公司。

有一件事已经清楚了。他们都想让她撒手，好让他们卖掉股票，让外人接管罗氏公司。伊丽莎白知道，如果放手，就再也没有可能找到背后的那个人。只要她在这里，还在公司内部，她就有可能找出是谁在破坏公司。只要条件允许，她就会一直待在公司。在过去的三年里，她一直陪着萨姆，对公司的情况还是了解的。萨姆带出了一批有经验的员工，有他们帮助，她就可以继续推行父亲的政策。现在，所有的董事会成员都想让她撒手，这倒让她更加坚定了留下来的决心。

她认为会议该结束了。

"我已经做出决定，"伊丽莎白说，"我并不打算独自经营公司。我知道要学习的东西很多。我知道各位会帮助我，我也可以仰仗你们。至于问题，我们会一个一个地解决。"

她坐在桌首，脸因为车祸还苍白着，看起来很弱小，毫无防备的能力。

伊沃很无助地举起双手。"有谁能让她有点逻辑吗？"

里斯转向伊丽莎白，微笑着。"我觉得，这位女士无论想做什么，在座的所有人都会不离不弃。"

"谢谢你，里斯。"伊丽莎白说着看向其他人，"还有一件事。既然我接替了父亲的位置，我认为最好还是要正式一点。"

查尔斯盯着她。"你意思是——你想当总裁？"

"事实上她已经是了，"亚历克平静地提醒他，"伊丽莎白已经是总裁了。这件事交由我们处理，只不过是出于礼貌而已。"

查尔斯犹豫一下，然后说："好吧。我提议，由伊丽莎白·罗夫担任罗氏公司的总裁。"

"我同意。"沃尔瑟说。

动议通过。

对总裁们来说，时光可不好过，有人不无难过地想着。很多人被暗杀了。

第21章

没有人比伊丽莎白更清楚身上的担子有多重。只要她管着公司，数千人的饭碗就靠她了。她需要帮助，但是她不知道该相信谁。亚历克、里斯和伊沃是她最想倾诉的人，但是她还没做好准备。一切都太快了。她派人去叫凯特·厄林。

"罗夫小姐，你找我？"

伊丽莎白很犹豫，不知从哪儿说起。凯特·厄林为伊丽莎白的父亲工作多年，应该能感觉到看似平静的外表下暗流汹涌。她应该知道公司的内部情况，了解萨姆·罗夫的情感、计划。凯特·厄林或许可以成为坚定的盟友。

伊丽莎白说："我父亲让人起草了一份机密报告，凯特。你知道相关情况吗？"

凯特·厄林皱起眉头想了想，然后摇摇头："罗夫小姐，他没有跟我提起过。"

伊丽莎白换了一种说法："如果我父亲秘密进行调查，会找谁来做？"

这一次凯特回答得毫不犹豫："安保部门。"

萨姆最不可能找的就是安保部门。"谢谢你。"伊丽莎白说。

她找不到可以商量的人。

她的桌子上放着一份当前的财务报告。伊丽莎白越看越担心，于是派人叫来了公司的审计官。他叫威尔顿·克劳斯，比伊丽莎白预想的要年轻。人很聪明，野心勃勃，有一丝丝的优越感。她心里猜想着，他要么毕业于沃顿商学院，要么是哈佛大学。

伊丽莎白直奔主题。"像罗氏这样的公司怎么会身陷财务危机？"

克劳斯看着她，耸耸肩。很明显，他不习惯向一位女人汇报工作。他不无优越感地说："是这样的，用简单的话来说就是——"

"直接说事实，"伊丽莎白没有废话，"一直到两年前，罗氏都是自己进行融资。"

她看见他的表情在发生着变化，他在努力调整着："哦——是的，小姐。"

"那么我们现在为什么欠银行那么多？"

他咽了一口唾沫说："几年前，我们曾进行过大规模扩张。你的父亲和董事会的其他成员认为，通过银行的短期贷款拿到钱是明智之举。我们欠不同银行的定期支付款项达到六亿五千万美元。有的贷款现在已经到期。"

"是逾期未付。"伊丽莎白纠正道。

"是的，小姐。逾期未付。"

"我们要支付的是最优惠利率加百分之一的罚息。我们为什么还没有付清逾期未付的贷款，减少本金呢？"

他现在惊讶不已。"因为——呃——最近发生了不幸的事情，公司的现金情况比预想的要差得多。在通常情况下，我们会要求银行延期。但是，我们现在出了问题，涉及各种诉讼和解，试验费用冲销，还有……"他后面的话没有说出来。

伊丽莎白坐在座位上，端详着他，不知道他到底属于哪一边。她又低头看了一眼资产负债表，想找出问题到底出在哪里。表上显示，过去的三个季度利润大幅下降，主要是因为"额外支出（营业外支出）"一栏下出现数额巨大的诉讼费用。伊丽莎白仿佛看到了智利发生的爆炸，有毒的化学物质如云朵般喷向天空。她仿佛听见了受害者的哭喊声。有十二个人死了。数百人被送往医院。最后，人类所有的痛苦和不幸都简化为钱，成了额外支出。

她抬头看着威尔顿·克劳斯。"按照你的报告，克劳斯先生，我们的问题是暂时的。我们是罗氏公司。对世界上任何一个银行来说，我们依然具有头等信誉。"

现在轮到他端详她。他的傲慢已经没了踪影，变得小心翼翼。

"你要知道，罗夫小姐，"他很小心地说，"医药公司的声誉和产品一样重要。"

谁曾讲过这话？是父亲吗？她想起来了。是里斯。

"说下去。"

"我们的问题变得尽人皆知。生意场就是丛林。如果竞争对手认为你受了伤，他们就会围猎过来。"他犹豫一下，然后说道，"他们现在就是在围猎。"

"换句话说，"伊丽莎白接过话茬，"围猎者有竞争对手银行，还有我们的银行。"

他对她表示赞赏地笑笑。"确实如此。银行能贷出去的资金有限。如果他们认为A比B的风险更大——"

"他们是这么想的吗？"

他手指插到头发里，紧张起来。"自你父亲去世以后，我已经接到赫尔·朱利叶斯·巴德吕特的好几个电话。他是跟我们有业务往来的银行财团的领导。"

"巴德吕特先生想要什么？"她知道答案。

"他想知道谁将成为罗氏公司的新总裁。"

"你知道谁是吗？"伊丽莎白问。

"不知道，小姐。"

"是我。"他试图掩饰自己的惊讶，但她尽收眼底。"你认为，巴德吕特先生知道这个消息后会怎样？"

"会终止与我们的合作。"威尔顿·克劳斯脱口而出。

"我会和他谈谈，"伊丽莎白说着，身体往椅子上一靠，脸上挂着微笑，"喝点咖啡怎么样？"

"当然可以，你——你真是太好了。好的，谢谢你。"

伊丽莎白看着他放松了下来。他感觉到了她在考验他，而且他认为自己通过了考验。

"我想听听你的建议，"伊丽莎白说，"如果你处于我这个位置，克劳斯先生，你会做什么？"

他那高人一等的样子又回来了。"哦，"他很自信地说，"很简单。罗氏公司有大量的资产。如果我们向公众大量出售股票，就可以轻易筹集到钱，还上所有的贷款。"

她知道他属于哪一边了。

第22章

汉堡　星期五，十月一日　凌晨两点

风从海面吹来，清晨的风又冷又湿。在汉堡的绳索大街上，游客熙熙攘攘，个个都急于感受一下罪恶之城的禁果之乐。绳索大街公平对待所有人，满足所有人的口味。酒，毒品，女人或男人——只要出钱什么都能买到。

主大街的舞女酒吧装饰华丽，灯火通明，而格罗泽弗赖海特街则以色情脱衣舞表演为特色。隔着一个街区的赫伯特大街专门为路人服务：街道两旁都是妓女，她们坐在公寓的窗台上，穿着轻而薄的睡衣，身体一览无余，充满诱惑地展示着自己。绳索大街是一个巨大的市场，一个人类的屠宰场，只要付得起钱，你甚至可以买到人身上任何一块肉。对放不开的人来说，这里有传教士式简单的性；对喜欢花样的人来说，这里还有别的各种服务。在这里，你可以买到十二岁的男孩或女孩，可以和母女同时上床。只要感兴趣，你就可以看到女人和大丹犬交配，也可以让人抽打直至达到高潮。在人头攒动的小巷里，你可以雇一位干瘪的老太婆咬你；也还可以花钱买放荡，和一群年轻的男男女女在摆放着别致镜子的卧室里放浪形骸。绳索大街以能满足所有人为豪。年龄小些的妓女穿着短裙和紧身上衣在人行道上款款而行，推销着性事，无论是见到男人、女人，还是夫妇，一个都不会放过。

摄影师在街上慢慢地走着，引起了一群女孩和涂着鲜艳胭脂的男孩的注意。他不予理会，径直走到一个女孩面前。女孩不到十八岁，长着金色的头发，正靠着墙和一个女友聊天。男人走近的时候她转过身，笑着说："要参加聚会吗，宝贝？我朋友和我会让你很快活的。"

男人仔细看着女孩说："就你了。"

另一个女孩耸耸肩，走开了。

"你叫什么名字？"

"希尔蒂。"

"想演电影吗，希尔蒂？"摄影师问。

年轻女孩冷冷地打量着他。"我的天！你要的是好莱坞的老套把戏吗？"

他令人心安地笑笑。"不，不。这是一份真正的工作。是一部色情电影。我为一位朋友拍的。"

"那你得出五百马克。预付。"

"成交。"

希尔蒂很后悔没有多要些。好吧，得找机会从他那里再套些钱。"我需要做什么？"她问。

希尔蒂很紧张。

她现在在一个家具破旧的小房子里，赤身裸体，手脚摊开躺在床上。她看着屋子里的三个人，心里犯了嘀咕，感觉有点不对劲。她在柏林、慕尼黑和汉堡的大街上练就了敏锐的直觉。她学会了依赖直觉。这些人有些地方让她无法信任。她本来想一走了之，无奈他们已经预付了五百马克，而且答应她好好干的话再加五百马克。她会有好的表现。她很专业，很为自己的手艺自豪。她扭头看看身边裸着的男人。他身体强壮，四肢发达，身上没长体毛。让希尔蒂不舒服的是他的脸，太老了，不适合拍这种片子。不过，最让希尔蒂心里不踏实的是静静坐在屋子后面的观看者。他穿着一件长外套，头上有一顶大帽子，戴着墨镜。希尔蒂甚至看不出来他是男是女。希尔蒂用手指抚摸着系在脖子上的红丝带，很纳闷他们为什么坚持让她戴这个。摄影师说："各就各位。我们马上开始。开始。"

摄影机开始嗡嗡地响。他们已经告诉希尔蒂要做什么。男人仰面躺着，希尔蒂开始忙活。

她先来一个全身游走，从男人的耳朵和脖子开始，然后往下，一路过了胸部、腹部……男人变得兴奋起来。

　　接下来是一番激战。坐在屋子后面的观看者身体前倾，不漏过任何一个动作。床上的女孩闭上了眼睛。

　　她在毁掉镜头。

　　"她的眼睛！"观看者大声说。

　　负责导演的人大喊一声："睁开眼睛！"

　　希尔蒂吓了一跳，猛地睁开眼。她看着身上的男人。他很好。这是她喜欢的。除了和女友在一起，她通常不会出现高潮。她一直都是跟顾客装，他们绝不会看出来。但是摄影师警告过，要是她没有高潮，就拿不到额外的钱。因此她现在开始放松，开始想准备买的美美的东西。

　　她的身体开剧烈抖动，嘴里不停叫喊着。

　　观看者点点头，摄影师喊道："好！"

　　男人的手往上移到女孩的脖子上，巨大的手指开始锁住她的气管，用力掐。她抬眼看着他的眼睛，终于回过神来，不由得心生恐惧。她想喊叫，但是喘不来气。她想挣脱，拼死挣扎着，但她的身体还处于痉挛中，正不停抽动着。男人把她死死摁住。她根本逃不掉。

　　观看者坐在原处，看得很陶醉，很投入，死死地盯着将死女孩的眼睛，眼睁睁地看着她窒息死去。

　　女孩的身体又震颤了一次，然后再没了动静。

第23章

苏黎世　星期一，十月四日　上午十点

伊丽莎白来到办公室，桌子上放着一个密封的信封，上面标着"机密"，还写着她的名字。她打开信封。是来自化学实验室的一份报告，署名"埃米尔·约普利"。报告里满是术语，伊丽莎白第一遍竟然没读懂。接着她又反复读了几遍。一遍比一遍速度慢。终于她看懂了里面的意思，于是对凯特说："我一个小时后回来。"她要去见埃米尔·约普利。

他是个高个子，三十五岁，脸很瘦，有雀斑，头顶大片秃着，只留有一小撮亮红色的头发。他看起来局促不安，无所适从，好像不习惯有人来他小小的实验室。

"我看了你的报告，"伊丽莎白告诉他，"里面有很多地方我不明白。不知道你是否愿意解释一下？"

约普利很快就不紧张了。他坐在椅子上，身体前倾，沉着而自信，飞快地讲起来。"我一直在利用糖胺多糖（黏多糖）和酶阻滞技术做试验，寻找一种抑制胶原蛋白快速分化的方法。当然啦，胶原蛋白是所有结缔组织必不可少的蛋白要素。"

"当然。"伊丽莎白说。

伊丽莎白其实没打算理解约普利说的技术。她能听懂的是他正在研究的这个项目可以减缓衰老过程。这才是令人激动的。

她就这样坐着，一声不吭，倾听着，思考着：这将彻底改变全世界所有人的生活，究竟意味着什么？按约普利的说法，任何人都有可能活一百岁、一百五十岁，甚至两百岁。

　　"甚至没有必要进行注射，"约普利告诉伊丽莎白，"根据这个配方，药物成分可以制成药片或胶囊，口服即可。"

　　这些可能极具诱惑性，绝不亚于一场革命，对罗氏公司意味着数十亿美元。公司可以自行生产，也可以向其他公司发放生产许可证。药片能让人保持年轻，五十岁以上的人没有谁会不吃。伊丽莎白掩饰不住内心的激动。

　　"你做这个项目有多长时间了？"

　　"正如我在报告中写的，四年，我一直拿动物做试验。最近一段时间以来，所有的实验结果都是正向的。马上就可以在人身上测试。"她喜欢他的热情。

　　"还有谁知道这个项目？"伊丽莎白问。

　　"你父亲。这是一个'红色文件夹'项目，绝密级。这就是说，我只向公司总裁和一个董事会成员汇报。"

　　伊丽莎白心里猛地一凉。"哪个成员？"

　　"沃尔瑟·加斯纳先生。"

　　伊丽莎白想了一会儿说："从现在起，你直接向我汇报，而且只向我一个人汇报。"

　　约普利惊讶地看着她。"是，罗夫小姐。"

　　"多久我们可以把这种产品推向市场？"

　　"如果一切进展顺利，从现在起需十八到二十四个月。"

　　"好。你需要任何东西——无论是钱还是设备或者其他帮助——一定告诉我。我希望你尽快往前推进。"

　　"是，小姐。"

　　伊丽莎白站起身。埃米尔·约普利也猛地站起身。

　　"很高兴见到你，"他微笑着说，还腼腆地加了一句，"我喜欢你父亲。"

　　"谢谢你。"伊丽莎白对他说。萨姆知道这个项目，这是他拒绝卖掉公司的另一个原因吗？

在门口，埃米尔·约普利转向伊丽莎白。

"这个会对人起作用！"

"会的，"伊丽莎白说。"当然会。"

必须会。

"'红色文件夹'项目是怎么处理的？"

凯特·厄林问："从头说起吗？"

"从头说起。"

"好。正如你所知，我们同时会有好几百个新产品分处于不同的试验阶段。这些试验——"

"谁负责批准？"

"达到一定数量的时候，由相关部门的领导批准。"凯特·厄林答道。

"一定数量是多少？"

"五万美元。"

"然后呢？"

"必须通过董事会同意。当然，只有通过初期测试的产品才能进入'红色文件夹'级别。"

"你是说，这种项目必须有成功的可能性？"伊丽莎白追问。

"是这样。"

"这种项目如何保护？"

"如果是重点项目，所有的工作都要移交给一个安保级别很高的实验室。所有的文件都要从普通档案中抽出来，放进'红色文件夹'档案中。只有三个人能看到，即负责这个项目的科研人员、公司的总裁，以及董事会的一个成员。"

"谁来决定这个董事会成员？"伊丽莎白问。

"你父亲选了沃尔瑟·加斯纳。"

这句话一出口，凯特就意识到自己错了。

两个女人面面相觑。伊丽莎白先开口："谢谢你，凯特。就这些。"

伊丽莎白并没有提到约普利的项目。然而，凯特竟然知道伊丽莎白在说什么。这有两种可能性。要么萨姆信任她，把约普利项目的事告诉了她，要么是她自己了解到的，为了别人。

这件事太过重要，容不得一点差池。她要亲自过问安保事宜，而且她要和沃尔瑟·加斯纳谈谈。她伸手去拿电话，又停下了。她有更好的办法。

那天下午晚些时候，伊丽莎白坐上了飞往柏林的商务飞机。

沃尔瑟·加斯纳很紧张。

他们现在在库尔弗斯滕大坝街的巴比龙餐厅，坐在楼上一个不显眼的小隔间里。过去，只要伊丽莎白来柏林，沃尔瑟都会坚持让伊丽莎白在家里吃饭，由他和安娜陪着。这一次他根本就没提这事儿，还提出两人在这家餐馆见面。他也没有带安娜。

沃尔瑟·加斯纳还是那么阳光帅气，棱角分明，像电影明星。但是他光鲜的外表开始出现裂纹：神情紧张，手一直不停地抖。他似乎承受着非同寻常的压力。伊丽莎白问起安娜时，他闪烁其词："安娜不舒服。她来不了。"

"严重吗？"

"不，不严重。她会好起来的。她在家，休息。"

"我给她打个电话，然后——"

"最好不要打扰她。"

他的话让人困惑，这完全不像是沃尔瑟。在伊丽莎白眼里，他一直都那么坦率、外向。

她说起埃米尔·约普利的项目。"我们非常需要他正试验的产品。"伊丽莎白强调着。

沃尔瑟点点头。"这是件大事。"

"我已经要求他不再向你汇报。"伊丽莎白告诉他。

沃尔瑟的手突然平静下来，好像听到一声怒吼。他看着伊丽莎白，问道："你为什么要这样做？"

"沃尔瑟，这和你没有关系。对其他与他有工作关系的董事会成员，我也会这么做。我只是想用自己的方式来处理这件事。"

他点点头。"我知道。"但是他放在桌子上的手依然一动不动。"当然，你有权这么做。"他勉强笑了笑。她终于明白是什么让他这样心神不宁了。

"伊丽莎白，"他说，"安娜在公司有很多股票。只有你同意她才能卖掉。这个——这个很重要。我——"

"对不起，沃尔瑟。我现在还不能允许公司上市。"

他的手突然又抖起来。

第24章

朱利叶斯·巴德吕特先生很瘦，一副弱不禁风的样子。他穿着黑色套装，活像一只螳螂。他还像小孩画的粗线条画：细胳膊细腿，干巴巴的脸像是画在头上的，而且还没画好。他这时在罗氏公司的会议室，直挺挺地坐在会议桌前，正对着伊丽莎白。和他一起的还有另外五个银行家。他们都穿着黑色西装，里面配着马甲、白色的衬衫和黑色的领带，像穿着制服似的。她环顾会议桌前的人，个个眼神冰冷，一副不为所动的样子，心里不由得很担心。会议开始前，凯特用托盘端来咖啡和刚烤好的美味糕点。这些男人都拒绝了。他们还拒绝了和伊丽莎白一起吃午餐的邀请。她觉得这不是好征兆。他们来这里是为了拿回属于他们银行的欠款。

伊丽莎白开腔了："首先，我要感谢各位今天能到场。"

礼貌但毫无意义的低语声，算是回应。

她深吸一口气。"我让你们来，是想讨论一下延期支付罗氏公司欠各家银行的贷款问题。"

朱利叶斯·巴德吕特摇着头，头摆动的幅度很小，一抖一抖的样子。"对不起，罗夫小姐。我们已经通知——"

"我还没说完，"伊丽莎白接着说，她把整个房间扫视一遍，"如果我是你们，先生们，我也会拒绝。"

他们看看她，然后面面相觑。

伊丽莎白接着说道："如果你们在我父亲掌管公司的时候都担心这些贷

158

款——我父亲可是一位了不起的商人，那么你们为什么要为一个没有经商经验的女人延期呢？"

朱利叶斯·巴德吕特干巴巴地说："我觉得你已经回答了你提出的问题，罗夫小姐。我们不想——"

伊丽莎白打断他："我还没说完。"

他们现在看她的眼神都谨慎起来了。她把他们挨个扫视一遍，确保个个都在听。他们是瑞士的银行家，是在金融界里被人羡慕、尊重和嫉恨的对象。现在，他们全都身体前倾，仔细地听着，原先不耐烦和无聊的神态换成了好奇。

"你们接触罗氏公司很长时间了，"伊丽莎白接着说，"我相信你们多数都知道我父亲，而且你们肯定对他很尊重。"

有几个人点头，表示赞同。

"我想，"伊丽莎白接着说，"今天早上听到我接任他的职位时，各位肯定都被咖啡呛着了。"

有一位银行家先生先是微微一笑，然后止不住大声笑起来，说："你说得很对，罗夫小姐。我没有冒犯的意思，但是我觉得我是在替所有的同行说话——你怎么说的来着？我们肯定都会被咖啡呛着。"

伊丽莎白很坦率地笑笑，接过话茬："我不怪你们。我知道，换作是我也会那样。"

又一个银行家开口了。"罗夫小姐，我很好奇。既然我们都知道这次会面的结果，"说着，他意味深长地双手一摊，"我们为什么还要来这儿呢？"

"你们来，"伊丽莎白解释道，"是因为在这个屋子里的都是世界上最伟大的银行家。我相信，你们之所以成功绝不是因为遇事时只看重钱的一面。如果你们只看重钱，你们的会计就可以替你们经营业务。我敢说经营银行业要看重的还有很多因素。"

"当然有很多，"又有一个银行家低声说，"但是我们是商人，罗夫小姐，而且——"

"罗氏公司就是生意，而且是大生意。在坐到父亲这把椅子上之前，我不知道生意有多大。我原先压根儿不知道，原来我们公司在全世界救活了那么多生命，对医药行业做出了那么大的贡献，有几十万人靠着这家公司过活。

如果——"

朱利叶斯·巴德吕特打断她。"这些都是非常值得称道的，但是我们似乎偏离了主题。我知道有人向你建议过，如果你允许公司的股票上市，就会有足够的钱来还我们的贷款。"

伊丽莎白心想，他的第一个错误，是说"我知道有人向你建议过"。

这个建议在董事会内部提出来，都是保密的。也就是说，参会的某个人跟他说过，就是这个人试图向她施压。她想找出这个人是谁，但这都是后话。

"我想问你一个问题，"伊丽莎白说，"如果你的贷款被还上，你会介意钱从哪里来吗？"

朱利叶斯·巴德吕特仔细看着她，脑子里拼命地想着这个问题，他在确定这个问题是不是个圈套。终于，他开腔了："不会。只要拿到了属于我们的钱。"

伊丽莎白身体前倾，认真地说："因此，我们是卖公司股票还钱还是通过我们自己的融资渠道还钱并不重要。你们都知道，罗氏公司不会歇业。今天不会，明天不会，永远都不会。我所要的，只不过是你们给我一点面子，再宽限一段时间。"

朱利叶斯·巴德吕特咂吧下干涩的嘴唇说："相信我，罗夫小姐，我们最富有同情心，非常理解你承受着巨大的精神压力，但是我们不能——"

"三个月，"伊丽莎白斩钉截铁地说，"九十天。当然，我会付给你们罚息。"

围桌而坐的人都沉默了。但这是否定的沉默。伊丽莎白看得出他们的脸色依然冷漠、阴沉。她决定拼死赌最后一把。

"我——我不知道说这个是不是合适，"她吞吞吐吐地说，"而且还需要各位保密。"她扫视一圈，发现已经重新激起他们的兴趣。"罗氏公司马上会有突破性进展，将彻底改变整个制药业。"她顿了顿，又给悬念加了一把火。"我们公司将推出一款新产品，按预估，其销量将会超过目前市场上所有的药品。"

她感觉到屋子里的气氛起了变化。

最先上钩的是朱利叶斯·巴德吕特。"是什么——嗯——类型的？"

伊丽莎白摇摇头。"对不起，巴德吕特先生。或许我说的已经够多了。我只能告诉你们，这将是制药历史上最具创新性的产品。我们将需要大量增加设备。翻倍，没准是三倍。当然，我们将大规模地寻找资金支持。"

银行家们对视着，默默地用眼神交换着意见。

巴德吕特先生打破沉默。"如果给你九十天的宽限，我们自然而然就是罗氏公司未来所有生意的首要资金供应者。"

"那是当然。"

又是一番意味深长的眼神交换。这是丛林法则的惯常表现，伊丽莎白心里暗想。

"与此同时，"巴德吕特先生说，"我们还需要你保证，九十天到期时，你要全额支付所有的应付未付款项。"

"可以。"

巴德吕特先生一动不动地坐着，陷入沉思。过了一会儿，他看看伊丽莎白，然后又看看其他几人，无声地交换了意见。"就我这方面来说，我同意。我不认为推迟——况且还有罚息——会有什么危害。"

一个银行家点点头。"如果你觉得我们应该跟着，朱利叶斯……"

事情就这样解决了。伊丽莎白往椅子上一靠，努力掩饰着汹涌而至的解脱感。她争取到了九十天。

九十天的每一分钟对她来说都很重要。

第25章

她，仿佛置身于暴风眼。

所有资料都要从伊丽莎白的办公桌上过一遍。资料有来自总部数百个部门的，有来自扎伊尔工厂的，有来自格陵兰实验室的，有来自澳大利亚和泰国办事处的，还有来自世界其他各地的。报告分为很多种：关于新产品的、销售的、统计预测的、广告宣传的，以及实验项目的的。

她还需要做出各种决定：建设新厂，卖掉老厂，并购公司，雇佣或解聘主管。在生意的各个阶段，伊丽莎白都有专家给建议，但最终都由她来拍板。而这些以前都是萨姆在做。现在她很感激过去的三年里一直随同父亲处理事务。她对公司的了解比她预想的要多，同时也比她预想的要少，公司的业务范围令人瞠目。伊丽莎白曾经认为公司是个王国，现在知道公司是很多个王国，分别由总督负责，而总裁办公室相当于王宫。她的亲戚们分别掌管着各自的领域，同时还要负责其他的海外市场，所以他们会频繁出差。

伊丽莎白很快知道她还面临着一个特殊问题。这是一个男人的世界，而她是个女人。她发现这有很大的不同。她原先不相信男人会有女人低一等的偏见，但她很快就相信了。没有一个人用语言或行动公开地表现过，伊丽莎白却每天都能感受到。这是一种根植于古老偏见的态度，让人无处可逃。男人不喜欢听女人发号施令，讨厌女人质疑他们的判断，讨厌女人改进他们的想法。伊丽莎白年轻又漂亮则让情况更为糟糕。他们试图让她明白，她应该在家里，在床上或厨房里，把重要的生意留给男人。

伊丽莎白每天都会面见不同部门的负责人。虽然并非所有男人都对她有敌意，可确实有不少男人对她虎视眈眈。总裁宝座上坐着的漂亮女孩对男性意识是一种挑战。他们的想法很容易读懂：如果他们和她上了床，就可以控制她。

他们像是撒丁岛上那些男孩子们的成人版。

男人们追求伊丽莎白的方向也不对。他们应该追求的是她的脑子，因为她控制他们最终靠的是脑子。他们低估了她的才智，这是他们的错误。

他们错误估计了她的管理能力，这是他们的另一个错误。

他们错判了她的意志力，这是他们最大的错误。她来自罗夫家族，身上流淌着塞缪尔和她父亲的血脉，拥有他们的决心和精神。

伊丽莎白周围的男人都在试图利用她，她却把他们为己所用。她把他们积累起来的知识、经验和见解加以利用，变成自己的。她容他们诉说，认真倾听。她问问题，然后记住答案。

她学习。

伊丽莎白每天晚上回家时都会带两个沉重的公文包，里面装满要研究的报告。有时候她工作到凌晨四点。一天晚上，一家报纸的摄影记者抓拍到她，当时她正从办公楼里走出来，跟随的秘书替她拿着两个文件包。照片第二天刊登在这家报纸上，标题是《工作中的女富豪继承人》。

伊丽莎白一夜之间成了国际名人。一位继承了价值数十亿美元的公司、大权在握的年轻女孩的故事很有诱惑力。媒体如饿虎扑食。伊丽莎白漂亮、聪明、踏实肯干，这样的人是他们在名人圈很难找到的。只要有可能，她都会面见他们，努力重建公司被毁掉的形象。这一点让他们大为欣赏。当她不知道怎么回答记者的问题时，会毫不忌讳地拿起电话问某个人。她的亲戚们每周飞一次苏黎世，前来开会，她会尽可能地和他们在一起。她会集体见他们，也会一个一个地见。她和他们交谈，琢磨他们，寻找着蛛丝马迹：到底是谁让那么多人在爆炸中死亡，把秘密卖给竞争对手；到底是谁试图破坏罗氏公司。这个人就在这些亲戚中。

伊沃·帕拉齐，有着不可抗拒的热情与魅力。

亚历克·尼科尔斯，一个体面人，名副其实的绅士，一个温和的人，对伊丽莎白有求必应。

查尔斯·马特尔，一个被控制的、受了惊吓的男人。一个受了惊吓的男人被逼到死角时会很危险。

沃尔瑟·加斯纳，一个纯粹的德国男孩，外表帅气，待人和气。他内心又是什么情况呢？他娶了比他大十三岁的安娜。他结婚是为了爱还是为了钱？

和他们在一起的时候，伊丽莎白观察着，倾听着，研究着。她提起智利的爆炸事件，然后看他们的反应；她跟他们谈罗夫公司输给其他公司的专利；她还和他们讨论迫在眉睫的政府诉讼。

她什么都没有发现，还是不知道这个人是谁。但有一点可以肯定：他很聪明，不会让自己暴露。她必须给他设个局。伊丽莎白想起萨姆在机密报告空白处写下的话。要设法套住这个卑鄙小人。她会想出办法。

伊丽莎白发现自己对制药行业的内部运行机制越来越感兴趣。

坏的消息是有意传播的。如果有病人死于竞争对手的药物，事情只要一出来，半个小时之内就会有十几个人往世界各地打电话。"顺便问问，你听说……"

然而在表面上，所有的公司都是和谐一片。有的大公司的负责人还定期举行非正式聚会，伊丽莎白也曾受邀参加过一次。她是当时在场的唯一一个女人。大家都在讨论共同关心的问题。

一家大公司的总裁整晚不离伊丽莎白左右。这是一个很自大、放浪形骸的中年人，他说："政府的限制一天比一天不理性。如果明天有天才发明了阿司匹林，政府也绝不会批准。"他不无优越感地冲伊丽莎白笑笑。"小女孩，你可知道，我们拥有阿司匹林有多长时间了？"

小女孩应声回答道："从公元前四百年起，当时希波克拉底在柳树的树皮中发现了水杨苷。"

他盯着她看了一会儿，笑容逐渐消失。"回答正确。"说完，他走开了。

公司的总裁们都认为，他们面临的最大问题是影子公司，他们会偷走成功产品的配方，换个名字在市场上销售。著名的制药公司每年在这方面的损失达到上亿美元。

在意大利，甚至都不用去偷专利。

"意大利是没有专利制度保护新药的国家之一。"一位高管对伊丽莎白说。"只要给几十万美元的好处费，任何人都可以拿到配方，换个名字就可以生产。我们在研发上投入数百万美元——他们却能直接拿走利润。"

"只有意大利是这样的？"伊丽莎白问。

"意大利和西班牙的情况最糟。法国和西德的还可以。英国和美国的情况最好。"

伊丽莎白环顾四周，男人们个个愤愤不平、道貌岸然。她很想知道，这里面是否也有人参与盗窃罗氏公司的专利。

对伊丽莎白来说，大多数时间似乎都是在飞机上度过的。她把护照放在办公桌最上面的抽屉里。每星期至少有一次会接到从开罗、危地马拉或东京打来的紧急电话。在之后几个小时内，伊丽莎白就会带着多人组成的团队坐上飞机，去处理紧急情况。

她走访工厂的经理和他们的家人，有时在孟买这样的大城市，有时在巴亚尔塔港这样的边远地区。慢慢地，罗氏公司开始呈现出新气象，不再是一堆毫无情感的报告和统计数字。标题为"危地马拉"的报告现在可能指的是埃米尔·努涅斯和他肥胖的妻子以及十二个孩子；"哥本哈根"指的是尼尔斯·比约恩以及和他一起生活的残疾人妈妈；"里约热内卢"指的是亚历山德罗·杜瓦和他标致的情人。

伊丽莎白定期与埃米尔·约普利进行联系，并且一直用的是私人电话。她还在好几个夜晚去了他在苏黎世的小公寓。

她即便打电话也很小心。

"事情怎么样了？"

"罗夫小姐，比我预想的慢了些。"

"需要什么东西吗？"

"不需要。只需要时间。我遇到了一个小问题，但是现在已经解决掉了。"

"好的，需要什么的话给我打电话——不管是什么。"

"会的。谢谢你，罗夫小姐。"

伊丽莎白挂了电话。她想催催他，让他快些，因为她知道向银行承诺的时间正一点点溜走。她非常需要埃米尔·约普利研究的产品。但是催他又不是解决办法，于是她只能心里干着急。伊丽莎白知道银行的期限到期时实验有可能还没完成。但是她已经想好了，她打算让朱利叶斯·巴德吕特知道这个秘密，带他去实验室，让他亲眼看看正在进行的实验。到时候，考虑到实验需要的时间，银行自会答应延期。

伊丽莎白发现自己与里斯·威廉斯在工作上的接触越来越多，有时候会工作到深夜。他们常常单独在一起工作，吃饭要么在她专用的餐厅，要么在她住的雅致公寓里。她住在位于苏黎世伯格的一处现代化公寓，俯视着苏黎世湖，房子宽敞明亮，空气清新。伊丽莎白开始感觉到里斯散发出来的性魅力。他或许对她也有同样的感觉，却很小心，并没有表现出来。他总是彬彬有礼，非常友好。让伊丽莎白的头脑中闪现一个词"长辈风范"，不过这个词有一点贬义。她想依靠他，跟他无话不谈，然而她知道她必须谨慎。不止一次她差点就告诉他有人在破坏公司，好在她都控制住了。她还没有准备好。她要先多了解情况。

伊丽莎白对自己越来越自信。在一次营销会议上，所有人都在讨论一款卖得很差的护发素新产品。伊丽莎白用过这种产品，而且知道该产品比市场上其他的都要好。

"我们收到药店的大批退货，"一位销售主管抱怨，"这款产品就是火不起来。我们需要增加广告。"

"我们的广告预算已经超支，"里斯反对，"我们必须想别的办法。"

伊丽莎白说："把产品从药店撤柜。"

所有人都看着她。"什么？"

"产品太容易买到了。"她转向里斯，"我认为应该继续进行广告宣传，但是产品只供应美容院，走专供，不容易买到。这是这款产品该有的形象。"

里斯思考了一会儿，然后点点头说："我喜欢这个创意。我们试试。"

一夜之间，这款产品成了畅销品。

之后，里斯曾表扬她。"你不仅仅是人长得漂亮。"他咧嘴笑着说。

这么说，他开始注意她了！

第26章

伦敦　星期五，十一月二日　下午五点

　　亚历克·尼科尔斯一个人在雾气腾腾的俱乐部桑拿房里。突然门开了，一个腰间裹着浴巾的男人走进来。他挨着亚历克坐在木凳子上："这里热得像娘们的奶头，是吧，亚历克爵士？"

　　亚历克扭过头，来人是乔恩·斯温顿。亚历克问："你怎么来这里了？"

　　斯温顿眨巴下眼睛。"我说过，你想见我。"他死死盯着亚历克的眼睛，问道："你想见我，对吧，亚历克爵士？"

　　"不，"亚历克固执地说，"我告诉过你我需要时间。"

　　"你还告诉我们你的小表妹打算卖股票，你会还我们钱。"

　　"她——她改变主意了。"

　　"哼，那你最好让她再改回来，对吧？"

　　"我在尽力。问题是——"

　　"问题是我们还要听你说多少谎话。"乔恩·斯温顿朝亚历克又挪了挪，逼得他也往凳子外面移了移。"我们不想跟你来硬的，因为'议会里有像你这样的一位好朋友总归是好的'。你听懂我的意思了吗？不过，凡事都有个限度。"他现在靠在亚历克的身上，亚历克又往外挪了挪。"我们帮了你的忙。现在该你还我们了。你必须给我们发一批药物。"

　　"不！那是不可能的，"亚历克还嘴硬，"我不能。根本没有——"

167

亚历克突然发现自己已经被逼到凳子边缘，旁边就是装满滚烫石头的大金属罐。"小心。"亚历克说。

　　斯温顿抓住亚历克的一只胳膊，用劲一拧，往滚烫的石头上摁去。亚历克感觉到胳膊上的汗毛被烧焦了。

　　"不！"

　　紧接着他的胳膊被摁到了石头上。他一下子疼得喊叫起来，痛苦地滚到地上。斯温顿居高临下地看着他。

　　"你会想到办法的。我们再联系。"

第27章

安娜·罗夫·加斯纳不知道还能忍受多长时间。

她在自己的家里成了犯人。除了一星期来一次，一次待几个小时的女清洁工，家里只有安娜和孩子们，一切完全处于沃尔瑟的掌控之中。他不再费劲掩饰自己的仇恨。当时安娜正在孩子们的房间里和他们一起听最喜欢的唱片。

多么美的歌声，多么美的音乐，有口哨声，鸟叫声，还有叽叽喳喳……

沃尔瑟怒气冲冲地走进来。"我讨厌听这个！"他咆哮着。

他把唱片摔碎，孩子们吓得缩成一团。

安娜试图安抚他。"我——对不起，沃尔瑟。我——我不知道你在家。我能为你做点什么？"

他走到她跟前，眼里尽是怒火，说："我们要除掉这些孩子，安娜。"

当着孩子们的面！

他把双手放在她的肩膀上。"家里发生的一切不能对外人说。"不能说。不能说。不能说。

她觉得这些话一直在她脑子里回响。他开始用胳膊使劲压她，直到她喘不过气来。她晕了过去。

等安娜醒来时，她已经躺在床上，窗帘拉上了。她看看床头的时钟，下午六点。房子里很安静。她猛地想起孩子们，心里不由得一阵惊恐。她颤颤巍巍地从床上爬起来，跌跌撞撞地走到门口。门从外面锁上了。她把耳朵紧紧贴在镶板墙上，仔细听着。外面应该有孩子们的动静，他们应该会过来看她。

如果他们可以的话。如果他们还活着的话。

她的腿抖得厉害，差一点就没走到电话前。她无声地祈祷一番，然后拿起电话。她听见了熟悉的拨号音。她犹豫了：要是沃尔瑟再发现她打电话，他会怎么对待她？她不敢想。但是安娜没有给自己想的机会，她开始拨打110。她的手抖得太厉害，结果拨错了号码。又拨错了。安娜哭起来。她没有时间了。她克制着自己越来越紧张的心情，又拨了一次。她很小心地控制着手指，慢慢地拨着。她听到了接通的声音，然后奇迹般地听到一个男人的声音"警察局报警电话"。

安娜说不出话来。

"警察局报警电话。要我帮忙吗？"

"是的！"很响的啜泣声。"是的，我遭受到巨大的威胁。请派人——"

沃尔瑟赫然出现在她面前。他从她手里扯过电话，把她狠狠地摔到床上。他重重地把听筒一摔，大口地喘着气，随手把电话线从墙上扯下来，然后扭头对着安娜。

"孩子们，"安娜小声问道，"你把孩子们怎么了？"

沃尔瑟没有回答。

柏林刑警总部位于凯斯大街2832号，这个区域都是很普通的公寓房和办公楼。危害生命罪科室的报警电话安装了自动追踪系统，只有在总机自动切断时，报警人才能挂掉电话。这样一来，打入的电话不管通话时间多短都可以被追踪到。这是该科室引以为荣的先进设备。

安娜·罗夫·加斯纳打来电话五分钟内，警探保罗·朗格走进上司梅杰·瓦格曼的办公室里，手里拿着一个卡式录音机。

"我想让你听听这个。"说完，朗格警探按下按钮。一个很有磁性的男人声音问："警察局报警电话。要我帮忙吗？"

然后是一个充满恐惧的女人的声音："是的，我遭受到巨大的威胁。请派人——"

接着传来摔东西的声音，咔嚓一声电话线断了。梅杰·瓦格曼抬头看着警探朗格："你追踪了电话？"

"我们已经查明打电话的地址。"朗格警探很小心地回答。

"有什么问题吗？"梅杰·瓦格曼不耐烦地问，"让总部派辆车去调查一下。"

"我首先得得到你的许可。"朗格警探把一张纸放在上司面前的桌子上。

"什么！"梅杰·瓦格曼盯着他，"确定吗？"

"确定，警官。"

梅杰·瓦格曼低头又看那张纸。电话登记的名字是沃尔瑟·加斯纳。他可是德国工业巨头罗氏公司德国分部的负责人。

如果他们行动，可能产生的后果无须明说。只有傻瓜才会不明白。只要一步错，他们两个就得走人，重新找工作。梅杰·瓦格曼想了想，然后说："好吧。要调查清楚。我希望你一个人去。一定要小心行事。明白？"

"明白，警官。"

加斯纳的豪宅在万湖地区，位于柏林西南部的一个富人区。朗格警探没有走更快的高速公路，而是取道稍远的霍恩索伦达姆，因为这里的车流量小。他穿过克莱亚尔，从中央情报局大楼前驶过。中央情报局大楼离大路还有半英里，围着铁丝网栅栏。他驶过美国驻军总部，然后右转上了很出名的一号公路——曾经是德国最长的公路，从东普鲁士一直延伸到比利时边境。在他右边是团结之桥，间谍阿贝尔就是在这里和美国U-2侦察机的驾驶员加里·鲍尔斯进行了交换。朗格警探掉转车头下了高速，上了万湖地区树木繁茂的山道。

房子都很漂亮、气派。星期天，朗格警探有时候会带妻子来这里，不过只是看看房子和周边的风景。

他找到了要去的地方，把车开上了通往加斯纳的豪宅的长长车道。豪宅代表的不仅仅是钱，还有权力。罗夫王国的势力大到可以让政府倒台。梅杰·瓦

171

格曼说得没错，他应该非常谨慎。

朗格警探把车开到一栋三层的石楼房前，下了车，摘下帽子，按响门铃。他等待着。房子好像没人住，安静得令人不安。他知道不可能没人住在这里。于是他又按响门铃。除了让人压抑的安静，房子依然没有动静。他正想着要不要绕到后门的时候，门竟然打开了。一个女人站在门口。她中等年纪，相貌普通，穿着一件皱巴巴的便袍。朗格警探以为这个女人是管家。他向她亮明身份："我想见见沃尔瑟·加斯纳夫人。请转告她我是朗格警探。"

"我就是加斯纳夫人。"女人回答。

朗格努力掩饰着自己的惊讶。她完全不像他心目中的豪宅女主人。

"我——我们总部不久前接到一个电话。"他解释道。

她看着他，一脸的茫然和冷漠。朗格警探还以为自己哪里说错了，却又不知道错在哪里。他感觉她好像有什么隐情。

"加斯纳夫人，是你打的电话吗？"他又问。

"是的，"她说，"我打错了。"

她说起话来像个死人，声音缥缈，让人很不放心。他不由得想起半个小时前录音机里那个刺耳的、歇斯底里的喊叫声。

"我们需要做好记录。能问下为什么会打错吗？"

她迟疑了一下，几乎让人察觉不到。"因为——我以为丢了一件珠宝，找到了。"

紧急电话号码是为谋杀、强奸、故意伤害罪设立的报警电话。一定要小心行事。

"明白了。"朗格犹豫着，他想进房子，想找出她试图掩盖的真相。但是他不能说什么，也做不了什么。"谢谢你，加斯纳夫人。很抱歉打扰你。"

他一动不动地站着，很懊丧，眼睁睁地看着门关上。他慢慢地上了车，离开了。

门后的安娜转过身来。

沃尔瑟点点头，轻轻地说："安娜，处理得不错。我们现在上楼吧。"

说着他转身朝楼梯走去。安娜抽出藏在便袍里的一把大剪刀，猛地朝他后背刺去。

第28章

　　此时，伊沃·帕拉齐和西莫内塔、三个漂亮的女儿正在游赏埃斯特庄园。他想，今天出来游玩简直是完美。他和妻子挽着胳膊游走在蒂沃利著名的公园里，看着女儿们在前面欢呼雀跃，从一个喷泉跑到另一个喷泉。泉水波光潋滟。他非常惬意地想着，不知当初皮罗·利戈里奥为主顾埃斯特家族建造这个公园时，是否想到有一天会给数百万的游客带来巨大的快乐。埃斯特庄园在罗马东北的近郊，偎依在萨空山高处。伊沃经常来。这里的喷泉水花四溅，设计巧妙，形态各异。他站在庄园最高处，俯瞰着下面的喷泉，心中总会生出一种别样的快乐。

　　过去，伊沃曾带多纳泰拉和三个儿子来过这里。他们是多么喜欢这里啊！一想到他们，伊沃心里就不禁难过起来。自那天下午他去公寓后发生那件可怕的事情以来，他还没有见过多纳泰拉，也没有和她说过话。他依然记得她抓挠自己的场景。他知道她肯定很懊悔，非常想念他。也好，让她暂时受点罪没什么不好。他不也正受着嘛。突然间，像做梦一样，他听见了多纳泰拉的声音"过来，儿子们，这边走"。

　　声音那么清晰，简直跟真的一样。他还听见她说"快点，弗朗西斯科"。伊沃转过身，结果发现多纳泰拉和他们的三个儿子就在身后，正朝着他、西莫内塔和三个女儿走来。伊沃一开始以为多纳泰拉是碰巧来到埃斯特庄园的。但

173

是当他看到她脸上的表情时，他马上明白自己想错了。这个恶魔菩坦娜一样的女人正试图让两个家庭见面，要毁了他！伊沃像疯了一样，情急之下生出一个想法。

他对西莫内塔大声说："我有些东西必须让你看看。快点，女儿们。"

说着，他领着全家人开始沿台阶往低处跑。石头台阶很长，弯弯曲曲的，他不时地把挡道的人推开，还紧张地扭头往后面看。上面的多纳泰拉和男孩们正朝台阶这边走来。伊沃知道，要是男孩们看见他，一切就都毁了。只要有一个喊一声"爸爸"，他宁愿栽到喷泉里淹死。他催促着西莫内塔和女儿们往前跑，不给她们喘息的机会，不敢让她们停下来。

"我们急急忙忙地要去哪里？"西莫内塔大口喘着气，"为什么这么着急？"

"一个惊喜，"伊沃故作欢快，"你会明白的。"

他又冒险往身后扫了一眼。多纳泰拉和三个男孩这会儿没了踪影。前面是一个迷宫，有一段台阶往上走，还有一段往下走。伊沃选择了往上的。

"过来，"他对女孩们喊道，"先跑到顶部的有奖！"

"伊沃！我累坏了！"西莫内塔抱怨道，"我们不能休息会儿吗？"

他吃惊地看着她。"休息？这会毁掉惊喜的。快！"

他抓住西莫内塔的胳膊，开始拖着她爬陡峭的台阶。三个女儿在前面你追我赶。伊沃发现自己已经上气不接下气。要是我突发心脏病死在这里，对谁都有好处，他不无苦涩地想。该死的女人！真是一个都不能相信。她怎么能这么对我！她喜欢我。就今天这事，我非杀了她不可。

他想象着自己在床上把多纳泰拉制服了。她身上只穿着一件薄如蝉翼的睡衣。他把她的睡衣扒掉，爬到她身上，她大声喊着饶命。

"现在能停吗？"西莫内塔问。

"不行！快到了！"

他们再次爬上高处的台阶。伊沃匆忙地环顾四周，没有看到多纳泰拉和男孩们。

"你要带我们去哪里？"西莫内塔问。

"你会知道的，"伊沃急急忙忙说，"跟我来！"他推着她们朝出口走去。

最大的女儿伊莎贝拉问："爸爸，是要走吗？我们刚到这里！"

"我们要去一个更好的地方。"伊沃气喘吁吁地说。他回头望了一下。多纳泰拉和男孩们又出现了，正在爬台阶。

"快点，女孩们！"

很快，伊沃一家人出了埃斯特庄园的大门，朝停在大广场上的车跑去。

"我从来没见你这样过。"西莫内塔大口喘着气说。

"我也从来没有这样过。"伊沃倒说了实话。车门还没关好，他已经发动汽车，一溜烟地驶出停车场，就像后面有鬼追着似的。

"伊沃！"

他拍拍西莫内塔的手。"现在，大家都放松一下。作为犒劳，我要——我要带你们去希士拿吃午餐。"

他们坐在玻璃窗前，俯视着西班牙台阶，以及远处隐隐约约能看见的辉煌的圣彼得大教堂。

西莫内塔和孩子们很高兴。饭菜很好吃。伊沃却味同嚼蜡。他的手抖得厉害，几乎握不住刀子和叉子。他心里想，再也受不了了。我不能让她毁了我的生活。

他现在非常清楚多纳泰拉想要什么。游戏已经拉开序幕。除非他能想到办法，把多纳泰拉要的钱给她。

他必须拿到钱，不择手段。

第29章

巴黎　星期一，十一月五日　下午六点

查尔斯·马特尔一进家门就知道出事了。埃莱娜在等他，和她一起的还有仿制查尔斯偷来的珠宝的珠宝商皮埃尔·里绍。查尔斯站在门口，惊呆了。

"进来，查尔斯。"埃莱娜叫他。她不善的语气让他害怕。"我相信你和里绍先生互相认识。"

查尔斯瞪眼看着，知道无论怎么说都是死路一条。珠宝商尴尬盯着地面，很不自在。

"坐下，查尔斯。"这是命令。查尔斯坐下。

埃莱娜接着说："我亲爱的丈夫，你面对的，将是重大盗窃罪的刑事起诉。你偷走我的珠宝，用里绍先生仿制的拙劣的玻璃品偷梁换柱。"

让查尔斯害怕的是，他发现自己尿裤子了。要知道从小到大他都没有这样过。他脸红了。他迫切想离开房间去清洗一下。不，他想逃走，永远不回来。

埃莱娜什么都知道了。至于她是怎么知道的，那已经不重要。他逃不掉，她不会饶了他。单是发现他偷珠宝，埃莱娜已经可怕到这种程度，真不敢想她知道他的动机后又会怎样！地狱将会有新的含义。没有谁比查尔斯更了解埃莱娜。她就是个野蛮人，什么事都干得出来。她会眼睛都不眨一下就摧毁他，让他变成流浪汉，衣衫褴褛，流落街头。他的人生突然出了大麻烦，变成一坨臭狗屎。

"你真的认为拿着这些东西就能跑掉？"埃莱娜问。

查尔斯还是一声不吭。他感觉到裤子湿得更厉害了，却不敢低头看。

"我已经劝说里绍先生把所有的实情都告诉我了。"

劝说。查尔斯不敢想她是怎么劝的。

"我把你偷走的珠宝付款收据都复印了。接下来的二十年里我可以让你在监狱里度过，"她顿了顿，接着说，"如果我愿意的话。"

她的话只能让查尔斯更加恐惧。经验告诉他，慷慨的埃莱娜同时也是危险的埃莱娜。查尔斯不敢和她对视。他不知道她想要他做什么。那肯定是很可怕的事情。

埃莱娜转向皮埃尔·里绍。"在我想好怎么处理之前，你不会向任何人提起这件事吧？"

"当然，罗夫-马特尔夫人。当然，当然。"这个男人说起话来像只应声虫，满怀希望地看向门口。"我可以——"

埃莱娜点点头，皮埃尔·里绍一路小跑着出去了。

埃莱娜望着他走，然后突然转身看着丈夫。她嗅出了他的恐惧，还嗅出了别的东西，尿。她露出了笑容。查尔斯吓得尿了裤子。她把他调教得很好。埃莱娜对查尔斯很满意。这是她最满意的一次婚姻。她把查尔斯打碎，然后把他变成了自己的掌中物。他给罗氏公司带来的创意都非常高明，其实那都是埃莱娜的主意。她通过丈夫统治着罗氏公司的一部分，但是现在那一部分已不能够满足了。她是罗夫家族的人，她本身不缺钱。前几次婚姻也让她更加富有。但是她感兴趣的不是钱，而是对公司的掌控。她计划用自己的股票赚取更多的股票，尽可能多地买入其他人的股票。她已经和他们谈过。他们都愿意跟她一起干，使少数人为股东。第一个阻止她实施计划的是萨姆，现在是伊丽莎白。但是埃莱娜想得到某个东西，绝不会让伊丽莎白或其他任何人阻止。查尔斯会为她争取。但凡计划出了问题，他就是她的替罪羊。

现在，他当然要为他小小的反抗接受惩罚。她盯着他的脸，说："查尔斯，没有人偷过我的东西，从没有人。你完了，除非我决定救你。"

他害怕她，一动不动地坐着，一声不吭，心里却恨不得她死。她走到他跟前，用大腿蹭着他的脸。

她说："查尔斯，你想让我救你吗？"

"想。"他声音嘶哑。她褪掉半身裙，眼神充满恶意。他暗自叫苦，哦，天哪，现在不要！

"那你听我说。罗氏公司将是我的。我想要控股权。"

他痛苦地抬头看着她，说："你知道伊丽莎白不会卖股票的。"

埃莱娜脱掉衬衫和内裤，赤裸裸地站着，她体型健美。"那么你必须给她点颜色看看。否则你未来二十年将在监狱里度过。不要着急，我会告诉你怎么做。但是首先，你过来，查尔斯。"

第30章

第二天早上十点，伊丽莎白的私人电话响了。是埃米尔·约普利。她把这个电话号码给了他，为的是不让别人知道他们之间的通话。"不知道能不能见见你？"他问，听起来很激动。

"我十五分钟后到。"

伊丽莎白穿着一件外套走出办公室。凯特·厄林抬头惊讶地看着她。"你有一个预约，时间是——"

"取消一个小时内的所有预约。"伊丽莎白说着走了出去。

在研发楼里，一位全副武装的警卫检查了伊丽莎白的出入证。"左边最后一个门，罗夫小姐。"

伊丽莎白发现约普利一个人在实验室里。他热情地跟她打招呼。

"我昨天晚上完成了最后的测试，成功了。活性酶完全抑制住了衰老。你看。"

他领着她走到装着四只小兔子的笼子前。这些兔子个个都很活泼，生命力十足，一会儿都不肯停歇。旁边笼子里也装着四只兔子，但安静得多，成熟得多。

"这是接受活性酶的第五百代兔子。"约普利解释道。

伊丽莎白站在笼子前。"他们看起来很健康。"

约普利满脸笑容。"这只是对照组的部分表现。"他指着左边的笼子。"那些是年龄大些的。"

伊丽莎白盯着这些兔子，个个充满活力，在笼子里活蹦乱跳，就像是刚生下似的。她简直不敢相信。

"这些兔子存活的时间要比其他的兔子多一倍，甚至三倍。"约普利说。

要是把这个比率用到人身上，效果将不言而喻，会让人大吃一惊。她抑制不住内心的激动。

"什么时候——什么时候你准备在人身上做试验？"

"我在整理最后的记录。然后，最多三到四个星期。"

"埃米尔，不要告诉任何人。"伊丽莎白提醒他。

埃米尔·约普利点点头。"不会的，罗夫小姐。只有我一个人做实验。我会小心的。"

整个下午都在开董事会，一切进展顺利。沃尔瑟没有来。查尔斯又提起卖股票的事情，但是伊丽莎白坚定地否决了。之后，伊沃开始施展个人魅力，亚历克也是。查尔斯看起来非常着急。伊丽莎白想知道为什么。

她让所有人都留在苏黎世，邀请他们共进晚餐。伊丽莎白尽可能不露声色地提起报告中提到的问题，想看看他们的反应，但是没有发现谁紧张或愧疚。除了沃尔瑟，所有可能的嫌疑人都在桌子旁坐着。

里斯没有参加会议，也没有吃晚饭。"我有紧急的事情需要处理。"他是这么说的。伊丽莎白想知道紧急的事情指的是不是女孩子。伊丽莎白发现，里斯深夜和她加班时，总有约会需要取消。有一次他没能及时取消和一个女孩子的约会，结果对方竟然找到办公室来了。那个女孩是个红头发的绝色美人，身材好得让伊丽莎白自惭形秽。那个女孩白等一场，非常生气，而且毫不掩饰自己的情绪。里斯把她送到电梯口就回来了。

"抱歉。"他说。

伊丽莎白克制不住地赞叹道："好漂亮啊，她是干什么的？"

"一位脑外科医生。"里斯回答得很认真。伊丽莎白不由得大笑起来。第二天，伊丽莎白了解到，那个女孩确实是一位脑外科医生。

还有其他的女孩子。伊丽莎白憎恨那些女孩子。她希望能更好地理解里斯。她所知道的是爱交际的、公众场合的里斯·威廉斯，她想了解私下里的他，那个藏起来的他。伊丽莎白不止一次想过，里斯应该掌管公司，而不是听她发号施令。我想知道他真实的想法。

那天晚餐过后，董事会成员全部散去，赶火车或飞机回家。伊丽莎白和凯特在办公室里正忙着，里斯进来了。"想着可以帮你点忙。"他轻描淡写地说。

他没有解释去了哪里。为什么要解释呢？伊丽莎白心想。他没有必要解释。

三个人埋头工作，时间飞逝。伊丽莎白看看里斯，此时的他正埋头于文件，快速地浏览着，很快、很机敏。他找到好几处律师疏忽的错误。现在，他直起身来，舒展一下四肢，看了一眼手表。

"哎哟！已经下半夜了。恐怕我得去赴约。我明天一早就到，把这些协议检查完。"

伊丽莎白想知道他是和脑外科医生还是和别的女孩约会——她有点控制不住地想。里斯·威廉斯怎么过私生活是他自己的事。

"对不起，"伊丽莎白说，"我没有发现竟然这么晚了。你走吧。我和凯特把这些文件看完。"

里斯点点头。"明早见。晚安，凯特。"

"晚安，威廉斯先生。"

伊丽莎白看着里斯离去，然后强迫思绪回到合同上来。但过了不一会儿，她的思绪又回到里斯身上。她急于把埃米尔·约普利在新药上的进展告诉他，急于与他分享，但她最终控制住了。快了，她告诉自己。

凌晨一点，她们看完了。

凯特·厄林说："罗夫小姐，还有别的事吗？"

"没有，我觉得就这些了。谢谢你，凯特。明天早上来晚些。"

伊丽莎白站起身，由于坐的时间太久，全身都僵硬了。

"谢谢你。我明天下午把所有的材料都打印好给你。"

"很好。"

伊丽莎白拿起外套和包，等着凯特，然后两人一起出门，进了走廊，走向专用电梯。电梯已经到了，门开着，等着她们。她们两个进了电梯。伊丽莎白伸手去摁大厅按键时，突然听见办公室的电话响铃。

"罗夫小姐，我去接电话，"凯特·厄林说，"你先走。"说着她走出了电梯。

楼下大厅，值夜班的警卫抬头看看电梯控制板：顶部的红灯闪了一下，开始下移。这是专用电梯的信号灯，意味着罗夫小姐正在下楼。司机坐在角落的一把椅子上，正捧着一张报纸打盹儿。

"老板来了。"警卫提醒他。

司机伸展四肢，懒洋洋地站起身。

警报声突然响起，打破大厅的宁静。警卫赶紧去看控制板，提示电梯下降的红色灯在飞速下移，而且速度越来越快。

电梯失去控制了。

"啊，天哪！"警卫咕哝一句。

他飞快地跑过去，一下子把控制板打开，拉下紧急开关，启动安全闸。红色灯还在快速下降。司机也赶紧跑到控制板前，警卫脸上的表情让他不寒而栗。

"发生了什么事？"

"快跑！"警卫大喊一声。"电梯要坠毁了！"

他们从电梯井朝远处跑去。竖井里失控的电梯下降速度太快，大厅开始振动。警卫暗自祈祷，她可千万不要在里面。飞速下降的电梯从大厅一闪而过，他听见里面传来可怕的叫喊声。

很快，轰隆一声，整个大楼剧烈震动，像发生了地震。

第31章

苏黎世刑警大队总警督奥托·施米德坐在办公桌后面，闭着眼睛，正在做瑜伽深呼吸。他试图让自己平静下来，努力压制着内心的愤怒。

办案程序中，有些规则是基本的，是显而易见的，没有谁会认为有必要写在办案手册上。大家都认为是自然而然的事情，就像吃饭、睡觉和呼吸。例如，事故造成人员伤亡时，负责调查的警探首先要做的——只要是警探都会做的第一件事情，简单，明显，根本没必要写在该死的黑板上的事——就是去事故现场。没有比这个更基本的了。然而，总警督奥托·施米德桌子上放着的马克斯·霍尔农写的报告却违反了办案程序中的这个基本要素。出现这种情况我应该预想到，总警督不无苦涩地告诉自己。我为什么惊讶呢？

警探霍尔农是总警督施米德的累赘，是他最讨厌的人，是他的——施米德总警督狂热崇拜的麦尔维尔的白鲸①。总警督又深吸一口气，然后慢慢呼出。一番操作后，施米德激动的情绪总算有所平复。他拿起霍尔农警探的报告，又从头看起来。

值班报告

星期三，十一月七日

时间：凌晨一点十五分

---

① 指作家麦尔维尔的作品《白鲸》中的白鲸。——编者注

事由：罗氏公司总部行政大楼发生事故电话报案

事故类型：不详

事故原因：不详

受伤或死亡人数：不详

时间：凌晨一点二十七分

事由：总机接到罗氏公司第二次报案

事故类型：电梯坠毁

事故原因：不详

受伤或死亡人数：一名女性，死亡

我立刻展开调查。到凌晨一点三十五分，我已经掌握罗氏公司行政大楼负责人的名字，从他那里得知了大楼总建筑师的名字。

凌晨两点三十分。我找到总建筑师。他正在拉普斯庆祝生日。他把给大楼安装电梯的公司名字给了我，是鲁道夫·沙茨股份有限公司。

凌晨三点十五分。我给鲁道夫·沙茨先生家里打电话，让他立刻查找电梯安装计划。我还要他查找了总预算单、最初预算单、最终预算单，以及最终费用信息；我还要了他使用的机械和电子材料的完整清单。

看到这里，总警督感觉右脸颊上那熟悉的抽搐又上来了。他深吸几口气，接着往下看。

早上六点十五分。沙茨先生的夫人把我要的文件送到了警察局总部。经过检查最初预算和最终费用，我很满意地认定：

1.安装电梯时没有使用残次品或替代品。

2.安装商具有良好声誉，安装技术不是造成电梯坠毁的原因，可以排除。

3.电梯的安保措施符合规定。

4.因此我的结论是：电梯坠毁不是意外事故。

签名：马克斯·霍尔农，刑事调查部

注意：我的电话是在深夜和凌晨打出的，你有可能会收到一两个被我叫醒的人的投诉。

总警督施米德狠狠地把报告摔在办公桌上："岂有此理！还害我被吵醒！"整个早上，总警督都一直在遭受"炮轰"，瑞士政府一半的官员都在给他打电话。他以为他是干什么——盖世太保吗？叫醒知名建筑公司的总裁，还命令人家深更半夜送文件，谁给他的胆量？鲁道夫·沙茨可是声誉良好的公司，他怎敢怀疑人家的职业操守？如此之类，不一而足。

但是最令人大跌眼镜——最令人难以置信的，是马克斯·霍尔农警探在报案十四个小时后才出现在案发现场。等他到的时候，受害人已经移走，身份已经确定，尸体已经被解剖过。别的几个警探检查了事故现场，询问了目击者，填写了报告。

总警督施米德读完警探马克斯·霍尔农的报告后，把他叫到了办公室。

面见警探马克斯·霍尔农对总警督来说是一种诅咒。马克斯·霍尔农长得矮胖，秃头，脸像是谁开玩笑随意拼凑起来的，总是满腹心事的样子。他的头很大，耳朵太小，嘴巴像是肥大的脸上插的一粒葡萄干。警探马克斯·霍尔农比苏黎世刑警大队的身材规定矮六英寸，体重少十五磅，而且他近视。最为糟糕的是他为人傲慢。大队的所有人对警探马克斯·霍尔农的态度一致：不喜欢。

"为什么不把他辞了？"总警督的妻子曾经这么问，气得他差点没揍她。

马克斯·霍尔农进入苏黎世刑警大队是因为，他一个人对瑞士国民收入的贡献比所有巧克力厂和手表厂加起来的都多。马克斯·霍尔农原先是一名会计师，一位数学天才，有丰富的金融知识，有发现人狡辩的本能，其耐心足以让约伯[①]嫉妒得哭。马克斯曾在反诈部工作。这个部门专门调查金融诈骗、股票

---

① 《圣经》中的人物，善良、正直、远离罪恶。——译者注

185

交易和银行业务中的违规行为，还负责监管进出瑞士的货币流。马克斯·霍尔农曾成功阻止非法货币进入瑞士。他查出过精心策划的金融违法行为——涉案金额达数十亿美元，还把世界上好几个极受尊重的商业领袖送进监狱。无论资产怎样巧妙隐瞒，转移，再转移，送到塞舌尔洗白，在一系列复杂的影子公司间转手，再转手，马克斯·霍尔农最终都能查明真相。一句话，他把自己打造成了令瑞士金融界恐惧的对象。

瑞士人最尊重和珍爱的是隐私。然而有马克斯·霍尔农在，没有隐私。

作为金融守护者，马克斯的薪水其实很少。曾经有人向他行贿价值数百万法郎的限量版银行账户，科尔蒂纳丹佩佐的度假房，一艘游艇，还有好几个绝色的女人。他一概拒绝，而且官方很快便出通报。马克斯·霍尔农压根儿不在乎钱。他单靠股票方面的操盘能力就足以成为百万富翁。但他从来没有这样想过。马克斯·霍尔农只对一件事情感兴趣：抓住那些偏离金融正道的人。哈，没错，马克斯·霍尔农还有一件心心念念的事，而这件事最终成了工商界的福佑，那就是他莫名其妙地想当警探。他把自己想象成夏洛克·福尔摩斯或麦格雷[①]，富有耐心地循着迷宫的蛛丝马迹，逐渐靠近罪犯的老窝。瑞士的主要金融家之一偶然听说马克斯·霍尔农想当侦探，于是立刻与有权势的几个朋友碰面，并在四十八小时内让马克斯·霍尔农进入了苏黎世警察队伍，成为一名警探。霍尔农难以相信竟有这样的好运。他美滋滋地接受了，整个商业界则集体舒了一口气，各种秘密活动重新开始。

没有人就这件事询问过总警督施米德的意见。瑞士最有权势的政治领袖给他打来电话，下了命令，这件事就算结束。或者，更准确一点地说，另一件事就算开始了。对总警督来说，这是没完没了的受难日的开端。空降过来一个没有经验且没有资质的警探让他心生不满，他确实曾经想过抛开这种情绪。他看透了，这样一个闻所未闻的举动背后肯定有某种强烈的政治动机。那么好吧，他决定好好配合，自信能轻易处理好这件事。马克斯·霍尔农向他报到的那一刻，他的自信心开始动摇。这位警探长得足够让人大跌眼镜。但让总警督施

---

① 又译为梅格雷，法国著名侦探小说作家乔治·西默农的系列小说《麦格雷探案》中的人物，是全世界大名鼎鼎的主要侦探之一。——译者注

米德更为吃惊的是，这样一个人却满怀优越感。他给人的感觉仿佛是，马克斯·霍尔农在此——现在你们都可以休息，不用再焦虑了。

总警督施米德好好配合的想法瞬间烟消云散，于是另想办法，试图压制他，把他从一个部门调到另一个部门，给他分配不重要的工作。马克斯待过的科室有刑事技术部、指纹与身份部，以及负责调查财产失窃和人口失踪的调查部。但马克斯·霍尔农像个狗皮膏药一样，总能再回到刑事调查部。

有一条规矩是，所有警探都得轮流当值班员：夜间值应急班，十二个星期一次。只要马克斯值班，次次不落，总会有大事发生。当总警督施米德的其他警探到处跑着找线索的时候，马克斯已经侦破案子。这令人很恼火。

他对办案程序、犯罪学、法医学、弹道学，以及犯罪心理学一无所知——这是其他警探了然于胸的，但他却破了所有人都破不了的案子。因此，总警督施米德得出一个结论：马克斯·霍尔农是人类历史上最幸运的人。

事实上，幸运根本谈不上。警探马克斯·霍尔农侦破刑事案件，与会计师马克斯·霍尔农破解上百桩构思巧妙的诈骗银行和政府案，所用的办法完全一样。马克斯·霍尔农属于单向思维，思考的轨道很窄。他只需找到一个露出的线头或整体不协调的一小块，然后就能开始顺藤摸瓜，直到某人高明的、万无一失的阴谋分崩离析。

马克斯过目不忘的记忆力简直让同事们抓狂。只要是他听过、读过或见过的，他都能立刻想起。

确实要提的话，他还有一个让人不爽的地方：报销的费用让整个警探队伍尴尬。他第一次提交报销单时，负责的警官把他叫到办公室，很和气地说："马克斯，你这里的数字很明显错了。"

这等同于告诉卡帕布兰卡，他是因为愚蠢牺牲了王后。

马克斯眨巴下眼睛。"我的数字错了？"

"是的。实际上有好几处错误。"警官指着面前的一张纸，"跨城乘车，八十生丁①。回程，八十生丁。"他抬起头说："单程出租车的费用最少三十四法郎。"

---

① 法国辅币。——编者注

187

"是的，先生。所以我坐公交。"

警官盯着他。"公交？"

没有人要求警探办案时坐公交。闻所未闻。警官能想起的唯一的回应是："好吧，但是——但是没必要。我的意思是——我们部门当然不鼓励铺张浪费，马克斯，但是我们的费用预算还算充足。还有，现场办案三天。你忘了写餐饮费。"

"不，警官先生。早上我只喝咖啡；中午我有午餐桶，自己带吃的；晚餐费用我都报上了。"

晚餐确实报上了。三顿饭，总共十六法郎。他肯定是在救世军①餐厅吃的。

警官冷冷地说："马克斯警探，在你来之前，这个部门已经存在一百年；在你离开后，这个部门还会存在一百年。这里有我们应该遵守的传统。"他把报销账单还给马克斯。"你必须考虑一下同事的感受，你懂的。现在把这个拿走，改改再送回来。"

"是，警官先生。我——很抱歉没有填对。"

一个大方的挥手。"不算个事。毕竟，你刚来嘛。"

三十分钟后，马克斯·霍尔农警探把修改过的账单送来了。他把支出费用又减去了百分之三。

现在，在十一月的这一天，总警督施米德手里捧着马克斯·霍尔农警探的报告，而写报告的人就站在他面前。霍尔农警探身穿亮蓝色的警服套装，脚上是棕色的鞋子和白色的袜子。总警督施米德暗下过决心，还练平静瑜伽，但都不管用，他在咆哮。"报案电话进来时你本应该在这里负责，立刻调查事故，而你却在十四小时后到现场！在这十四小时里，所有该死的新西兰警察都能飞过来又飞回去了。"

"哦，不对，先生。乘飞机从新西兰到苏黎世的时间是——"

"够了，闭嘴！"

---

① 成立于一八六五年的基督教教派,以街头布道和慈善活动、社会服务著称。——译者注

总警督施米德将双手插入浓密、快速变得灰白的头发中，思忖着该怎么对付这个人。你不能侮辱他，你不能跟他讲道理。他是个被幸运砸中的白痴。

总警督施米德咆哮着："马克斯，我无法忍受手下人无能。其他的警探值班，看到这种报告，会立即去现场调查，叫救护车，把尸体送太平间，确定死者——"他发现说话速度又变快了，于是强迫自己慢下来。"一句话，霍尔农，他们会做一位合格的警探该做的一切。你倒好，坐在办公室里，深更半夜把瑞士一半的重要人物叫醒。"

"我想——"

"别！因为你，整个该死的早上我都在打电话道歉。"

"我必须找出——"

"够了，霍尔农你出去！"

"是，先生。我参加葬礼合适吗？今天早上。"

"合适！滚！"

"谢谢你，先生。我——"

"赶紧滚！"

三十分钟后，总警督施米德的呼吸才再次顺畅起来。

第32章

希尔菲德殡仪馆里人很多。这是一栋老式的石头和大理石建筑，内饰豪华，有好几间服务室和一个火葬间。礼拜堂很大，前排坐着罗氏公司的二十多位高管和员工，再往后是朋友、社区代表和媒体。霍尔农警探在最后一排坐着，正在想：这个人的死亡不符合逻辑。盛年时期是一个人能付出的最多、能照拂的事最多的时候，人却死掉了。这真是浪费。

棺材是红褐色的，上面铺满鲜花——更是浪费，霍尔农警探心想。棺材已经按要求封上。马克斯清楚为什么要这样做。牧师正用末日般的调调布道："……在生中死亡，在罪恶中重生，灰烬到灰烬。"马克斯·霍尔农没怎么听，他在研究礼拜堂里的人。

"上帝给予，上帝收回。"众人开始起身，离场。安息礼拜结束了。

马克斯站在门口附近。一个男人和一个女人走过来。他挡住女人的路："伊丽莎白·罗夫小姐吗？我能和你聊聊吗？"

警探马克斯·霍尔农、伊丽莎白·罗夫和里斯·威廉斯坐在殡仪馆对面蛋糕店的一个小房间里。隔着窗户，他们可以看见棺材被抬上一辆灰色的灵车。伊丽莎白别过脸去，眼神慌乱。

"这是干什么？"里斯问，"罗夫小姐已经向警局说明情况了。"

警探马克斯·霍尔农问："威廉斯先生，对吧？我要确定几个细节。"

"不能等等吗？罗夫小姐正在经历很艰难的——"

伊丽莎白把手放在里斯的手上。"没事。如果我能做点什么——"她把脸转向马克斯，"霍尔农警探，你想了解什么？"

马克斯盯着伊丽莎白，平生第一次不知道该说什么了。女人对马克斯来说就像是从陌生星球来的外星人。她们没有逻辑，不可预测，情绪化，很少动用理性。她们也无法沟通。马克斯几乎没有过性冲动，因为他重视的是脑子。不过他理解性事的逻辑。性是机械运动，运动的各个部分结合在一起，成为彼此协调的功能整体。对马克斯来说，这就是爱的诗性，是爱的纯粹动力。马克斯认为所有的诗人都忽略了这一点。情感是不准确的、不利落的，是精力的浪费，不能把最小的沙粒移动一英寸。而逻辑可以撬动世界。让马克斯不解的是，和伊丽莎白在一起他觉得很舒服。这让他不安。以前没有女人让他有这种感觉。她似乎跟其他女人不一样，不觉得他人丑、个子矮、滑稽。他强迫自己不去看她，总算集中起精力。

"罗夫小姐，你习惯夜间工作到很晚吗？"

"这种情况挺多，"伊丽莎白回答，"持续到很晚。"

"有多晚？"

"看情况。有时候到十点。有时候到半夜，或更晚。"

"这么说，还是有点规律的。也就是说，你周围的人都知道这个规律？"

她不解地看着他。"我想是吧。"

"电梯坠毁的那个晚上，你、威廉斯先生，还有凯特·厄林都在加班？"

"是的。"

"但你们没有同时离开？"

里斯接过话茬。"我走得早，有约会。"

马克斯盯着他看了一会儿，然后看向伊丽莎白。"威廉斯先生走后多久，你们离开？"

"我觉得大约过了半小时。"

"你和凯特·厄林一起离开的吗？"

"是的。我们拿了外套，走进大厅。"伊丽莎白说话不利索了，"电——电梯到了，正等着我们。"

那部专用电梯。

"然后呢？"

"我们两个都进了电梯。办公室的电话响了。凯特——厄林小姐——说'我去接电话'，她准备回去。但我早些时候打了一个海外电话，一直在等对方回复，于是对她说我去。"伊丽莎白停下来，眼里突然溢满泪水。"我出了电梯。她问我要不要等我，我说'不用，先走吧'。于是她按了到大厅的按键。我开始往办公室走去，正开门时，听见——听见惨叫声，然后——"她说不下去了。

里斯转头对着马克斯·霍尔农，满脸怒气。"够了。你能告诉我们问这个干什么吗？"

查谋杀案，马克斯心里说。有人要杀伊丽莎白·罗夫。马克斯一动不动地坐着，集中精力，回想着过去四十八小时内了解到的罗氏公司的情况。公司备受困扰，要支付天文数字般的诉讼费，负面传闻缠身，客户流失，有天文数字般的银行欠款，而且银行现在已经逐渐失去耐心。公司急需变革。总裁萨姆·罗夫持有控股权。控股权已经转入他的女儿伊丽莎白手中，后者在撒丁岛的一起吉普车事故中差点死去，之后又在一起电梯坠毁事件中九死一生，而电梯最近才检修过。有人在玩死亡游戏。

马克斯·霍尔农警探本来应该高兴。他已经找到了露出的线头。现在他见到了伊丽莎白·罗夫，她再也不仅仅是个名字，一个数学方程式难题。她身上有一种很特别的东西。马克斯有一种为她遮风挡雨、保护她的冲动。

里斯不耐烦了："我在问你，你问这个是——"

马克斯看着他，含含糊糊地说："哦，——办案程序，威廉斯先生。照章办事而已。"说着他站起身。"打扰了。"

他有很紧急的事情要做。

第33章

总警督施米德忙了一早上：伊比利亚航空公司门前发生政治抗议，三个男人已被拘捕，但仍未被讯问；布鲁瑙一家纸厂发生火灾，起因可疑，调查已介入；一个女孩在普拉茨皮茨公园遭人强奸；古柏林发生一起打砸抢事件，紧挨着包尔奥拉克的格里马也发生了一起。这还不算，马克斯·霍尔农警探回来了，还满嘴歪理。施米德总警督发现自己呼吸又不顺畅了。

"电梯的电缆卷筒破裂。"马克斯正说着，"电梯坠毁时，所有的安全控制失灵。有人——"

"我看了报告，霍尔农。正常磨损。"

"不是，总警督。我查看过电缆卷筒的说明书。那个电缆卷筒还可以用五到六年。"

总警督觉得脸颊一阵抽搐。"你想说什么？"

"有人对电梯做了手脚。"

他不说"我觉得有人对电梯做了手脚"，也不说"在我看来，有人对电梯做了手脚"。哦，怎么可以这么肯定地说"有人对电梯做了手脚"？

"他们为什么做手脚？"

"这正是我要查的。"

"你想去罗氏公司？"

马克斯·霍尔农警探看着总警督施米德，认真地说："不，警官，我要去沙莫尼。"

193

沙莫尼小镇位于日内瓦东南四十英里，海拔三千四百英尺，隶属于法国上萨瓦省，介于勃朗峰群山和红针山脉之间，是世界上风景最秀丽的地方之一。

警探马克斯·霍尔农完全没有注意到这里秀丽的风景。他在沙莫尼车站下了火车，手里提着破旧的硬质手提箱。他摆摆手打发走一辆出租车，徒步往当地警察局走去。警察局是一座小楼，在市中心的主广场上。马克斯走进去，立刻感觉如鱼得水，沉浸在温暖的同志情谊之中。这是他和全世界警察共有的兄弟情谊。他是他们中的一员。

办公桌后面的法国警官抬起头，问："需要我帮忙吗？"

"是的。"马克斯喜笑颜开，接着就讲起来。马克斯用同样的方式对待所有的外语：以舌为砍刀，在不规则动词、时态和分词中一路砍杀。他刚开口时，法国警官一脸困惑，听着听着，困惑变成了怀疑。法国人用了几百年的时间锻炼舌头、上颚和喉部，才得以发出美妙如音乐一样的法语发音。现在，这个站在他面前的男人正设法把法语打回原形，变成一系列可怕的、难以理解的噪声。

法国警官再也无法忍受，打断了马克斯。"你——你在说什么？^①"

马克斯回答。"你什么意思？我在说法语。"

法国警官身体前倾，毫不掩饰好奇心，问道："你现在说的是法语？"

马克斯心想，这个傻子竟然不说自己国家的语言。他拿出授权证，递给对方。这位警官把证件看了两遍，然后抬头端详一下马克斯，接着又看证件。法国警官觉得难以相信，站在他面前的这个男人竟然是个警探。

法国警官很不情愿地把证件还给马克斯。"我能帮你什么？"

"我在调查两个月前发生的一起登山事故。死者的名字是萨姆·罗夫。"

警官点点头。"知道，我记得。"

"我想和了解情况的人谈谈。"

"那就找山地营救组织。这家组织是夏蒙尼山地救援组织。你可以在勃朗峰广场找到这家组织。电话号码是531689。诊所里的人或许也知道些情况。诊所在瓦莱州路。电话号码是530182。这样吧，我都给你写下来。"他伸手去

---

① 法国警官开始用英语问马克斯。——编者注

拿笔。

"不必了，"马克斯说，"夏蒙尼山地救援组织，勃朗峰广场，531689。诊所在瓦莱州路，530182。"

马克斯出去好长时间了，法国警官还盯着他走的方向看。

夏蒙尼山地救援组织的负责人是一位黑皮肤、体格健壮的年轻人。他坐在一个破旧的松木桌后面。马克斯进来时他抬起头。他的第一反应是，希望这个相貌怪异的人不是来登山的。

"要我帮忙吗？"年轻人问。

"警探马克斯·霍尔农。"说着他拿出证件。

"我能为你做些什么，霍尔农警探？"

"我在调查萨姆·罗夫的死亡案件。"马克斯说。

坐在桌子后的男人叹了口气。"哦，他呀。我非常喜欢罗夫先生。那是很不幸的事故。"

"你当时在现场吗？"

对方摇摇头。"没有。接到求救信号后，我就带着救援人员赶去，但是我们什么也做不了。罗夫先生掉进了冰缝中，永远都找不到了。"

"怎么会这样？"

"一起登山的有四个人。向导和罗夫先生在后面。就我理解的，他们当时正走在冰碛石上。罗夫先生滑倒，摔了下去。"

"他没有系安全绳？"

"当然系了。他的绳子断了。"

"这样的事情经常发生吗？"

"这不就是一次嘛。"他开了个小小的玩笑，人还笑了，结果抬头看见警探的眼神，赶紧收回笑容。"有经验的登山者通常会仔细检查设备，不过事故依然会发生。"

马克斯一动不动地站着，若有所思地说："我要见见向导。"

"罗夫先生常用的向导那天没有来。"

马克斯眼睛一眨："嗯？为什么没来？"

"我记得他生病了。因此当时换了另一个向导。"

"你知道那个向导叫什么名字吗？"

"如果你愿意等的话，我去给你查查。"

男子走进一个里间。几分钟后，他手里拿着一张纸回来。"向导叫汉斯·伯格曼。"

"我在哪里能找到他？"

"他不是本地人。"他看看字条，说："他来自一个叫莱斯吉斯的村子，离这里大约六十英里。"

在离开沙莫尼之前，马克斯去了一趟克莱恩谢德格酒店，在接待处找到客房服务员。"罗夫先生住在这里时，你在值班吗?"

"是的。"服务员说，"事故很可怕，很可怕。"

"罗夫先生是一个人住这里吗？"

服务员摇摇头。"不，他和一个朋友一起。"

马克斯盯着他。"一个朋友？"

"是的。罗夫先生给他们两个预定了房间。"

"你能告诉我他朋友的名字吗？"

"当然可以。"服务员欣然说。他从桌子下面拿出一个很大的登记簿，开始往后翻。很快他便在某一页停住了，手指从上至下滑着，然后说："哈，找到了……"

马克斯花了近三小时才开到莱斯吉斯村。他开的是一辆大众车，是他能租到的最便宜的。他差一点走过了这个村子。这个地方甚至说不上是个村子，只有几家商店，一栋小小的阿尔卑斯山旅馆，一个杂货店，店前面有一个加油泵。

马克斯把车停在旅馆前，走了进去。好几个人正坐在燃着火的壁炉前聊天。马克斯走进去，说话声也弱了下来。

"对不起，"他说，"我找汉斯·伯格曼先生。"

"谁？"

"汉斯·伯格曼，向导。他是这个村的。"

一位脸上饱经沧桑的老人朝壁炉吐了一口唾沫，说："先生，肯定有人跟你开玩笑。我生在莱斯吉斯村。从来没有听说过什么汉斯·伯格曼。"

第34章

凯特·厄林去世一星期后，这是伊丽莎白第一次去办公室。她走进楼下大厅时心里不由得恐慌，和门卫、警卫打招呼时很机械。在大厅的尽头，工人们正在更换坠毁的电梯。她不禁想起凯特·厄林。她从十二楼一路下坠，摔死，心里肯定很害怕。伊丽莎白感同身受。她知道自己永远都不会再乘坐那部电梯了。

她走进办公室。第二任秘书亨丽埃特已经把邮件打开，规规矩矩地放在她办公桌上。伊丽莎白快速浏览了一遍，开始在一些备忘录上签名，在另外一些上面标问题，然后写上与问题相关的各部门负责人。在这一摞文件下面，有一个很大的没有启封的信封，上面写着"伊丽莎白·罗夫亲启。"伊丽莎白拿过一个启封刀，把信封从顶部划开，拿出了一张8英寸×10英寸的照片。这是一个先天愚型小孩的特写镜头：双眼从头部鼓出来。照片上还附了一张用彩色蜡笔写的字条："这是我漂亮的儿子约翰。你的药让他变成了这样。我要杀了你。"

伊丽莎白手上的字条和照片滑落下来，她发现自己的手在抖。亨丽埃特拿着几份文件走了进来。

"这些需要签字，罗夫——"她看着伊丽莎白脸上的表情，"出什么事了？"

伊丽莎白说："请——请叫威廉斯先生来一下。"她又看向桌上的照片。

罗氏公司不可能做这种可怕的事情。

"确实是我们的错，"里斯承认，"一批药物贴错了标签。我们设法召回了大多数，但是——"他意味深长地举起双手。

"这种事情是多久之前发生的？"

"差不多是四年前。"

"涉及多少人？"

"大约一百。"他看见她脸上的表情，赶紧补充，"他们都拿到了补偿。那些人并非都是这个样子的，利兹。你知道，我们在这方面非常小心。凡能想到的预防措施都用上了，但人终归是凡人，有时候会犯错。"

伊丽莎白一动不动，盯着小男孩的照片。"好可怕。"

"他们不应该让你看这封信。"里斯将手指插入浓密的黑发，"这时翻出这件事真不是时候。我们还有好几件比这还重要的事情。"

伊丽莎白不知道有什么事能比这件事更重要。"是吗？"

"食品及药物管理局做出一项决定，对我们的气体喷雾剂很不利。两年后将完全禁止喷雾剂。"

"对我们有什么影响？"

"会伤到筋骨。这意味着我们不得不关闭分布在世界各地的几家工厂，失去我们最赚钱的部门。"

伊丽莎白想起埃米尔·约普利和他试验的药物，但是她什么都没有说。"还有什么？"

"看早上的报纸了吗？"

"没有。"

"比利时政府一位部长的妻子——范德洛格夫人服用了一些苯纳克山。"

"我们的药？"

"是的。一种抗组胺剂。有原发性高血压的人禁用。我们的标签上有明确的警告。但她无视警告。"

伊丽莎白感觉身体僵硬起来。"她怎么样了？"

里斯接着说："她处于昏迷状态。可能挺不过这一关。报纸报道中说是因为我们公司的产品。世界各地有很多相关订单被取消。食品及药物管理局通知我们，他们正在启动调查。不过，调查将持续至少一年时间，在此期间，我们还可以销售这种药物。"

伊丽莎白坚定地说："我想让这种药退出市场。"

"我们没有理由那么做。这是一种非常有效的药物，可以治疗——"

"还有其他人因这种药而受害吗？"

"有几十万人被这种药治好了。"里斯的声音很冷静，"这是我们最有效的——"

"你没有回答我的问题。"

"有几例，我觉得，没错。但是——"

"我要这种药退出市场。马上。"

他没有动，克制着内心的怒火，然后说："好吧。你想不想知道这样会给公司带来什么样的损失？"

"不想。"伊丽莎白很坚决。

里斯点点头。"到现在为止，你听到的都还算好消息。坏消息是，银行家们想见见你。现在，他们要收回贷款了。"

伊丽莎白一个人在办公室里，想着那个先天愚型小男孩和因为吃了罗氏公司的药而处于昏迷中的女人。伊丽莎白非常清楚，其他的制药公司和罗氏公司一样，都遇到过这种悲剧。报纸几乎每天都有类似事件的报道，但是她的心情从来没有像现在这么糟糕。她觉得自己负有责任。她决定和负责安全的部门领导谈谈，看看能不能有所改进。

这是我漂亮的儿子约翰。

范德洛格夫人处于昏迷中，她可能挺不过这一关。

银行家们想见你。现在，他们要收回贷款了。

她觉得如鲠在喉，好像所有的事情同时朝她围拢过来。她第一次怀疑自己是否有能力应付。负担太重，而且累加的速度又太快。她转动椅子，抬头看着墙上的塞缪尔画像。他看起来无所不能、胸有成竹。但是她知道他困惑过，迷茫过，绝望过。是的，他都挺过来了。她也能挺过来。她是罗夫家的人。

她发现画像有点歪，可能是电梯坠毁造成的。伊丽莎白起身想把画像摆正。她轻轻整理了一下画像，结果挂钩松动，画像掉到地上了。伊丽莎白甚至没有看一下画像。她盯着挂画的地方，墙上粘着一个小窃听器。

凌晨四点，埃米尔·约普利又在加班。最近，加班已经成了他的习惯。尽管伊丽莎白·罗夫没有给他具体的截止日期，但是他知道这个项目对公司有多重要，于是他努力往前赶，想尽可能快地完成。最近，他听到了关于罗氏公司令人不安的消息。公司一直待他不薄，给他丰厚的薪水和充分的自由。他喜欢萨姆·罗夫，也喜欢他的女儿。伊丽莎白·罗夫永远不会知道，晚上的这些加班是埃米尔送给她的礼物。他俯身在小小的办公桌前，忙着检查试验结果——比他预想的还要好。他聚精会神地坐在那儿忙着，没有意识到实验室内笼子里的动物散发出的恶臭，也没有觉得屋子里潮湿得令人难受，更没有发觉时间已经很晚。门开了，值夜班的警卫塞普·诺兰走进来。诺兰不喜欢值夜班：这间人迹罕至的实验室夜里让人感觉怪怪的；笼子里动物的气味让他不舒服。诺兰很好奇：被他们杀死的动物是否都有灵魂，是否会回来，在走廊里游荡。我应该申请特别补助，他想。大楼里的人早就走了，只剩下这个该死的疯子科学家，还有一笼笼的兔子、猫和仓鼠。

"你还需要多长时间，博士？"诺兰问。

约普利抬起头，到这时他才发现诺兰。"什么？"

"如果你还要待一会儿的话，我就给你捎一个三明治或别的什么回来。我要去小商店吃点东西。"

约普利回了一句："只要咖啡，谢谢。"然后，他又开始看图表。

诺兰说："我离开大楼时会随手锁上外面的门，很快就回来。"

约普利压根儿没听见他说什么。

十分钟后，实验室的门开了，一个声音说："埃米尔，你在加班。"

约普利吓了一跳，猛地抬起头。当他看清楚来者时，赶忙站起身来，说："是的，先生。"这个人来看他让他倍感荣幸。

"'青春之泉'项目，绝密，对吧？"

埃米尔犹豫了。罗夫小姐交代过，不能让任何人知道。但是，当然了，她说的不是这位来访者。是他把自己引入公司的，因此埃米尔·约普利微笑着说："是的，先生。绝密。"

"很好。我们保守秘密。进展得怎么样了？"

"非常好，先生。"

来访者很随意地走到一个兔笼子前。埃米尔·约普利跟着他。"有什么需要我给你解释的吗？"

来人笑了。"不用。我对这个计划很熟悉，埃米尔。"来人转身，碰到了架子上的空进料盘。盘子掉到地上。"对不起。"

"先生，不用担心。我来捡。"埃米尔·约普利伸手去捡盘子，结果后脑勺似乎炸裂了，喷射出殷红的一片。他最后看到的是地面朝着他飞速地迎上来。

电话铃不停地响，把伊丽莎白吵醒了。她坐起身，睡意正浓，抬头看了看小床头桌上的数字时钟，凌晨五点。她摸索着取下电话。一个惊慌的声音传来："罗夫小姐吗？我是工厂的警卫人员。一个实验室发生爆炸，完全炸毁了。"

她一下子睡意全无。"有人伤着吗？"

"是的，小姐。有个科学家被烧死了。"

他根本不用对伊丽莎白讲死者是谁。

第35章

警探马克斯·霍尔农在想事情。办公室里充斥着各种声音，打字机的咔嗒声，高嗓门的争论声，电话铃声。但是霍尔农对这一切视而不见，听而不闻。他有着计算机一样的专注力。他在想罗氏公司的规矩，塞缪尔定下的规矩——公司的控制权要保持在家族内部。具有独创性的规矩，还很危险，马克斯不由得想。这让他想起洛伦佐·唐提在一六五六年提出的意大利保险计划：唐提养老保险制度。在这种制度下，每个成员都要投入同等数量的钱，成员死了，活着的人继承他的份额。这提供了一个消灭其他成员的强大动机。罗氏公司也一样：家庭成员可以继承价值数百亿美元的股票，然而他们只有在所有人都同意时才能出售股票，这是很大的诱因。

马克斯知道萨姆·罗夫不同意出售股票，他死了。伊丽莎白·罗夫不同意，她两次险些丧生。事故太多了。马克斯·霍尔农不相信这些事故都是意外。他决定去找总警督施米德。

总警督听了马克斯·霍尔农关于萨姆·罗夫登山事故的汇报后，咆哮起来："只不过是搞错了一个向导的名字。霍尔农，由此很难推导出谋杀案成立。在我的部门，这不是，不可能是谋杀案。"

这位小个子警探很有耐心："我觉得这不只是一个搞错名字的小问题。罗氏公司内部出现了大问题。或许有人认为除掉萨姆·罗夫可以解决这些大问题。"

总警督施米德靠在椅背上，看着警探霍尔农。他认定霍尔农的推理毫无意义。但是一想到能让警探马克斯·霍尔农从眼前消失一阵子，总警督施米德心里就乐开了花。要知道，霍尔农的离开会大大提升整个部门的士气。此外，还有别的原因，那就是马克斯·霍尔农要调查的对象——罗夫这样的权势家族。换作平时，施米德会命令马克斯·霍尔农离这些人远点，要多远有多远。如果警探霍尔农惹恼了他们——他有什么不敢的，他们有足够的权力把他从警察队伍中踢出去，而且没有人会怪罪总警督施米德。这个小个子警探难道不是强加在他头上的吗？于是他对马克斯·霍尔农说："这个案子由你负责，慢慢来。"

马克斯高兴地说："谢谢你。"

马克斯正顺着走廊往办公室走，迎头碰上验尸官。"霍尔农！能借用一下你的记忆力吗？"

马克斯眼睛一眨。"什么事？"

"内河巡逻队刚刚从河里捞出一个女孩。你能去看一眼吗？"

马克斯心一横，说："如你所愿。"

这不是马克斯喜欢的工作，但是他觉得这是职责。

女孩躺在冰冷的太平间的一个冷冰冰的金属抽屉里，金发，不到二十岁或二十岁刚出头。她的身体因泡在水中而有些浮肿，全身赤裸，除了脖子上系着一条红丝带。

"痕迹显示她死前有过性行为。她被勒死，然后抛尸河中。"验尸官解释着。"她的肺部没有积水。我们在她身上找不到任何指纹。你以前见过她吗？"

警探马克斯·霍尔农低头看着女孩的脸，说："没有。"

他说完就离开了，赶去机场的公交车。

第36章

    警探马克斯·霍尔农在撒丁岛的斯梅拉尔达海岸机场降落，租了一辆最便宜的车，菲亚特500，驾车去了奥尔比亚。奥尔比亚与撒丁岛上的其他地区不同，是一个工业城市，郊区分布着各种工厂，有一个城市垃圾场和巨大的废旧汽车场。这些汽车曾经那么漂亮，现在成了无用的陈旧的残骸，只能当废品。世界上每一座城市都有废旧汽车厂，文明的纪念碑，马克斯心里想。

    马克斯到了市中心，把车开到一栋挂着"萨萨里省奥尔比亚市警察局"牌子的大楼前。走进去的那一刻，他感受到了熟悉的认同感和归属感。他向值班的警察出示证件，几分钟后，他被领进警察局长路易吉·费拉罗的办公室。费拉罗站起身，微笑着准备欢迎。当他看清楚来者的模样时，笑容僵住。马克斯给人一种不像"警探"的感觉。

    "能看看你的证件吗？"费拉罗礼貌地问。

    "当然可以。"马克斯说着拿出证件。局长费拉罗仔细把证件的两面都看了，然后才还回去。局长的第一感觉是瑞士警探肯定缺人手。他在办公桌后面坐定，问道："我能帮你什么忙？"

    马克斯开始用流利的意大利语解释。问题是局长费拉罗听了一阵子才明白马克斯在讲什么语言。当他反应过来时，费拉罗有点震惊地举起一只手说："好了！你说英语吗？"

    "当然。"马克斯回答。

    "求你了！我们说英语。"

等马克斯讲完了，局长费拉罗说："先生，你搞错了。我可以告诉你，你这是在浪费时间。我的汽修工已经检查过吉普车。所有人都认为那是一场事故。"

马克斯点点头，丝毫不为所动地说："我还没有见到那辆车。"

局长费拉罗说："很好。现在车在公共车库，正准备出售。我会让我的人带你去。你想看看事故现场吗？"

马克斯眨巴下眼睛说："为什么不呢？"

被局长选中陪马克斯的是警探布鲁诺·坎帕尼亚。"我们已经彻底检查过。那是一场意外。"坎帕尼亚说。

"还不能这么说。"马克斯不同意。

吉普车在车库的一角，前部依然是凹陷的，还有当时蹭上的如今已风干的绿色树汁液痕迹。

"我还没来得及把车修整一下。"汽修工解释道。

马克斯绕着车转了一圈，仔细检查着。"刹车是被怎么动的？"他问。

汽修工说："天哪！你也这么说？！"声音听起来很气愤。"先生，我修车已经二十五年。这辆吉普车是我亲自检查的。最后一次有人动刹车是在吉普车出厂的时候。"

"一定有人动了刹车。"马克斯不让步。

"怎么动的？"汽修工没好气地说。

"我还没弄明白，但是会弄明白的。"马克斯很自信，说着看了吉普车最后一眼，转身走出车库。

警察局长路易吉·费拉罗看着警探布鲁诺·坎帕尼亚，问道："你和他一起都干了什么？"

"我什么都没做。我带他去车库，他在汽修工面前说了一番傻话，然后他说想自己出去转转。"

"难以置信！"

马克斯站在海岸边，盯着翠绿的第勒尼安海，心里想着事。他集中精力，正忙着把各种碎片往一起拼，就像玩巨大的拼图游戏。当你知道每一块碎片应该摆在什么位置时，一切都会利索归位。吉普车是整个拼图游戏中很小但非常重要的部分。刹车已经被专业汽修工检查过。马克斯没有理由怀疑他们的诚实与能力。因此，他接受吉普车的刹车没有动过的事实。伊丽莎白开过吉普车，而且有人想让她死，因此，他也接受吉普车被人动过的事实。虽然这似乎是不可能的，但有人做到了。马克斯面对的是比他更聪明的人。这让办案变得更加有趣。

马克斯走到沙滩上，在一块巨大的石头上坐下，闭上眼睛，又开始凝神聚气，把精力集中在拼图碎片上，移动，分割，重新摆放。

二十分钟后，最后一块碎片咔嗒一声归位。马克斯猛地睁开眼睛。他不无佩服地想，真是妙啊！我必须会会想出这一招的人。

之后，警探马克斯又去了两个地方，第一个在奥尔比亚市郊，第二个在深山区。最后，他赶上了下午晚些时候的飞机飞回苏黎世。

他乘坐的是经济舱。

第37章

罗氏公司安保部门的主管对伊丽莎白说："罗夫小姐，一切都发生得太快了，我们无能为力。等消防设备到位的时候，整个实验室已经没了。"

他们找到埃米尔·约普利被烧焦的尸体遗骸。至于他的配方在爆炸前是否被人拿走，已经无从知晓。

伊丽莎白问："研发楼处于二十四小时监控中，是吗？"

"是的，小姐。我——"

"你负责安保部门多长时间了？"

"五年。我——"

"你被开除了。"

他想抗议，但没说出口。"是，小姐。"

"你手下有多少人？"

"六十五个。"

六十五个！这么多人却救不了埃米尔·约普利。"我会提前二十四小时通知他们，"伊丽莎白说，"我要把他们全部赶走。"

他看了她一会儿。"罗夫小姐，你觉得这样公平吗？"

她不由想起埃米尔·约普利，想起被偷走的无价配方，想起安装在办公室的窃听器。她已经用鞋后跟把窃听器踩碎了。

"出去！"伊丽莎白命令道。

那天早上，她每一分钟都在试图忘掉埃米尔·约普利被烧焦的样子，忘掉他实验室内的动物全部被烧死的惨状。她努力不去想配方丢失给公司带来的潜在损失。对手公司有可能会申请专利，而伊丽莎白只能干着急。这就是<u>丛林</u>。当竞争对手认为你无招架之力的时候，他们就会伺机下手。但做这些的并不是竞争对手，而是一个朋友，一个要命的朋友。

伊丽莎白立刻安排了一支专业保安队伍接手。周围是陌生人让她更有安全感。

她给布鲁塞尔的国际医院打电话，想了解一下比利时那位部长的妻子范德洛格夫人的情况。医院回复说她依然处于昏迷状态，不知道是否能活下来。

伊丽莎白正想着埃米尔·约普利以及先天愚型小男孩和部长的妻子，里斯走了进来。他看着她的脸，轻声说："有那么糟糕吗？"

她痛苦地点点头。

里斯走到她跟前，端详着她。她看起来很累，精疲力竭。他不知道她还能承受多少。他握住她的一只手，轻声说："我能帮忙做些什么？"

什么都能做，伊丽莎白心里说。她非常需要里斯，需要他的力量、帮助和爱。四目相对，她想扑进他怀里，把已经发生的、正在发生的通通告诉他。

里斯问："范德洛格夫人有没有新消息？"

终于，她强忍住。

"没有。"伊丽莎白说。

他问："对《华尔街日报》的报道，你有什么看法？"

"什么报道？"

"你没有看？"

"没有。"

里斯派人去他办公室拿了一份《华尔街日报》。文章列举了罗氏公司最近遇到的麻烦，不过主题是公司需要有经验的人来经营。伊丽莎白把报纸放下。"这篇报道可能对公司造成多少损失？"

里斯耸耸肩。"损失已经造成了，他们只是报道而已。我们还将失去大量市场。我们——"

对讲机嗡嗡响。伊丽莎白按下开关："喂？"

"罗夫小姐，朱利叶斯·巴德吕特先生通过2号线来电。他说情况紧急。"

伊丽莎白抬头看看里斯。她一直在推迟与银行家们的会面。"接进来吧。"她拿起电话,"早上好,巴德吕特先生。"

"早上好。"隔着电话,他的声音干巴巴的,很冷淡。"今天下午你有空吗?"

"嗯,我要——"

"好。四点合适吗?"

伊丽莎白犹豫了一下:"好,四点。"电话里传来干巴巴的沙沙声响,伊丽莎白意识到巴德吕特先生在清嗓子。"听到约普利先生的事,我非常难过。"他加了一句。

报纸上关于爆炸的报道并没有提到约普利的名字。

她慢慢挂上电话,发现里斯正看着她。

"鲨鱼嗅出血腥味了。"里斯说。

伊丽莎白一下午都在接电话。亚历克打来电话:"伊丽莎白,你看今天早上的报纸了吗?"

"看了。"伊丽莎白说,"《华尔街日报》在夸大其词。"

停了一会儿,亚历克又说:"我说的不是《华尔街日报》。《金融时报》头条也报道了罗氏公司,影响很不好。我的电话铃声就没有停过。很多订单被取消了。我们怎么办?"

"我待会儿给你回电话,亚历克。"伊丽莎白承诺。

伊沃打来电话:"亲爱的,我要说的是一则令人震惊的消息,你最好准备一下。"

我已经准备好了,伊丽莎白心里苦笑。"什么消息?"

伊沃回答:"意大利的一个部长几小时前因收受贿赂而被捕。"

伊丽莎白突然预感到什么。"接着讲。"

伊沃不无歉意地说:"这并非我们的错。他贪婪,又不小心,试图携款逃出意大利,结果在机场被抓。警察根据钱的来源找到了我们。"

尽管有所准备,但伊丽莎白还是很震惊,难以相信。"我们为什么贿赂他?"

伊沃实话实说："为了能在意大利做生意。这里都是这样的。我们的错不在于向这位部长行贿——亲爱的——而在于他被抓到了。"

"现在怎么办？"

"我建议尽快约见公司律师，"伊沃说，"不要担心。在意大利，只有穷人才会进监狱。"

查尔斯从巴黎打来电话，听起来很着急。法国媒体铺天盖地地报道罗氏公司。查尔斯催促伊丽莎白趁着公司的声誉还在赶紧把公司卖掉。

"顾客对我们的信任正逐渐减少。"查尔斯说，"如果我们没有顾客的信任，就将没有公司。"

伊丽莎白琢磨着这些电话，银行家们、亲戚，以及媒体。事情一下发生得太多，又太快了。有人在导演着这一切。她必须找出那个人。

那个名字依然在伊丽莎白的私人电话本里，玛丽亚·马丁内利。她是很久以前伊丽莎白在瑞士同班的同学，意大利人，个子高，腿很长。两人时不时地会联系一下。玛丽亚成了一名模特，曾给伊丽莎白写信，说她和意大利米兰的一位报纸出版商订婚了。伊丽莎白用十五分钟时间联系上了玛丽亚。一番令人愉快的寒暄之后，伊丽莎白对着话筒说："你和那位报纸出版商还处于订婚状态？"

"当然啦。托尼一离婚，我们就结婚。"

"玛丽亚，我想让你帮个忙。"

"说吧。"

一个小时后，玛丽亚·马丁内利回电话了。"我打听到你想要的消息了。那个试图携款逃出意大利却被抓的银行家是被人告发的。托尼说有个男人暗中给边境警察报了信。"

"能查出那个男人叫什么吗？"

"伊沃·帕拉齐。"

警探马克斯·霍尔农有一个有趣的发现：罗氏公司的实验室爆炸是有人有意为之的，而爆炸所用的炸药是雷拉尔X。这种炸药专供军方，是普通人接触不到的。让马克斯感兴趣的是，雷拉尔X由罗氏公司的一家工厂生产。马克斯只打了一个电话就查明了是哪家。

巴黎市郊的一家工厂。

下午四点整，瘦削的朱利叶斯·巴德吕特俯身坐到一把椅子里，直奔主题："我们很愿意给你提供便利，罗夫小姐。但是我们对股东负有责任，恐怕得把他们放在优先位置。"

伊丽莎白心里明白，银行家们在取消遗孀和孤儿的抵押赎回权时才会讲这种话。但是这一次，她知道怎么应对巴德吕特先生。

"……董事会因此授意我来通知你，我们银行准备立刻清算罗氏公司的欠款。"

"我得到的通知是，我有九十天时间。"伊丽莎白很平静。

"很不幸的是，我们认为情况有变，变得更加糟糕了。我还要通知你，与你有业务往来的其他银行也是这么决定的。"

如果银行拒绝帮助，那么她就再也没有办法不让公司上市。

"罗夫小姐，很抱歉给你带来这么不好的消息，但我觉得我还是应该亲口告诉你。"

"当然了，你知道罗氏公司依然是一家很强大、很健康的公司。"

朱利叶斯·巴德吕特先生点点头，又说："当然，是一家伟大的公司。"

"然而你却不愿再给我们些时间。"

朱利叶斯·巴德吕特看着她，过了一会儿才说："银行认为你们的问题是可以解决的，罗夫小姐。但是……"他吞吞吐吐。

"但是你们认为没有人能解决？"

"恐怕是这样的。"说着他准备起身。

"要是别的人来当罗氏公司的总裁呢？"伊丽莎白问。

他摇摇头。"我们讨论过这种可能性。我们认为，目前的董事会成员都没有全面的能力来处理——"

她不紧不慢地说："我说的是里斯·威廉斯。"

第38章

泰晤士水上警务分局巡警托马斯·希勒状态不佳。他瞌睡，肚子饿，欲火中烧，而且浑身湿漉漉的；他分不清楚哪一个是他最大的不幸。

瞌睡是因为未婚妻芙洛跟他吵架，整夜都不让他睡；肚子饿是因为她一刻不停地冲他吼，导致他上班迟到，没时间吃东西；欲火中烧是因为她不让他碰；浑身湿漉漉的是因为三十英尺的警船是用于执勤的，不是用于享受的，风把雨水刮进了他栖身的小小驾驶舱。在这样的天气中，一个人能看见的东西很少，能做的事情更少。泰晤士分局负责从达特福德河到斯泰恩斯桥共五十四英里的河道。平时，巡警希勒很享受巡逻，但是今天这种状况不行。该死的女人！他不由得想起芙洛在床上的样子，赤身裸体像一只球胸鸽，冲着他喊叫时巨大的乳房上下直晃。他扫了一眼手表，还有半个小时令人痛苦的巡查就结束了。船已经掉头，往滑铁卢码头返回。他现在只需考虑先做什么：睡觉，吃饭，还是和芙洛亲热一番。三件事一起来也未尝不可，他心里想。他揉揉双眼，想赶走睡意，然后转头看向河面，河水因为下雨涨了，很浑浊，河面被雨水激起小泡泡。

不知从哪里冒出来一个东西，看起来像是肚皮朝上浮着的大白鱼。巡警希勒的第一个想法是：这东西要是被拖上船，肯定会臭得让人受不了。鱼在右舷大约十码处，而船正在驶离它。要是报告上司，这该死的鱼就会延迟他下班的时间。他们得停船打捞，把鱼拽到船上或拖着走。不管哪种方式都会耽误他见芙洛的时间。好吧，他没有必要汇报，要是没看见？要是——船此时正越行

212

越远。

巡警希勒大喊一声："巡佐，右舷二十度漂着一条鱼，看样子像是大鲨鱼。"

一百马力的柴油发动机突然换了节奏，船开始慢下来。巡佐加斯金斯走到他身边，问："在哪儿？"

此时那个模糊的轮廓淹没在雨水中，看不见了。"在那边。"

巡佐加斯金斯犹豫了。他也急着回家。一时间他生出了不理会这条该死的鱼的想法。

"鱼很大，会影响航运吗？"

巡警希勒内心斗争了一番，妥协了。"是的。"他说。

就这样，巡逻船掉转头，慢慢朝鱼刚才出现的地方靠近。令人意想不到的是，那条鱼又现身了，几乎就在船头下方。他们两人站着一动不动，朝下方盯着看。这是一具年轻的金发女子的尸体。

她全身赤裸，除了脖子上系着一条红丝带。

第39章

巡警希勒和巡佐加斯金斯在泰晤士河上捞被害女子尸体的同时，在十英里之外的伦敦，马克斯·霍尔农警探正走进由灰白色大理石建造而成的伦敦警察厅。单单是踏进这座有名的警察厅大门就已经让他心生自豪。大家都有同一种伟大的情谊。他很欣赏警察厅以"手铐"作为他们的电报挂号地址。他还很喜欢英语。他唯一的问题是不知道他们有没有跟他沟通的能力。英国人说起自己的母语来怎么这么奇怪？

接待处的警官问："先生，有什么我能帮你吗？"

马克斯回答："我跟警督戴维森预约过。"

"名字，先生。"

马克斯放慢语速，一个字一个字地说："警督戴维森。"

接待处的警官饶有兴致地看着他："你是警督戴维森？"

"我不是警督戴维森。我叫马克斯·霍尔农。"

接待处的警官不无歉意地说："对不起，先生，你说英语吗？"

五分钟后，马克斯在警督戴维森的办公室就座。后者是一位壮硕的中年男子，气色很好，一口黄牙很不整齐，典型的英国人长相。马克斯乐呵呵地想。

"你在电话上说对亚历克·尼科尔斯爵士感兴趣，说他可能是一起谋杀案的嫌犯。"

"他是六个嫌犯之一。"

警督戴维森盯着他。"脚趾被冻住了？"

马克斯叹了一口气，把刚才的话重复了一遍，说得很慢，很认真。

"这么一回事啊。"警督想了一会儿。"告诉你我会怎么做吧。我会建议你先去C-4刑事记录部门。如果那里没有他的材料，我们再考虑去C-11和C-13——刑事情报处。"

亚历克·尼科尔斯爵士的名字在以上这些地方的档案中都没有出现。不过霍尔农知道在哪里能找到亚历克的信息。

那天大清早，马克斯给在伦敦金融区工作的很多经理打去电话。

他们的反应一模一样。当马克斯报上姓名时，他们先是一阵恐慌，因为在金融区做生意的人都有不宜向外人道的事情，而马克斯·霍尔农作为金融领域的复仇天使的名声众人皆知。但是当马克斯告诉他们他要找的是其他人的时候，这些人简直是满心欢喜地与他合作。

马克斯用两天时间走访了多家银行、金融公司、征信机构，以及重要的统计部门。他感兴趣的不是和这些机构的人交谈，而是和他们的计算机对话。

马克斯是计算机天才。他玩起计算机来像个高手。对马克斯来说，计算机被设置成什么语言都没有问题，因为他什么语言都会。他和数字计算机、低级和高级语言计算机对话。他能熟练操作FORTRAN, FORTRAN IV，大型IBM370型，PDP第十代和第十一代，以及ALGOL 68型计算机。

对商业编程语言COBAL，警察使用的BASIC，以及只用图表和曲线图对话的高速APL等，他都运用自如。马克斯也使用LISP、APT、PL-1等。他与计算机对话用的是二进制代码，用数学单位和CPV单位进行提问，结果是高速运转的打印机以每分钟一千一百行的速度回答他的问题。在有空调的地下室里，巨型计算机像贪得无厌的吸水泵一样收集信息、储存、分析、记忆，现在这些计算机正对着马克斯的耳朵倾吐它们的秘密。

没有什么是神圣的，没有什么是安全的。隐私在当代文明中是妄想，是神话。每一个公民都无处躲藏，隐藏最深的秘密也会被揭露，等着人去看。一个人只要拥有社会保障号码，购买了保险，拥有驾照或银行账户，就会被记录在案；只要交过税，领过失业保险全或福利基金，就会被登记在册；只要享受过医疗保险，按揭买过房子，拥有汽车、自行车，有储蓄账户或支票账户，名字就会储存在计算机中；只要住过院，在军队服过役，有钓鱼或狩猎执照，申请过护照，购置过电话，接入过电力系统，结婚、离婚或出生过，名字就会被记录在计算机中。

如果你知道到哪里找，有足够的耐心，所有的信息都能找到。

马克斯·霍尔农和计算机对话很顺利。计算机不嘲笑马克斯的口音、相貌，也不嘲笑他的举止、穿着。对计算机来说，马克斯是巨人。它们尊重他的才智，敬佩他，爱他。它们愿意把秘密告诉他，与他分享趣事，就像与朋友聊天。

"我们来谈谈亚历克·尼科尔斯爵士。"马克斯说。

计算机开始工作。它们用数字、二进制代码、图表给马克斯生成亚历克爵士的数学画像。两个小时之后，马克斯得到了这个男人的画像：一幅金融方面的画像。

银行收据和已付支票、账单等的副本都摆在他面前。第一个让马克斯不解的是一系列大额支票：全都开给"持票人"，由亚历克·尼科尔斯爵士兑现。这些钱去了哪里？马克斯查找着，想看看亚历克爵士有没有申报商务或个人费用，或者税款减免。没有。他又回头看支出清单：怀特俱乐部，性市场账单，未付……来自约翰·贝茨的睡衣……几内亚……牙医账单，未付……安娜贝勒商店……来自巴黎圣罗兰的一件轻软浴袍……来自白象公司的账单，未付……税单……约翰·温德姆，理发师，未付……来自圣罗兰、左岸的四套裙装……用人工资……

马克斯在计算机中查看车辆牌照中心，试图确定他心中的一个疑问。

没错。亚历克爵士拥有一辆宾利和一辆莫里斯。

账单里缺了点什么，没有汽修方面的账单。

马克斯让计算机继续查找。七年间亚历克爵士没有此类账单。

我们遗漏什么了吗，计算机问。

没有，马克斯回答，你们没有遗漏。

亚历克爵士不用汽修工。他自己会修车。对懂汽修的人来说让电梯或吉普车出事故应该是小事一桩。马克斯仔细研读着"朋友们"放在眼前的神秘数据，其热情不亚于埃及考古学者翻译新发现的象形文字。他又发现了不可思议的事情——亚历克爵士入不敷出。

又一个露出的线头。

马克斯在伦敦金融区的朋友在很多部门都有关系。两天之内，马克斯了解到亚历克爵士从托德·迈克尔斯那里借钱，后者是伦敦苏豪区一家俱乐部的老板。

马克斯找警察局的计算机问了一些问题。计算机聆听着，回答着。是的，我们为你找到了托德·迈克尔斯：他有过几次犯罪指控，但都没有定罪；涉嫌参与敲诈、走私毒品、组织卖淫和放高利贷。

马克斯去了苏豪区，问了计算机更多的问题。他发现亚历克·尼科尔斯爵士并不赌博，但是他妻子赌博。

马克斯问完问题了，心里已经确定亚历克·尼科尔斯爵士被人敲诈了。他需要付账单，非常需要钱。他有价值数百万美元的股票，前提是股票能卖掉。原先妨碍他的是萨姆·罗夫，现在换成了伊丽莎白·罗夫。

亚历克·尼科尔斯爵士有作案动机。

马克斯对里斯·威廉斯进行调查。计算机努力了一番，但是得到的信息非常有限。

计算机告诉马克斯：里斯·威廉斯，男性，出生于威尔士，三十四岁，未婚。罗氏公司的高管。薪水每年八万美元，另有奖金。伦敦储蓄账户余额为两万五千英镑，活期存款账户余额为八千英镑。在苏黎世有一个保险箱，存放的东西不明。消费主要是赊购账户和信用卡，很多花在女性身上。里斯·威廉斯没有犯罪记录；被罗氏公司聘用九年。

这些根本不够，差得还很多，马克斯心想。看起来好像里斯·威廉斯躲在计算机后面玩捉迷藏。马克斯想起来了，在凯特·厄林的葬礼之后，他曾对伊丽莎白进行过询问，而这个男人非常有保护欲。这个男人在保护伊丽莎白·罗夫，在防着谁呢？是他自己吗？

那天晚上六点，马克斯定了飞往罗马的意大利航空公司机票，经济舱。

第40章

伊沃·帕拉齐用将近十年时间谨慎地、高明地构建起复杂的双重生活，连他最亲近的同事都没有发现端倪。

马克斯·霍尔农和他在罗马的计算机朋友们交谈。不到二十四小时，他就与阿纳格拉夫大楼存放关键统计数据和城市管理数据的计算机进行了讨论，还访问了SID的计算机和银行计算机。这些计算机都很欢迎马克斯。

"给我讲讲伊沃·帕拉齐。"马克斯说。

"很乐意。"计算机回答。

对话开始。

来自阿米奇的食品杂货账单……康多蒂大街塞吉奥一家美容店账单……来自安杰洛的一套蓝色西装……卡尔杜奇的鲜花……来自艾琳·加利津的两件晚礼服……古驰的鞋子……璞琪的包包……物业账单……

马克斯一直在看打印出来的资料，检查，分析，评估。有地方看起来不对劲。学费是六个孩子的。

"你搞错了吗？"马克斯问。

"对不起。哪里有错误？"

"伊沃·帕拉齐有三个孩子。你确定是六个孩子的学费？"

"确定。"

"你显示的是，伊沃·帕拉齐的住址在奥杰塔？"

"没错。"

"但是，他一直在支付蒙特米尼亚约大街上一栋公寓的房租。

"是的。"

"有两个伊沃·帕拉齐？"

"没有。是同一人，有两个家。妻子生了三个女儿；多纳泰拉·斯波利尼生了三个儿子。"

在与计算机对话时，马克斯已经弄清楚了伊沃的情妇的品位、年龄、她的理发师的名字，以及非婚生子女的名字。他知道西莫内塔是金发女郎，多纳泰拉的头发是深褐色的。他知道她们的衣服、胸罩、鞋子尺码和花销。

在所有的事项中，有几样很有趣，引起了马克斯的注意，数额不大，但很显眼。一张是关于车床、刨子和锯床的签收单。伊沃·帕拉齐喜欢动手。马克斯不由得想，一个建筑师或许对电梯不陌生。

"伊沃·帕拉齐最近申请了一份大额银行贷款。"计算机告诉马克斯。

"申请成功了吗？"

"没有。银行要求他与妻子联名签署申请单。他撤回了贷款申请。"

"谢谢你。"

马克斯坐上一辆公交车去了EUR区的科技警察局。那里的大型计算机安装在一栋偌大的圆形房子里。

"伊沃·帕拉齐有犯罪记录吗？"马克斯问。

"有。伊沃·帕拉齐二十三岁时被判处人身攻击罪。受害人被送去了医院。帕拉齐在监狱里关了两个月。"

"还有吗？"

"伊沃·帕拉齐在特米尼亚约大街养了一个情妇。"

"谢谢你，我知道。"

"警局收到过邻居的几次投诉。"

"哪方面的投诉？"

"扰民。打架、吵闹。有一天晚上，女方打碎了所有的盘子。这个重要吗？"

"非常重要，谢谢你。"马克斯说。

这样看来，伊沃·帕拉齐脾气暴躁，多纳泰拉·斯波利尼也好不到哪里去。多纳泰拉和伊沃之间发生了什么事吗？她为某件事威胁要揭发他吗？某件事就是他突然去银行申请大额贷款的原因吗？为了保护婚姻、家庭和生活的现状，像伊沃·帕拉齐这样的人又会做出什么事情？

最后一项引起了这位小个子警探的注意——意大利秘密警察财务部门付给了伊沃·帕拉齐一大笔钱，一笔奖励金，是伊沃告发的银行家所携资金的百分之一。如果伊沃·帕拉急于用钱，他还会做什么？

马克斯告别计算机，赶上了法国航空公司的一班午间飞机飞回巴黎。

第41章

从夏尔·戴高乐机场到巴黎圣母院地区，乘坐出租车的费用是七十法郎，不包括小费，而乘坐351路公交车的费用是七点五法郎，没有小费。马克斯·霍尔农警探选择了公交车。他入住了相对便宜的莫布尔酒店，然后开始打电话。

他和手里握有法国公民秘密的人进行交谈。法国人比瑞士人疑心更重，但他们非常愿意同马克斯·霍尔农合作。原因有两个：第一，马克斯·霍尔农在所属领域是位高手，很受人崇敬，他们认为能和这样的人合作是一种荣耀；第二，他们害怕他。对马克斯来说，世上没有秘密可言。这个长相奇特、口音奇怪的小个子男人能把所有人扒个精光。"当然可以。"他们告诉马克斯，"欢迎使用我们的计算机。当然，一切都要保密。"

"当然。"

马克斯顺便去了财政检查部门、里昂信贷银行和国民保险公司，和那里的税务计算机聊天。他还访问了位于罗尼苏布瓦的宪兵队的计算机以及西岱岛警察厅的计算机。

他们像老朋友一样先是一阵愉快地寒暄。"查尔斯和埃莱娜·罗夫-马特尔是什么情况？"马克斯问。

"查尔斯和埃莱娜·罗夫-马特尔，住在维西内区弗朗索瓦街5号，一九七〇年五月二十四日在讷伊的市政厅结婚，没有孩子。埃莱娜离过三次婚，婚前姓罗夫，开户行在蒙田大道的里昂信贷银行，开户名是埃莱娜·罗夫-马特尔，平均余额超过两万法郎。"

"开支呢？"

"来自玛索书店的图书账单……查尔斯·马特尔修复牙根管的医疗账单……查尔斯·马特尔的就医账单……查尔斯·马特尔体检的医疗账单。"

"有诊断结果吗？"

"能等一下吗？我必须和另外一台计算机连线。"

"可以，谢谢。"马克斯等着。

保存着医生诊断报告的计算机开始说话："我有诊断结果。"

"请讲。"

"精神紧张。"

"还有别的吗？"

"大腿和臀部上有几处瘀伤和挫伤。"

"有具体说明吗？"

"没有。"

"请继续。"

"一双来自皮内特鞋店的男鞋……来自罗斯·瓦卢瓦的一顶帽子……福雄的鹅肝酱……卡塔里美容院……马克西姆餐厅，八个人的晚宴……来自克里斯托夫勒的银制餐具……来自苏尔卡的男式浴袍……"马克斯暂停了对话。他觉得有些地方有问题。是这些账单。他看明白了，每一笔消费签名都是罗夫-马特尔太太。男式服装和餐厅的账单——所有的账户都在她的名下。有意思。

很快，第一个线头露出来了。

一个名为"美丽和平"的公司支付了土地印花税。该公司其中一个法人的名字是查尔斯·德桑。查尔斯·德桑的社会保障号码和查尔斯·马特尔的完全一样——有隐情。

"给我讲讲'美丽和平'。"马克斯说。

"'美丽和平'的法人是雷内·杜尚和查尔斯·德桑，后者也叫查尔斯·马特尔。"

222

"'美丽和平'经营什么业务？"

"经营一座葡萄园。"

"公司的注册资本是多少？"

"四百万法郎。"

"查尔斯·马特尔从哪里拿到这笔钱的？"

"从我姑姑家。"

"从你姑姑家？"

"对不起，这是一句法语俚语。准确的说法是市政信贷。"

"葡萄园赚钱了吗？"

"没有。赔了。"

马克斯需要更多的信息。他不停地和计算机朋友们谈交，验证、整合、查询。保险公司的计算机告诉马克斯，查尔斯·马特尔有一份涉嫌保险诈骗的案底。马克斯不由得精神为之一震。

"给我讲讲。"他说。

于是他们开始交谈，你一言我一语，就像两个女人在聊着星期一洗衣服的事。

交谈结束之后，马克斯去见了珠宝商皮埃尔·里绍。

三十分钟后，马克斯已经完全弄清楚埃莱娜·罗夫–马特尔被仿制的珠宝的价值。两百万法郎，正好是查尔斯·马特尔在葡萄园投资的钱数。因此，查尔斯·马特尔在极其绝望中偷了妻子的珠宝。

他还有哪些绝望的行为？

还有一项费用引起了马克斯的兴趣，可能意义不大，但马克斯还是将其分门别类记录在大脑中。这是一张登山靴的购买账单。马克斯犹豫了，因为登山与他对查尔斯·马特尔的印象不符。后者是一个被妻子管控的人，没有自己的赊购账户，名下也没有银行账户，为了投资还要偷钱。

不对！马克斯难以想象查尔斯·马特尔会向一座高山发起挑战。马克斯回到计算机前。

"你昨天给我的蒂姆威尔体育用品商店的账单。我想看看商品详情，拜托。"

223

"没问题。"

商品详情出现在屏幕上。查尔斯·马特尔买的是一双靴子，尺码为36A，女人的尺码。那么，登山人就是埃莱娜·罗夫-马特尔。

萨姆·罗夫在登山时被害。

第42章

阿门戈德街是巴黎一条安静的街道，两边排列着一层或两层的私人住宅，全是带排水槽的斜面屋顶。该街26号是一栋现代化的由玻璃、钢筋和石头组成的建筑，共八层，比周围邻居的住宅都高。这里是国际刑警组织总部，是国际犯罪活动情报交换所。

警探马克斯·霍尔农正在很大的、装有空调的地下室里和一台计算机聊天，一位工作人员走进来，说："他们在楼上看虐杀电影。你想看看吗？"

马克斯抬起头说："我没听懂。什么是虐杀电影？"

"来看看吧。"

三楼放映室里坐着二十几个男女，有不少是国际刑警组织总部的工作人员，还有来自巴黎警察厅的警察分局局长，以及便衣警探和少量穿制服的警察。

国际刑警组织总部的秘书助理勒内·阿尔梅丁正站在房间前部空白的屏幕前讲话。马克斯进来后，在后面找了个座位坐下。

勒内·阿尔梅丁说："……在过去几年里，坊间一直有虐杀电影的传闻，而且越传越邪乎，我们有所耳闻。虐杀电影是一种色情电影，受害者在性交结束时在镜头前被杀害。此前一直没有此类电影存在的确凿证据。理由也是显而易见的。这类电影的目标观众不是大众，是拍给有钱人私下看的，这些有钱人用扭曲的、施虐的场景来满足快感。"勒内·阿尔梅丁小心地摘掉眼镜。"正如我所说，虐杀电影一直以来都只是谣言和猜测。不过，现在不同了。很快，

225

你们会看到一部真实的虐杀电影。"观看者中出现一阵充满期待的骚动。"两天前，帕西发生一起肇事逃逸案，一位男性路人被撞倒，在送往医院途中死亡，目前身份尚未确定。巴黎警察厅警员在他的手提箱里找到了这卷胶片，之后转交给实验室冲洗出来。"他做了一个手势，灯光随之暗下来。影片开始播放。

金发女孩看起来年龄不超过十八岁。她的脸看起来这么年轻，身体尚在发育中，却和一个全身无体毛的大块头男人在床上做着各种挑逗动作，这让人产生一种不真实的感觉。马克斯·霍尔农以前从未见过她，但是他总觉得她似曾相识。他一直盯着她脖子上系的红丝带，好像是见过。一条红丝带。我在哪里见过呢？屏幕上的女孩看起来很陶醉，男人的手开始掐住她的喉咙。女孩脸上的表情从陶醉变成恐惧。她拼命反抗，想挣脱，但是男人的手劲很大。就这样，女孩死去了。镜头拉近，给了她的脸一张特写。影片结束。屋子里的灯突然亮了。马克斯想起来了。

从苏黎世的河里打捞出的那个女孩。

国际刑警组织驻巴黎的总部收到来自欧洲各地的关于紧急询问函的回复电报，共有六件同类谋杀案，地点分别是苏黎世、伦敦、罗马、葡萄牙、汉堡和巴黎。

勒内·阿尔梅丁对马克斯说："所有描述均完全吻合。受害者皆为金发的年轻女性，性交时被掐死，身体赤裸，除了脖子上有一条红丝带。我们面对的是一个连环杀手。这个人有护照，要么很富有，自己掏钱来回跑，要么有报销账户。"

一位便衣警察走进办公室，说："我们撞大运了。这部电影所用的胶片是布鲁塞尔的一家小厂生产的。这一批次的色彩平衡出了问题，所以很好确认。我们正在索要购买胶片的顾客名单。"

马克斯说："等你们拿到后，我很想看看。"

"当然没问题。"勒内·阿尔梅丁满口答应。他端详着这位个子不高的警探，他从来没有见过像马克斯这样的警探。然而，把各个虐杀案联系起来的是马克斯·霍尔农。

"我们欠你一份人情。"阿尔梅丁说。

马克斯·霍尔农盯着他，眨巴下眼睛。"为什么呢？"他反问。

第43章

亚历克·尼科尔斯本不想参加宴会，但是他又不愿意看伊丽莎白孤单地一个人去。他们两人都被安排了讲话。宴会地点是他不喜欢的城市——格拉斯哥。车在酒店门口等着送他们去机场，只等他们找到合适的借口脱身。他已经发过言，但是心思早已不在这里。他很紧张，胃不舒服。某个傻子竟出馊主意上了羊杂碎肚。亚历克几乎没吃。伊丽莎白座位挨着他，说："亚历克，你没事吧？"

"没事。"他拍拍她的手，让她放心。

最后的发言快结束时，一位侍者走到亚历克跟前，低声说："对不起，先生。你有一个长途电话，可以到办公室去接。"

亚历克跟着侍者走出偌大的餐厅，走进接待处后面的小办公室。他拿起电话："喂？"

斯温顿的声音响起："这是给你的最后警告！"电话挂断。

第44章

马克斯·霍尔农警探最后去的一个城市是柏林。

他的计算机朋友们正等着他。马克斯和一台高档的尼克斯道夫计算机对话。这是一台只能通过特殊的打孔卡才能登录的计算机。他和安联保险集团、通用信用保险保护协会，以及威斯巴登的联邦刑事警察局的巨型计算机交谈。联邦刑事警察局是德国犯罪行为情报搜集处。

"我们能为你做什么？"计算机问。

"给我讲讲沃尔瑟·加斯纳。"

计算机开始讲，所有的秘密从头至尾对马克斯·霍尔农都毫无保留，沃尔瑟·加斯纳化身成美丽的数学符号展现在马克斯面前。马克斯就像面对照片一样，把沃尔瑟·加斯纳看得一清二楚，知道他在穿衣、饮酒、吃食，以及酒店方面的品位。他是一个靠女人过活的英俊的滑雪教练，娶了一位比他大很多的千金小姐。

有一个事项让马克斯很好奇：一张开给海森医生的支票，金额是两百马克，支票上写着"咨询费"。关于什么的咨询呢？支票在杜塞尔多夫的德累斯顿银行兑现。十五分钟后，马克斯开始向这家银行的支行经理了解情况。是的，这位支行经理当然知道海森医生——是银行的重要客户。

"他是哪方面的医生？"

"精神科医生。"

马克斯挂了电话，往后一靠，闭上眼睛，开始思考。一个露出的线头。他拿起电话给杜塞尔多夫的海森医生打过去。

接线员很殷勤，告诉马克斯现在不能打扰医生。马克斯一再坚持，海森医生才接了电话。他很不客气地告诉马克斯，他不可能透露患者的信息，也绝对不会在电话上谈这种事情。说完，他挂掉了电话。

马克斯回到计算机前。"给我讲讲海森医生。"他说。

三个小时后，马克斯又给海森医生打电话。

"我刚才给你讲过，"医生没好气地说，"如果你想知道患者的信息，拿着法院的传票来我的办公室找我。"

"眼下我不方便来杜塞尔多夫。"警探马克斯解释着。

"那是你的问题。你还有别的事吗？我很忙。"

"我知道你很忙。我正在看你过去五年的所得税账单。"

"什么意思？"

马克斯说："医生，我不想给你惹麻烦。但是你非法隐瞒了百分之二十的收入。如果你愿意，我可以把有关你的材料转交给德国税务部门，并告诉他们怎么去查。他们可以从你放在慕尼黑的保险箱入手，也可以从你在巴塞尔开设的银行账户入手。"

长时间的沉默。之后医生问："你刚才说你是哪位？"

"瑞士刑事警察局的警探马克斯·霍尔农。"

又一阵沉默。最后医生很礼貌地说："你到底想知道什么？"

马克斯告诉他。

海森医生一开口，就停不下来。是的，他当然记得沃尔瑟·加斯纳。这个人没有预约就闯进来，坚持要见他，还拒绝透露姓名，借口说是替一个朋友咨询病情。

"当然，我立刻警觉起来了。"海森医生对马克斯说，"他描述的是典型的患者不愿或不敢面对病情的症状。"

"什么病？"马克斯问。

"他说他朋友精神分裂，而且有杀人倾向，如果不加以阻止有可能会杀人。他问是否有办法治疗。他说不愿看到朋友被关到精神病院。"

"你怎么给他说的？"

"我当然会告诉他，首先，我必须给他朋友检查一下，有些精神疾病可以通过现代药物或精神干预进行治疗，但有些则不行。我还说像他描述的这种情况，患者可能需要更长时间的治疗。"

"然后呢？"马克斯问。

"没有然后。真的就这些。我再也没有见过他。我倒是想见他，因为他很狂躁。我看得出他找我是来求救的。这就像一位杀人者在受害人的住宅墙上写'拦着我，不要让我再杀人！'"

有一件事马克斯还是想不明白。"医生，你说他不愿透露姓名，但是他给你开了支票，还签了名。"

海森医生解释道："他忘了带钱。对此，他很不安。觉得实在没办法，他才开了支票。我就是这样碰巧知道了他的名字。先生，你还有别的什么事需要了解吗？"

"没有了。"

一个露出的线头在面前晃来荡去，却抓不到，这让马克斯心里很不爽。会抓到的，同时他结束了和计算机的对话。剩下的就看他自己了。

第二天早上，马克斯回到苏黎世，发现办公桌上放着国际刑事警察组织发来的电报，是购买与虐杀电影所用胶片同批次胶片的顾客名单。

名单上有八个名字，其中一个是罗氏公司。

总警督施米德正在听马克斯·霍尔农警探汇报。毋庸置疑，这个幸运的小个子警探误打误撞，又破了个大案子。

"凶手是五个人中的一个。"马克斯说，"他们都有作案动机，而且都有作案时间。电梯坠毁那天他们都在苏黎世参加董事会议，其中一个人在吉普车出车祸时可能还去过撒丁岛。"

总警督施米德皱着眉。"你说有五个嫌犯。除了伊丽莎白·罗夫，只有四个董事会成员。你说的另一个嫌犯是谁？"

马克斯眨巴下眼睛，很有耐心地说："萨姆·罗夫被害时和他在一起的那个人。里斯·威廉斯。"

第45章

里斯·威廉斯夫人。

伊丽莎白无法相信这一切，从始至终都有一种不真实感，有点像美妙的少女梦。伊丽莎白记得曾在练习本上一遍又一遍地写"里斯·威廉斯夫人，里斯·威廉斯夫人"。她不由低头看着手指上的结婚戒指。

里斯问："你在笑什么？"他们此时在豪华波音707-320上，在大西洋上三万五千英尺的高空。他坐在她对面的安乐椅上，吃着伊朗鱼子酱，喝着加冰的唐·培里侬香槟王，这简直就是电影《甜蜜的生活》的情景再现，所以伊丽莎白才大笑。

里斯微笑着。"是我说了什么？"

伊丽莎白摇摇头。她看着他，惊叹于他——她的丈夫的魅力。"只是高兴而已。"

他永远不会知道她有多么高兴。她该怎么告诉他这桩婚姻对她的重要性？他不会理解的，因为对里斯来说，这不是一桩婚姻，而是一份商业救急方案。但是她爱里斯。在伊丽莎白心里，她一直爱着他。余生她想和他一起度过，给他生孩子，归属于他，也让他属于她。伊丽莎白再次看着里斯，心中不由得生出一丝苦涩：首先，我要解决一个小问题，得想办法让他爱上我。

和朱利叶斯·巴德吕特会见当天，伊丽莎白向里斯求婚。在这位银行家离开后，伊丽莎白仔细整理了头发，然后走进里斯的办公室，深吸一口气说：

"里斯——你愿意娶我吗？"

她看见他满脸惊讶。为了表现得冷静、干脆利落，她在他开口之前急忙说："这样做纯粹出于商业目的。你接任罗氏公司总裁，银行就会延长我们的贷款还款期限。你当总裁的唯一途径是，"让伊丽莎白不舒服的是声音竟然嘶哑起来，"是娶罗夫家的人。而我——我是唯一的人选。"

她感觉自己脸红了。她不敢看他。

"当然了，这不是一桩真正的婚姻。"伊丽莎白说，"在某种意义上——我的意思是——你是自由的——随你所愿，来去自由。"

他看着她，没有接她的话茬。伊丽莎白真希望他说点什么，什么都行。

"里斯——"

"对不起。你让我很惊讶。"他面带微笑，"男人可不是每天都能听到漂亮女孩求婚的。"

他微笑着，想拒绝她，又不想伤害她："对不起，伊丽莎白，但是——"

"就这么定了。"

里斯答应了。伊丽莎白突然觉得压在心头的东西被搬开了。直到那一刻她才意识到他的同意有多么重要。她现在已经争取到查找敌人的时间。和里斯一道，她可以阻止所有正在发生的可怕事情。有一件事她必须向他说清楚。

"你将是公司总裁，"她说，"但是控股权依然在我手上。"

里斯皱起眉头。"是不是由我经营公司——"

"是的。"伊丽莎白向他保证。

"而控股权——"

"依然在我名下。我想确保股票不会被卖掉。"

"明白。"

她能感觉到他不认同后一意见。她想告诉他其实她已经想好了。她打算让公司上市，董事会成员可以出售股票。有里斯当总裁，伊丽莎白再也不用害怕外人进来后会接管公司。里斯很强大，足以应付这些。但是在公司上市之前，伊丽莎白必须先找出是谁在破坏公司。她非常想把这一切都告诉里斯，但是又知道现在时机还不成熟。于是她只说了句"除此之外，你拥有全部控制权"。

里斯一动不动地站着，一言不发地看着她。这样似乎过了很长时间，他才开口说："你想什么时候结婚？"

"尽快。"

除了安娜和沃尔瑟生病在家之外，所有人都来苏黎世参加婚礼了，亚历克和维维安，埃莱娜和查尔斯，西莫内塔和伊沃。他们似乎都为伊丽莎白感到高兴，他们的快乐让她觉得自己像个骗子。她不是在举行婚礼，而是在做一桩生意。

亚历克拥抱着她："你知道，我希望你一切都好。"

"我知道，亚历克。谢谢你。"

伊沃很兴奋。"亲爱的，我要送给你世上最美好的祝福。'找到财富是乞丐的梦想，而找到爱情是国王的梦想。'"

伊丽莎白微微一笑。"这是谁的名言？"

"我的，"伊沃大声说，"我希望里斯明白他是多么幸运的男人。"

"我一直都这么给他讲。"她愉快地说。

埃莱娜把伊丽莎白拉到一边。"亲爱的，你可真是惊喜不断。我都不知道你和里斯互相有兴趣。"

"事发突然。"

埃莱娜很冷静地看着她，眼神里有猜测。"是的，我相信是这样的。"说完她就走开了。

在婚礼之后，婚宴在巴尔拉克酒店举办。表面上看，一切都是快乐的、喜庆的，伊丽莎白却感觉到暗潮涌动。房间里有某种邪恶的东西，有人在诅咒。但是她看不出那个人是谁。她只知道屋子里有人恨她。她心里能感觉到，但当她环顾四周时，看到的人都面带微笑，很友好。查尔斯正举杯向她祝福……伊丽莎白已经拿到实验室爆炸的检查报告。炸药是巴黎市郊的一家工厂制造的。

伊沃，时常喜笑颜开的一个人……试图携款逃出意大利的银行家被人告发。暗中通知边境警察的人，正是伊沃·帕拉齐。

亚历克？沃尔瑟？到底是哪个人？伊丽莎白心里掂量着。

第二天早上召开董事会议，里斯·威廉斯以全票当选为罗氏公司总裁和首席运营官。查尔斯说出了所有人的心声："现在由你运营公司，我们可以出售股票吗？"

伊丽莎白可以感觉到屋子里气氛突然凝重起来。

"控股权依然在伊丽莎白手上。"里斯对他们说，"这件事由她决定。"

所有人都看向伊丽莎白。

"我们不会上市。"她大声宣布。

最后，办公室内只剩下伊丽莎白和里斯。里斯问："去里约度蜜月，你觉得怎么样？"

伊丽莎白看着他，心中一阵狂喜。他语气平淡地接着说："那里的经理威胁着要辞职，但我们不能失去他。我计划明天飞过去把事情处理一下。如果我没带新娘，那会很怪异。"

伊丽莎白点点头："是的，当然可以。"但她心里却对自己说，你就是个傻子。与里斯结婚是你的主意。这是一个约定，不是婚姻。你无权期望里斯做任何事情。同时，她内心深处有一个微弱的声音却说：谁知道会发生什么呢……

他们在加利昂机场下了飞机，天气出奇地暖和，伊丽莎白这才意识到里约是夏天。一辆奔驰600正在等着他们。司机快三十岁了，很瘦，皮肤黝黑。两人上了车，里斯问司机："路易斯在哪里？"

"路易斯生病了，威廉斯先生。我来为您和夫人开车。"

"和路易斯说我希望他快点好起来。"

司机从后视镜里看着他们："我会的。"

半小时之后，他们上了沿科帕卡瓦纳海滩伸展的海滨大道。大道宽阔，铺着彩色地砖。车在具有现代气派的休格洛夫公主酒店前停下。不一会儿，两人的行李也运到了。有人领他们走进了一个豪华套房，里面有四个卧室，一个漂亮的客厅，一个厨房，还有一个很大的可以俯瞰海湾的阳台。套房里有插着鲜花的银花瓶，有香槟、威士忌，还有一盒盒巧克力。领他们去套房的是经理本人。

"如果有什么我们能做的——任何事情——我全天二十四小时亲自为你们

服务。"说完，他退了出去。

"他们真的很贴心。"伊丽莎白赞叹道。

里斯不由得大笑起来，对她说："他们应该这样做的。这是你的酒店。"

伊丽莎白感觉脸红了。"哦。我——我不知道。"

"饿吗？"

"我——不饿，谢谢你。"伊丽莎白说。

"喝点葡萄酒？"

"好的，谢谢。"

在她听来，自己的声音很生硬，不自然。她不知道自己该怎么做，也不知道里斯会期待什么。突然之间，他成了陌生人。酒店蜜月房里只剩下他们两个，天色渐渐变暗了，他们很快该上床了。想到这些，她感觉很不自在。

她看着里斯熟练地打开一瓶香槟酒。他做什么都看起来很熟练，从容自信，只有知道自己想要什么而且能够得到的人才会这样。他想要什么？

里斯递给伊丽莎白一杯香槟，举起酒杯说："祝开局顺利！"

"祝开局顺利！"伊丽莎白附和着。祝结局幸福，她默默地加了一句。

两人开始喝酒。

我们应该把酒杯摔到壁炉里去，以示庆祝，伊丽莎白心下想。她把剩下的香槟一饮而尽。

他们来里约度蜜月。她想要里斯，不只是现在，而是永远。

电话铃响了。里斯拿起电话，简短地说了几句，然后挂了电话，对伊丽莎白说："天色已晚，你要不要上床休息？"

对伊丽莎白来说，"床"这个发音很重，悬在半空中。

"好的。"她弱弱地应了一句，说完转身走进卧室。门童已经把行李拿过来了。卧室中央是一个很大的双人床。服务员已经把他们的行李打开，把床铺好了。床的一侧放着伊丽莎白的丝绸睡衣，另一侧放着一套男人的睡衣。她犹豫片刻，开始脱衣服。她脱得一件不剩，然后走进装有大镜子的更衣室，很仔细地卸了妆，然后用一个土耳其毛巾裹住头，走进浴室，开始洗澡。她慢慢地在身上打着泡泡，让温热的肥皂水如暖暖的湿润的手指一般，游走在双乳间，顺着腹部和大腿往下滑动。她尽情地感受着。

洗澡的时候，她心里一直在想着里斯，别的什么都想不了。她想象着他抱着自己，身体压着自己。她嫁给里斯是为了救公司，还是为了得到他而找的借口？她再也分辨不出来了。她满心的渴望变成了滚烫的销蚀一切的需要。就好像这么多年以来，那个十五岁的女孩一直在等着他，只是女孩自己没有发觉罢了。需要变成饥渴。她结束淋浴，用一条软软的、暖暖的毛巾把自己擦干，穿上丝绸睡衣，把头发披散开来。她躺在床上等着，想象着接下来会发生什么，很好奇他会怎样做。她发现自己心跳开始加快。听见动静后，她抬起头。里斯站在门口，穿戴整齐。

"我现在出去一下。"他说。

伊丽莎白一下子坐起来。"你——你要去哪里？"

"生意上的事，我得去处理一下。"说完，他走了。

伊丽莎白一夜没睡，辗转反侧，心里各种想法在打架：一会儿对自己说里斯遵守约定她很感激，一会儿又觉得刚才那样想很傻，一会儿又为他不搭理自己而生气。

天亮时伊丽莎白听到里斯回来了。听见他走进卧室，伊丽莎白赶紧闭上眼睛，假装睡着了。里斯走到床边，伊丽莎白能感觉到他的呼吸。他只是站着，看了她很长时间，然后转身走进了另一间卧室。

不一会儿，伊丽莎白睡着了。

第二天早上晚些时候，他们在阳台上等候吃早餐。里斯很高兴，话很多，给她讲狂欢节时这座城市的样子。但是他没有主动提起昨天晚上去了哪里，伊丽莎白也没有问。一个侍者送来他们的早餐。伊丽莎白注意到侍者换成了另一个人。她没想那么多。不断有服务员进出套房，她也没上心。

伊丽莎白和里斯来到了里约郊区的罗氏公司的工厂，正坐在工厂经理塞诺·图马斯的办公室里。后者是一位中年男子，长着一张青蛙脸，此时正汗如雨下。

中年男子在对里斯说："你肯定能理解我。罗氏公司对我来说比生命都重要。这里是我的家。我离开这里，就像是离开了家，我的心有一部分被撕掉。

在这个世界上，我最想去的地方就是这里。"他停下来擦擦额头，"但是别的公司给了我一份更好的工作，我还有妻子、孩子，以及老丈母娘要照顾。你能理解我吗？"

里斯身体往后靠在椅子上，腿很随意地往前伸着。"当然理解，塞诺。我知道我们公司对你来说有多重要。你在这里工作的时间也不短了。当然，男人得考虑家庭。"

"谢谢你。"图马斯很感激，"我就知道你会理解我的，里斯。"

"你和我们的合同怎么办？"

图马斯耸耸肩。"一张纸而已。我们可以撕掉它，不是吗？一个人要是心里不痛快，与他签订合同又有什么意义？"

里斯点点头。"所以我们才飞到这里，图马斯——为的就是让你心里痛快。"

图马斯叹了口气。"唉，只是一切都太晚了。我已经答应去这家公司工作了。"

"他们知道你要进监狱吗？"里斯漫不经心地问道。

图马斯瞪眼看着他。"监狱？"

里斯解释道："美国政府已经下令，有海外业务的公司必须提交过去十年对外贿赂的清单。不幸的是，你犯的事太多，图马斯。你违反了好几条法律。我们本来计划要保护你——你是这个家庭的忠实一员——但是你如果离开了，我们就没有理由这么做了，对吧？"

图马斯脸色一下子变得煞白。"但是——但是这些都是为了公司我才做的。"他抗议着，"我只是在执行命令。"

里斯不无同情地点点头。"确实如此。你可以在审判时向政府解释。"说着他站起身对伊丽莎白说："我们该回去了。"

"等等，"图马斯大喊一声，"你不能一走了之，不能就这样离开。"

里斯说："我觉得你搞错了。离开的人是你。"

图马斯又开始擦额头，嘴唇控制不住地抽搐着。他走到窗户前，往外看着。房间里寂静无声。最后，他转过身："如果我待在公司，我会得到保护吗？""一如既往。"里斯向他保证。

他们上了奔驰车。还是那位瘦瘦的皮肤黝黑的司机开车，把他们送回城市。"你在胁迫他。"伊丽莎白说。

里斯点点头。"我们不能失去他。他要去的是一家竞争对手的公司。他对我们的业务知道得太多了，会出卖我们的。"

伊丽莎白看着里斯，心下想：对他，我要了解的多着呢。

那天晚上，他们去米朗德餐厅吃的晚餐。里斯富有魅力，说话风趣，却让人琢磨不透他的真实想法。伊丽莎白感觉他像是躲在语言的背后，以语言为烟幕弹隐藏着自己的真情实感。吃完晚餐，已经是半夜。伊丽莎白想和里斯单独待着，希望回酒店。他却说："我带你去感受下里约的夜生活吧。"

他们去了好几家夜总会，所有人似乎都认识里斯。无论他们去哪里，他都是众人瞩目的中心，吸引着所有人。他们受邀去其他桌上坐，也有人过来和他们坐一桌。伊丽莎白和里斯根本没有单独相处的时候。她觉得这都是里斯有意为之的，里斯有意把人当墙挡在两人中间。他们以前是朋友，现在是——什么关系呢？伊丽莎白感觉到两人之间有无形的障碍。他在怕什么，为什么怕？

在第四家夜总会里，他们和里斯的好几位朋友坐一桌。此时伊丽莎白有点受够了。里斯正和一位漂亮的西班牙女孩说话时，伊丽莎白打断了他们："我想和我丈夫跳一曲，相信你不会介意。"

里斯有点吃惊，抬头看看她，赶紧站起身。"恐怕我冷落了我的新娘。"他轻声向其他人解释着，然后挽起伊丽莎白的胳膊，领着她进了舞池。她身体挺得笔直。他看看她的脸色，说："你生气了。"

他说得没错。但她是在生自己的气。规矩是她定的，现在她却因为里斯不肯坏规矩而生气。当然了，她生气的还不止这些。她生气还因为她不知道里斯心里是怎么想的。他信守约定是因为荣誉感，还是因为对她压根儿没有兴趣？她必须弄明白。

里斯接着说："利兹，我为这些人向你道歉，但他们都是生意场上的人，总会以这种或那种方式帮到我们。"

这么说来，他注意到她的情绪了。她感觉到他的胳膊在抱着她，身体贴着她。她心想，这感觉就对了。在她看来，里斯与自己是完全合拍的。他们属于彼此。这一点她是确信的。但是他知道她有多想要他吗？伊丽莎白的自尊心不允许自己告诉他。不过，他一定也感觉到了什么。她闭上眼睛，紧紧地贴在他身上。时间静止，除了他们两个、轻柔的音乐和这一刻神奇的感觉，其他什么都不存在。她希望永远在里斯的怀里跳下去。她终于放松下来，完全靠在他身上，开始感觉到他身体变化。她睁开眼，抬头看着他。他眼中有一种她从未见过的东西：很迫切，很渴望。她又何尝不是如此。

他声音嘶哑地说："我们回酒店吧。"

她已经说不了话。

他帮她穿好披肩。他的手指烫到了她的皮肤。他们在豪华轿车后座上保持距离，不敢有触碰。伊丽莎白觉得自己好像着了火。她觉得经过了很长很长的时间才到了套房。她一刻都等不及。门一关上，他们就饥渴地疯狂抱到一起。她在他的怀里，感受着他的热情，从未有过的感觉。他抱起她来到卧室。两人着急得甚至来不及脱衣服。我们就像馋嘴的小孩，伊丽莎白不由得想。里斯为什么撑了这么久，她想知道。但这一切都不重要了。两人赤身裸体，不断靠近，那种感觉真奇妙。其他的都不重要。他们在床上，互相探索着。伊丽莎白从他怀里轻轻挣脱出来，开始吻他，她用双唇拥抱他。她迎合着他的节奏，这是他们的节奏，宇宙的节奏，一切都开始旋转得越来越快，再也控制不住，直至巅峰，然后传来一声巨响，地球又归于寂静与安详。

他们躺在床上，紧紧地抱在一起。伊丽莎白幸福地想着，里斯·威廉斯夫人。

第46章

"对不起，威廉斯夫人，"对讲机里传来亨丽埃特的声音，"有一个叫霍尔农的警探要见你。他说情况紧急。"

伊丽莎白困惑地扭头看着里斯。他们昨天晚上才从里约回到苏黎世，到办公室只有几分钟。里斯耸耸肩。"告诉她把他带进来。让我们看看什么事这么紧急。"

不一会儿，他们三个人在伊丽莎白的办公室内落座。"你见我有什么事？"伊丽莎白问。

马克斯·霍尔农没有客套。他说："有人要害你。"看着伊丽莎白的脸色变苍白，马克斯很苦恼，后悔没能说得委婉一些。

里斯·威廉斯说："你到底在说什么？"

马克斯接着对伊丽莎白说："那个人已经尝试两次要你的命，他以后可能还会尝试。"

伊丽莎白说话都不利索了。"我——你肯定是搞错了。"

"没有错，夫人。电梯事故是为了杀你。"

她说不出话来，看着他。她黑色的眼睛里有不解，还有埋得很深的东西，但马克斯一时无法看懂。他说："吉普车事故也是为了杀你。"

伊丽莎白终于又说出话来："你错了。那是一场意外。吉普车一点问题都没有。撒丁岛的警察检查过。"

"这话不对。"

240

"我亲眼看他们检查的。"伊丽莎白坚持着。

"不是这样的，夫人。你确实看着他们检查了一辆吉普车。但那辆不是你的。"

现在换成他们两人盯着马克斯。

马克斯接着说："你的吉普车从来没有进过那个车库。我在奥尔比亚的废旧汽车场找到了你的车。主气缸的密封螺帽被人松动过，制动液已经流光了，所以你无法刹车。左前方的保险杠被撞得凹进去，上面还有撞上树时擦上的绿色汁液痕迹。实验室检查过了，你的车就是这辆。"

噩梦回来了。伊丽莎白又被那种感觉充斥全身，就像封藏恐惧的闸门突然打开，心里再次充满她在山间飞驰时的恐惧。

里斯开口了："我不理解。怎么会有人——"

马克斯扭头看向里斯。"所有的吉普车几乎都长一个样子。让他们安心的就是这一点。她只是出了车祸，并没有从山上滚落坠海，他们迫不得已临时想出了这招。他们不能让人检查那辆吉普车，整件事必须伪装成车祸。他们本来以为车会掉进海里。他们本来打算就地解决她，但是维修队赶来了，还把她送到了医院。他们必须找到另外一辆吉普车，把车撞毁，然后在警察到来之前调包。"

里斯说："你一直在说'他们'。"

"因为事故背后还有指使的人。"

"谁——谁想杀我？"伊丽莎白问。

"与杀死你父亲的是同一人。"

她突然感觉很不真实，好像这一切都未发生。这一切只是个噩梦，都会过去的。

"你父亲是被人害死的，"马克斯接着说，"他中了假导游的圈套，被假导游陷害了。你父亲不是一个人去沙莫尼的。有人和他一起去了。"

伊丽莎白再次开口的时候，声音很低："谁？"

马克斯看着里斯："你的丈夫。"

这些话在她耳边回响，隐隐约约地，仿佛从遥远的地方传来。她不知道自己是否精神错乱了。

"利兹，"里斯对她说，"萨姆被害时我没有跟他在一起。"

"威廉斯先生，萨姆在沙莫尼时你曾跟他在一起。"马克斯说。

"这倒是真的，"里斯对着伊丽莎白说，"但我在他登山之前离开了。"

她转身看着他。"你为什么不告诉我？"

他犹豫了一下，然后决然地说："这是一件我不能和任何人说起的事情。在过去的一年里，有人一直在蓄意破坏罗氏公司，做得很高明，乍一看那些事件全是意外事故。但是我看到了相似的套路。于是我去找萨姆商量，然后我们决定雇外部机构进行调查。"

伊丽莎白知道接下来发生了什么，心里不禁一阵轻松，同时又一阵愧疚。里斯一直都知道报告的事情。她本该充分相信他，把一切都告诉他，而不是一个人守着秘密担惊受怕。

里斯扭头看向马克斯·霍尔农："萨姆·罗夫拿到的调查报告，证实了我的判断。他让我去沙莫尼和他商量这件事。我去了。我们决定找出幕后黑手，约定在查明之前此事仅限于我们两人知道。"他接着讲，语气中逐渐有了一股愤恨："很明显，消息保守得不够严密。幕后黑手知道我们在调查他，于是杀害萨姆。报告也丢了。"

"报告在我手上。"伊丽莎白说。里斯惊讶地看着她。"报告和萨姆的个人物品放在一起寄给我了。"她对马克斯说，"报告里说，幕后黑手是董事会的人。但是董事会成员都有公司的股票，为什么要毁掉公司呢？"

马克斯解释："威廉斯夫人，他们并不是想毁掉公司。他们是想制造足够多的麻烦，让银行紧张，然后收回他们的贷款，从而迫使你父亲公开发行股票，让公司上市。在背后操纵这一系列事的人还没有得到他想要的。所以，你依然处在危险中。"

"你们警察应该对她进行保护。"里斯赶紧说。

马克斯眨巴下眼睛，语气平淡地说："威廉斯先生，这一点并不需要担心。她从跟你结婚起，就没有脱离过我们的视线。"

第47章

　　疼痛难以忍受，但是他已经在这种痛苦中度过了四个星期。

　　医生留了一些药片，但是沃尔瑟·加斯纳不敢吃。他必须时时保持警惕，以防安娜再来杀他或逃跑。

　　"你应该马上去医院，"医生告诉他，"你现在失血过多——"

　　"不！"医院是沃尔瑟最不想去的地方。刀伤会上报给警察。沃尔瑟已经派人去叫公司的医生，因为他不想让警察知道。沃尔瑟不愿意让警察来他家里四处窥探。至少，现在不行。医生默默地缝着裂开的伤口，眼里满是好奇。缝好以后，他问："加斯纳先生，需要我派一名护士过来吗？"

　　"不需要。我的——我的妻子会照顾我。"

　　那件事已经是一个月前发生的了。沃尔瑟给秘书打电话，告诉她自己出了事，需要待在家里。

　　他想着那个可怕的时刻：安娜拿着一把大剪刀要杀了他，幸亏他转身及时，才没被刺到心脏，而是被刺到肩膀上。他又疼又震惊，差点晕过去。他强撑着把安娜拖回卧室，锁在里面。整个过程中她一直在喊叫："你对孩子们做什么了？你对孩子们做什么了？……"

　　从那以后，沃尔瑟一直把安娜锁在卧室里。他给她准备一日三餐。他用托盘端着饭来安娜的房间，打开锁，进门。她总是蜷缩在角落，躲着他，嘴里喃喃喃地说着："你对孩子们做什么了？"

有时候他打开卧室门，会发现她将耳朵贴在墙上，似乎在捕捉他们的儿子和女儿的动静。房子里现在很安静，只有他们两个。沃尔瑟知道剩下的时间不多了。他的思绪被一阵微弱的声响打断。他支棱着耳朵听，又听到了。有人在楼上的过道来回走动。但房子里不该有其他人。他亲自把所有的门都锁上了。

楼上，弗劳·门德勒正在打扫房间。她是日工，今天是第二次来这里工作。她不喜欢这里。上星期三她来这里干活，加斯纳先生一直都跟在她身后，好像怕她偷东西似的。她本想上楼清扫，却被他愤怒地阻止，还给她结了工资，撵她走。他的样子让她害怕。

今天她还没有看到他，谢天谢地。门德勒女士用上星期拿到的钥匙打开门，进入房子，上了楼。房子里出奇地安静，她以为家里没人。她清扫一间卧室时发现散落的一些零钱和一个金药盒。然后她顺着过道走到下一个卧室，试着开门，却发现门锁着——好奇怪。她想知道他们是否在里面放了贵重物品。她扭转把手，听到门后面传来一个女人很轻的声音，"谁？"

门德勒女士吓了一跳，猛地把手缩了回来。

"谁？谁在外面？"

"弗劳·门德勒，清洁工。需要我整理卧室吗？"

"你进不来。我被锁在里面了。"里面的人说话声音现在大了点，情绪很激动。"帮帮我！求你！给警察打电话，告诉他们我丈夫杀死了我们的孩子。他要杀我。快点！赶紧离开这里，趁着他还没——"

一只手猛地把门德勒拨转过来，她和加斯纳先生打了个照面。他看起来面无人色。

"你在这里鬼鬼祟祟地干什么？"他问。他抓着她，把她的胳膊都弄疼了。

"我——我没有鬼鬼祟祟。"她辩解，"今天是我清理房间的日子。代理公司——"

"我已经告诉代理公司这里不需要人。我——"他停了下来。他确实给代理公司打电话了吗？他想过要打，但是疼得厉害，实在想不起来是否打过电话。弗劳·门德勒怔怔地看看他的眼睛，他的眼神把她吓坏了。

244

"他们没有告诉我不用来了。"她说。

他一动不动地站着，想要分辨锁上的门后面有什么声响——没有动静。

他转身对弗劳·门德勒说："出去。再也不要来了。"

她巴不得赶紧离开这栋房子。他没有付她工资，但是她有金药盒和在抽屉里找到的硬币。她觉得对不住屋里的那位可怜女人。她想帮她，但是不敢，因为她有犯罪前科。

在苏黎世，警探马克斯·霍尔农正在看一份从巴黎国际刑警总部发来的电报。

罗氏公司对公账户确实有购买虐杀电影所用胶片的发票号码。采购员已从公司离职。总部正在尽力追查中，会及时通知你。完毕。

在巴黎，警方从塞纳河捞上来一个裸体女尸，金发，不到二十岁，脖子上系着一条红丝带。

在苏黎世，伊丽莎白·罗夫·威廉斯处于警方二十四小时的保护之中。

第48章

白色的灯在闪动，里斯有私人电话打进来。知道这个号码的人不超过六个。他拿起电话："你好。"

"早上好，亲爱的。"没错，是那个沙哑、独特的声音。

"你不应该给我打电话。"

对方大笑起来。"你过去可不怕这个。不要告诉我伊丽莎白已经把你驯服。"

"你想怎样？"里斯问。

"我想今天下午见见你。"

"不可能。"

"别把我惹毛了，里斯。要不要我来苏黎世或者——"

"不要。我不能在这里见你。"他犹豫了一下。"我过去。"

"那样更好。老地方见，亲爱的。"

埃莱娜·罗夫-马特尔挂掉电话。

里斯慢慢地放下话筒，陷入沉思。他与这位令人心动的女人曾有过短暂的风流，已经结束有一段时间了。但是埃莱娜不是一个会轻易撒手的女人。她现在厌倦了查尔斯，她想要里斯。"你和我将会组成完美的团队。"她曾这样说过，而且她说到做到，非常危险。里斯认为自己有必要去趟巴黎。他必须让她彻底明白他们两人之间不可能再有什么。

不一会儿，他走进伊丽莎白的办公室。伊丽莎白因此眼前一亮，她伸出胳膊抱住他，轻声说："我一直在想你。我们回家，今天下午'逃课'吧。"

他咧嘴一笑。"你成了个性欲狂。"

她抱得更紧。"我知道。这样不好吗？"

"恐怕今天下午我得飞趟巴黎，利兹。"

她努力掩盖失望。"我和你一起去，好吗？"

"不用。只是一点业务问题。我今晚就回来。我们晚些时候吃晚餐。"

里斯走进左岸那个熟悉的小酒店。埃莱娜已经到了，坐在餐厅里等他。里斯从没有见她迟到过。她做事有条理，能力强，漂亮，聪明，是个很出色的情人，但是她身上缺失了什么。埃莱娜没有身为女人的怜悯之心。她有一种杀手的天性，冷酷无情。里斯曾亲眼看见有人被她这种冷酷伤害。他不想成为她的牺牲品。他在桌子旁坐下来。

她开口道："亲爱的，你看起来气色很好。婚姻很适合你。伊丽莎白在床上把你照顾得可好？"

他微微一笑，掐掉话语中的锋芒。"这不关你的事。"

埃莱娜身体前倾，抓住他的一只手。"哈哈，但是我觉得是……亲爱的，是我们的事。"

她开始抚摸他的手。他不由得想起她在床上的样子：一只老虎，疯狂，有技巧，难以满足。他抽回了自己的手。

埃莱娜的神色变得冷淡。她说："告诉我，里斯，当上罗氏公司的总裁，感觉如何？"

他几乎忘记了她多么有野心，多么贪婪。他记得两人曾进行过一次长谈。她痴迷于取得公司的控制权："里斯，如果萨姆被踢出局，那就由你和我，我们来掌管。"

即便是在做爱的过程中她也曾说："亲爱的，这是我的公司。我身上流淌着塞缪尔·罗夫的血液。公司是我的。我要得到它。里斯，你使劲啊。"

权力是埃莱娜的春药——危险也是。"你见我想干什么？"里斯问。

"我认为现在是你和我订计划的时候了。"

"我不知道你在说什么。"

她满是敌意地说："亲爱的，我太了解你了。你和我一样有野心。这些年来，那么多去其他公司的机会你为什么放弃了，却对萨姆如影相随？因为你知道终有一天你会得到罗氏公司。"

"我没走是因为我欣赏萨姆。"

她咧嘴一笑。"当然啦，亲爱的。现在你娶了他迷人的小女儿。"她从包里拿出一根细细的黑色雪茄，用白金打火机点燃。"查尔斯告诉我伊丽莎白已经决定继续将股票控制在家族内部，不同意上市。"

"这样做是对的，埃莱娜。"

"当然，对你来说她的决定是对的。如果她出了事，你将继承她的遗产。"

里斯盯着她看了很长时间。

第49章

伊沃·帕拉齐在奥杰塔家里的客厅里，正漫不经心地往窗外看，却被吓了一跳。多纳泰拉和他们的三个儿子的车出现在车道上。西莫内塔在楼上小憩。伊沃赶紧跑出前门，迎上自己的第二个家庭。他很愤怒，杀人的心都有了。他对这个女人那么好，那么仁慈，那么爱她，现在她却执意要毁掉他的事业、婚姻和人生。他看着多纳泰拉从他慷慨赠予的蓝旗亚车上下来时，却又觉得她比任何时候都要漂亮。男孩们从车里爬出来，开始拥抱他，亲吻他。哦，伊沃多么爱他们啊。哦，他多么希望小憩中的西莫内塔不会醒过来。

"我来见你的妻子。"多纳泰拉语气坚决。她扭头对孩子们说："走，孩子们。"

"不行！"伊沃语气强硬。

"你打算怎么阻拦我？我今天见不到她，明天还会来找她。"

伊沃被逼入死角，没有突围之路。但是他知道他不能让她或其他任何人破坏掉他苦心经营的一切。他必须做点什么。他自认是个体面人，有些事不愿意做，但是他不得不做，不仅仅是为了他自己，也是为了西莫内塔、多纳泰拉和所有的孩子。

"你会拿到钱的，"他承诺，"再给我五天时间。"

多纳泰拉盯着他的眼睛。"五天。"她说。

在伦敦，亚历克·尼科尔斯爵士正在下议院参加会场辩论。工人罢工正不断削弱英国经济，而他被选中就此重大问题进行重要政策宣讲。但是他很难集中精力，一直在想着过去几星期里接到的一个又一个电话。无论他在哪里，俱乐部也好，理发店也好，饭店也好，参加公司会议也好，他们总能设法找到他。亚历克每次都把他们的电话挂掉。他清楚他们提出要求只是一个开始。一旦控制住了他，他们就会想办法拿走他的股票，在这家涉猎所有品类药物的制药大公司里占有一席之地。他不会允许这种情况出现。他们已经开始每天给他打四五个电话，试图把他逼到崩溃的边缘。让亚历克担心的是，这一天他还没有接到他们的电话。吃早饭时他以为会接到，在怀特俱乐部吃午饭时又这么想，但是一直没有电话打给他。比起威胁，安静更为不祥，他一直无法摆脱这种感觉。在下议院发表演讲的时候，他努力不去想这些。

"我是劳工的朋友，没有人比我更忠诚。我们的劳工是让这个国家变得伟大的力量。工人们给工厂提供燃料，让工厂的车轮转动起来。他们是这个国家的精英，是让英国屹立于世界民族之林的支柱力量。"他顿了顿，"不过，每个国家在发展过程中都会出现一个时期，必须做出某种牺牲……"

他在照本宣科，心里在想是不是因为他揭穿了那些人纸老虎的面目把他们给吓退了。毕竟，他们只是不入流的无赖。他可是亚历克·尼科尔斯，从男爵，下议院议员。他们能把他怎么样？有可能他再也不会接到他们的电话了。从现在起，他们不会再打扰他。在后排议员们热烈的掌声中，亚历克爵士结束了演讲。

他出来的时候，一位助手走上前说："我有事要对你说，亚历克爵士。"

亚历克转过身。"什么事？"

"你要尽快回家。家里出事了。"

亚历克到家的时候，他们正把维维安往救护车上抬。医生在她身边。亚历克停车停得很急，撞到了马路牙子上。车还没停稳，他就从车上冲下来了。他看了一眼处于昏迷中、脸色苍白的维维安，转身去问医生："发生了什么事？"

医生很无助地说："我不知道，亚历克爵士。我收到一个匿名电话，说你家出事了。我赶到这里时，发现尼科尔斯夫人在卧室地上。她的——她的膝盖被人用钉子钉到了地板上。"

亚历克闭上眼睛。他一阵恶心，强忍着才没有吐出来，只觉得喉咙口一阵阵发苦。

"当然，我们会竭尽全力。但是我觉得你最好做好准备。她有可能再也走不了路了。"

亚历克顿时觉得呼吸困难。他朝救护车走去。

"她正处于深度麻醉状态中，"医生说，"我觉得她还认不出你。"

亚历克压根儿没听见医生说什么。他爬上救护车，坐在一把折叠小椅子上，低头看着妻子。至于后车门关上，警报声响起来，救护车开动，他都浑然不觉。他握住维维安冰冷的手。她睁开双眼，说："亚历克。"她的声音含糊不清，很微弱。

亚历克双眼满含泪水。"哦，我亲爱的，我亲爱的……"

"两个男人……戴着面罩……他们把我摁住……打断我的双腿……我再也不能跳舞了……亚历克，我会残废的……你还会要我吗？"

他把头埋在她的肩膀里，流泪了。泪水中有绝望和痛苦，还有别的东西，那是一种他几乎不敢承认的感觉——解脱感。如果维维安残废了，那他可以照顾她，她再也不会因为别人而离开了。

但是亚历克知道事情还没有结束。他们对他不会就此罢手。这只是他们的一个警告。摆脱他们的唯一方法是把他们想要的给他们。

要快。

第50章

苏黎世　星期四，十二月四日

苏黎世刑警总部总机打来电话时正值中午时分。电话被转到总警督施米德的办公室。总警督接完电话后，找来马克斯·霍尔农。

"一切都结束了。"他告诉马克斯，"罗夫一案已告侦破。他们已经找到元凶。现在去机场，你正好能赶上飞机。"

马克斯惊讶地看着他。"我要去哪里？"

"柏林。"

总警督施米德给伊丽莎白·威廉斯打电话。"我打电话是告诉你个好消息，"他说，"你不再需要保镖了。凶手已经找到了。"

伊丽莎白紧紧地握着电话，终于要知道隐藏的敌人是谁了。"是谁？"她问。

"沃尔瑟·加斯纳。"

一行人在高速公路上奔驰，目的地是万湖地区。马克斯坐在后座，旁边是梅杰·瓦格曼，前排坐着两个警探。他们在滕珀尔霍夫机场接到了马克斯。在行驶途中，梅杰·瓦格曼向马克斯简要说明了情况："房子已经被包围，但我们进去时要小心。他会拿妻子当人质。"

252

马克斯问："你们怎么盯上了沃尔瑟·加斯纳？"

"因为你，所以我觉得你会很高兴过来。"

马克斯很疑惑："因为我？"

"你告诉我他找过精神病医生。出于直觉，我把加斯纳的情况发给其他的精神病医生，结果发现其中有好几个他都去找过，目的是寻求帮助。他每次都用不同的名字，然后再也不出现。他知道自己病得不轻。几个月前，他的妻子给我们打电话，但是我们的人前去调查时，却被她打发走了。"此时他们快要下高速公路了，离加斯纳的家只有几分钟的路程。"今天早上，我们接到一个叫弗劳·门德勒的人打来的电话。她是一名清洁女工。她告诉我们她星期一去加斯纳家打扫，和被锁在卧室里的加斯纳夫人说过话。加斯纳夫人说她的丈夫杀死了两个孩子，还要杀她。"

马克斯眨巴下眼睛。"这是星期一的事？这个女人直到今天早上才给你们打电话？"

"弗劳·门德勒在警察局有不少案底，不敢来找我们。昨天晚上她把件这事告诉了男友，两人决定今天早上给我们打电话。"

他们到了万湖地区。车在离加斯纳的庄园有一段距离的地方停下了，停在一辆不起眼的轿车后面。一个人从那辆轿车里钻出来，快速走到了梅杰·瓦格曼和马克斯面前。"梅杰，他还在里面。我们已经让人把院子包围起来了。"

"那个女人是否还活着，你知道吗？"

这个人犹豫了一下。"不知道，先生。所有的百叶窗都是闭合的。"

"好吧。动作一定要快，不要闹出动静。所有人就位，五分钟后行动。"

那个人匆匆离去。梅杰·瓦格曼伸手从车里拿出一个小步话机，开始快速下达命令。马克斯充耳不闻，他在想梅杰·瓦格曼几分钟前说的话，让人摸不着头脑。但是现在他没有时间细问。警察利用树木和灌木丛做掩护，开始靠近房子。梅杰·瓦格曼扭头看着马克斯："一起吗，马克斯？"

马克斯看到一大队人潜入院子，有的配备了带望远镜瞄准器的来复枪，身穿防弹背心；有的手持催泪瓦斯手枪。行动精准无误地往前推进。瓦格曼警官发出一个信号，多发催泪瓦斯弹同时从楼上、楼下的窗户里扔进房子，与此同时，前后门都被戴防毒面具的人砸开了。这些人后面是更多持手枪的警探。

马克斯和梅杰·瓦格曼从打开的前门跑进去。楼道里满是刺鼻的瓦斯烟雾，不过门和窗户都已经打开了，烟雾很快会散去。两位警探把戴着手铐的沃尔瑟·加斯纳带到走廊里。加斯纳穿着浴袍和睡衣。他没有刮胡子，脸色憔悴，双眼浮肿。

马克斯第一次见到加斯纳，不由得盯着他看。不知怎么回事，马克斯觉得他不是本人，只是个替身。那个在计算机里，人生用数字表示的沃尔瑟·加斯纳才是真的。到底哪一个是真实的，哪一个是虚拟呢？

梅杰·瓦格曼说："加斯纳先生，你被捕了。你的妻子在哪里？"

沃尔瑟·加斯纳声音沙哑："她不在这里，她走了！我——"

楼上传来门被撞开的声音，接着传来一位警探的声音："我找到她了。她被锁在屋子里。"

楼上说话的警探扶着浑身发抖的安娜·罗夫·加斯纳出现在楼梯口。安娜头发一绺一绺的，脸上一道一道的，满是脏污。她呜呜地哭泣着。

"哦，感谢上帝，"她说，"感谢上帝，你们来了！"

警探轻轻地扶着安娜下楼，来到偌大的客厅，朝站着的梅杰·瓦格曼他们几个走去。安娜·罗夫·加斯纳抬头看见丈夫，不由得喊叫起来。

"没事的，加斯纳夫人。"梅杰·瓦格曼安慰她，"他再也伤害不了你了。"

"我的孩子们！"她哭喊着，"他杀死了我的孩子们！"

马克斯盯着沃尔瑟·加斯纳的脸，只见他怔怔地看着妻子，一脸的无助，是那么不堪一击，了无生气。

"安娜，"他轻声说，"安娜。"

梅杰·瓦格曼对他说："你有权力保持沉默，或者委托律师。为你考虑，我希望你能配合我们。"

沃尔瑟压根儿没听瓦格曼在说什么。"安娜，你为什么叫他们来？"他乞求道，"为什么？我们在一起难道不幸福吗？"

"孩子们死了，"安娜·罗夫·加斯纳尖叫着，"他们死了！"

梅杰·瓦格曼看着沃尔瑟·加斯纳，问："是真的吗？"

沃尔瑟点点头。他看起来很苍老，一副泄气的样子。"是的……他们死了。"

　　"凶手！凶手！"他的妻子高声叫喊着。

　　梅杰·瓦格曼说："带我们看看尸体，可以吗？"

　　沃尔瑟·加斯纳号啕大哭，涕泪横流，说不出话来。

　　梅杰·瓦格曼问："尸体在哪里？"

　　马克斯代为回答。"孩子们在圣保罗墓地。"

　　屋子里所有人都扭头看向马克斯。

　　"他们死于五年前，一出生就死了。"马克斯解释道。

　　"凶手！"安娜·罗夫·加斯纳冲着丈夫喊叫着。

　　所有人扭过头，只见她双眼射出疯狂的光芒。

第51章

苏黎世　星期四，十二月四日　下午八点

寒冷的冬夜来临，驱赶走短暂的黄昏时分。天开始下雪。雪花被风吹着撒向苏黎世。罗氏公司行政大楼已人去楼空，办公室里亮着的灯仿佛一个个淡黄色的月亮。

伊丽莎白独自一人在办公室里加班，同时等着里斯。里斯去日内瓦开会去了。她希望他能快点回来。办公楼里的其他人早就走了。伊丽莎白觉得坐卧不安，思想无法集中。她做不到不去想沃尔瑟和安娜。她还记得第一次见沃尔瑟时的样子，他像个男孩子，很帅气，疯狂地爱着安娜，或者说假装爱着。她难以相信是沃尔瑟做了这些可怕的事情。伊丽莎白放心不下安娜。她尝试给安娜打了几次电话，但都没有人接。她想飞到柏林，尽己所能地安慰安慰安娜。电话铃声突然响起，把她吓了一跳。她拿起电话，是亚历克打过来的。听到他的声音，她很高兴。

"你听说沃尔瑟的事情了吗？"亚历克问。

"是的，非常可怕。我不敢相信这一切是他所为。"

"不要，伊丽莎白。"

她以为自己听错了，问："不要什么？"

"不要相信这些。沃尔瑟没有罪。"

"警察说——"

"他们搞错了。沃尔瑟是我和萨姆排除掉的第一个人。我们认为他是清白的。他不是我们要找的人。"

伊丽莎白盯着电话，一时不知所措——"他不是我们要找的人"。她磕磕绊绊地说："我——我不清楚你在说什么。"

亚历克犹豫了一下："伊丽莎白，在电话上说这些不方便，但我一直没有机会单独跟你说。"

"跟我说什么？"伊丽莎白一惊。

"在过去的一年里，"亚历克解释道，"一直有人在蓄意破坏公司。我们的南美洲工厂发生了爆炸，专利被偷，危险药品被贴错标签。眼下我没有时间一一细说这些。我去找萨姆，建议雇佣外部调查机构查找幕后黑手。我们决定这件事仅限于我们两人知道。"

仿佛地球突然停止转动，时间突然凝固。这样的话她似乎听谁说过，伊丽莎白一阵眩晕。电话里说话的是亚历克，她听到的却是里斯的声音。里斯在说："有人一直在蓄意破坏罗氏公司，做得很高明，乍一看那些事件全是意外事故。但是我看到了相似的套路。于是我去找萨姆商量，然后我们决定雇外部机构进行调查。"

亚历克还在说："调查机构出了报告，萨姆带着去了沙莫尼。我们通过电话进行了讨论。"

伊丽莎白听见里斯的声音在说："他让我去沙莫尼和他商量这件事……我们决定要找出幕后黑手，约定在查明之前此事仅限于我们两人知道。"

伊丽莎白突然觉得呼吸困难。再开口时，她声音都变了。她努力克制着："亚历克，还有谁——除了你和萨姆之外，还有谁知道报告的事？"

"没有其他人。整件事就是这样的。根据萨姆说的，报告认为有罪之人是公司的高层。"

高层。直到霍尔农警探提起，里斯才说曾去过沙莫尼。

"萨姆会不会告诉里斯？"她问，语速很慢，说得很费劲。

"不会。你怎么会这么问？"

里斯知道报告内容只有一种方式——偷走报告。他去沙莫尼的唯一原因可能就是杀死萨姆。亚历克接下来说的话，伊丽莎白压根儿都没听到。她脑子里嗡嗡直响，根本听不到他的声音。她放下听筒，头脑直发晕。恐惧袭来，她努力抗争着。她脑子里浮现出一幕幕乱糟糟的画面：驾驶吉普车出事前，她曾给里斯留言，说自己在撒丁岛；电梯坠毁那天，里斯本来没有参加董事会，但在只有她和凯特的时候出现了，说觉得会帮上忙。之后不久他就离开了。难道他压根儿没有离开？她不由得浑身发抖。肯定是我弄错了。不是里斯。不是！她脑子里有个声音在抗议。

伊丽莎白从办公桌前站起来，跌跌撞撞地从连接门走到里斯的办公室，里面一片漆黑。她打开灯，环顾四周，心中忐忑。她不知道会找到什么。她要找的不是里斯有罪的证据，而是他无罪的证据。她爱的人，把她抱在怀里的人，向她示爱的人竟然是一个冷血动物。这让人难以接受！

里斯的办公桌上有一个记事簿。伊丽莎白打开本子，翻到九月份，翻到吉普车出事的那一天。他的日程安排上写的是内罗毕。她需要检查一下他的护照，看看他是否确实去了那里。她开始在里斯的办公桌里翻找护照，心中愧疚，同时又觉得必须找到一份无罪的证明。

里斯办公桌最下面的抽屉锁着。伊丽莎白犹豫了。她知道自己无权打开抽屉。那样做会毁掉信任，是在跨越禁区，会通向一条不归路。里斯早晚会发现，她得有所解释。可是伊丽莎白必须先弄明白心头的疑惑。她拿起一个启信封用的刀子，撬碎木头，别开了锁。

抽屉里是一摞笔记和备忘录。她把这些都拿了出来。有一封写给里斯·威廉斯的信，上面有女人的笔迹，邮戳是几天前的，寄自巴黎。伊丽莎白犹豫了一下，打开了信封。是埃莱娜写的。开头是"亲爱的，我尝试着给你打电话。情况紧急，我们必须尽快见面，制订计划……"伊丽莎白注意力没有在信上。

她眼睛盯着抽屉底部那份被偷走的报告。

　　萨姆·罗夫亲启
　　机密文件
　　无复印件

她感觉屋子开始旋转，伸手抓住桌子的边缘，人才没有倒下。她一动不动，闭上双眼，等着眩晕感过去，就这样过了很长时间。要杀她的人终于被她找到了，是她的丈夫。

远处电话铃声一直响，打破了寂静。伊丽莎白费了好长时间才意识到铃声是从哪里传过来的。她慢慢地回到办公室，拿起电话。

是大厅的服务人员，很兴奋地说："只是确认一下你是否还在，威廉斯夫人。威廉斯先生正上去找你。"

他又要策划一起意外事故。

她的命成了他掌控罗氏公司的障碍。她无法面对他，无法装出若无其事的样子。他只要一见她，就会明白一切。她必须逃走。慌乱中，伊丽莎白抓起钱包和外套就出了办公室。但她又停住，有东西忘拿了。护照！她必须逃离里斯，逃到他找不到的地方。她赶紧回到办公室，找到护照，跑进走廊，心似乎要炸裂一般怦怦直跳。专用电梯的指示灯正在有节奏地闪动。

8……9……10……

为了活命，伊丽莎白开始飞奔下楼。

第52章

从奇维塔韦基亚到撒丁岛有轮渡，人和车都可以上去。伊丽莎白开着一辆租来的车上了轮渡，隐身在十几辆汽车中。机场需要实名登记，而这个巨大的轮渡不采用实名制。同去撒丁岛的乘客有上百名，他们都是去度假的。她确定没有人追踪她，可心里还是莫名地恐惧。里斯现在陷得太深，已经没有什么能阻止他。她是唯一可以揭露他的人。所以，他肯定要除掉她。

伊丽莎白从大楼里逃出来的时候，根本不知道该往哪里去，只知道必须离开苏黎世，在某个地方藏起来。只要里斯没被抓住，她就安全不了。撒丁岛——这是她第一个想到的地方。她租了一辆小汽车，在通往意大利的高速公路上的电话亭里给亚历克打了电话。他不在家。她给他留言，让他往撒丁岛打电话。她联系不上马克斯·霍尔农，给他留了同样的信息。

她会待在撒丁岛别墅里。但是这一次不是她一个人，警察会保护她。

轮渡在奥尔比亚靠岸时，伊丽莎白发现自己根本没必要去警局，警局的布鲁诺·坎帕尼亚正等着她。她见过这位警探，就是和费拉罗局长一起的那位。在吉普车出事之后带她去看车的也是这位坎帕尼亚警探。现在他快步走到伊丽莎白的车前，说："威廉斯夫人，我们很担心你。"

伊丽莎白很惊讶地看着他。

"我们接到瑞士警方打来的电话，"坎帕尼亚解释道，"让我们留意你。我们已经封锁了所有的轮船和机场。"

伊丽莎白内心充满感激之情。马克斯·霍尔农！他看到她的信息了！坎帕尼亚警探盯着她疲惫、憔悴的脸。"我来开车，好吗？"

"请。"伊丽莎白非常感激地说。

她挪到副驾驶座位上。这位高个子警探坐上驾驶座："你想去哪里等——是警察局还是别墅？"

"要是有人陪着的话，去别墅。我——我不想一个人待在那里。"

坎帕尼亚令人安心地点点头。"不用担心。我们接到了命令，会好好保护你。今晚我陪着你，我们会派一辆巡逻车停在你家的车道口。没有人能靠近你。"

他的自信足以让伊丽莎白放心。坎帕尼亚警探熟练而快捷地开着车，穿过奥尔比亚蜿蜒的狭窄街道，驶向通往翡翠海岸的山间公路。途中经过的每一处都让她想起里斯。

伊丽莎白问："有没有——有没有我丈夫的消息？"

坎帕尼亚警探不无同情地看看她，然后又收回目光，盯着路面。"他在逃跑中，但是他跑不远的。早晨我们就可以抓到他。"

听了这话，伊丽莎白以为自己会如释重负，没想到却感受到一阵可怕的疼痛。他们在谈论的是里斯，里斯正像一个动物一样被追捕。他曾把她置身于噩梦中，现在轮到他了，为了活着而奔命，跟她当初一样。她曾经多么信任他啊！竟然那么相信他的善意、他的温存和他的爱！她不由得打了一个哆嗦。坎帕尼亚警探问："你冷吗？"

"不，我没事。"她觉得一阵燥热，似乎有股暖风从车中穿过，让她感觉很不舒服。起初，她以为是幻觉，没想到坎帕尼亚警探说"恐怕我们赶上了热风。今天晚上要忙活了"。

伊丽莎白知道他是什么意思。热风会让人和动物发狂。这种风从撒哈拉吹来，又热又干，还裹挟着沙子，会发出可怕的哀号声，让人汗毛倒立。在刮热风期间，犯罪率通常会上升，法官也会对罪犯进行宽大处理。

一个小时之后，别墅在黑夜中隐隐约约出现在他们眼前。坎帕尼亚警探把车开上车道，驶进空荡荡的车库，熄了火。他走到车身的另一面，给伊丽莎白打开门。"威廉斯夫人，我希望你紧跟在我身后，"他说，"以防万一。"

"好的。"伊丽莎白答应他。

他们往漆黑一片的别墅前门走去。坎帕尼亚警探说："我确定他不会在这里，但我们还是要小心为妙。你能把钥匙给我吗？"

伊丽莎白把钥匙递给他。他轻轻地把她推到门的另一侧，插入钥匙，打开门，另一只手一直不离手枪。他摸黑进屋，打开电灯开关，楼道突然充满光亮。

"我想让你带我看看房子，"坎帕尼亚警探提议，"要确保每间屋子都是安全的。可以吗？"

"可以。"

他们开始在房子里一间一间地看。每进一间屋子，这个大块头警探都会把灯打开，把橱柜和所有的角落看个遍，确保门和窗都锁好了，以及房子里确实没有其他人。他们回到楼下的客厅。坎帕尼亚警探说："如果你不介意的话，我想给总部打个电话。"

"当然不介意。"伊丽莎白说着领他走进了书房。

他拿起电话，拨了号码。不一会儿，他说："坎帕尼亚警探。我们在别墅。我今晚守在这里。你派一辆巡逻车过来，停在车道口。"停了一会儿，他又对着电话说："她很好，只是有点累。稍后联系。"他放下听筒。

伊丽莎白瘫坐在椅子上。她很紧张，但是她知道明天会更糟，要糟得多。她安全了，但是里斯要么死，要么进监狱。尽管他做了这一切，但不管怎么说，想起这些，她还是受不了。

坎帕尼亚警探看着她，满脸关切。"我要喝一杯咖啡，你要吗？"他问。

她点点头。"我去做。"说着她站起身。

"你坐着别动，威廉斯夫人。我妻子说我做的咖啡是世界上最好的。"

伊丽莎白勉强笑了一下。"谢谢你。"她不无感激地又窝回椅子。她一直没有意识到自己在情感上透支过度。此刻，伊丽莎白第一次承认，即便是和亚历克打电话的时候，她依然觉得哪里不对劲，也许有证据能证明里斯是无辜的。就算是在逃亡途中，她依然认为里斯不可能做出那些可怕的事情，不可能在杀死她的父亲后，还向她示爱，想要杀死她。只有恶魔才会这样做。因此她心里一直保留着一线微弱的希望。当坎帕尼亚警探说他在逃亡，跑不远的时候，她才觉得这点希望彻底没了——他们明天早上就会抓住他。

她无法忍受再去想这些，但是她别的什么也想不了。里斯要夺走公司，计划多长时间了呢？没准是从他见到那个十五岁的女孩开始的。那时的她敏感、孤独，独自在瑞士寄宿学校。他应该是在那时决定要智胜萨姆——借助他的女儿。这对他来说易如反掌。马克西姆餐厅的晚餐，过去这些年里友好的长谈，他的魅力——哦，他那令人难以置信的魅力！他很有耐心。他一直等到她长成一个女人。最大的讽刺是里斯甚至没有追求她。是她追求他的。他会怎么嘲笑她？！他和埃莱娜。伊丽莎白想知道他们是不是一伙的，想知道里斯现在在哪里，警察抓到他时会不会击毙他。她止不住地哭了起来。

"威廉斯夫人……"坎帕尼亚警探站在她身边，递过来一杯咖啡。

"喝了吧，"他说，"你会觉得好点。"

"对——对不起，"伊丽莎白很不好意思，"我通常不这样子。"

他轻声说："我认为你做得已经够好了。"

伊丽莎白喝了一口热咖啡，发现他往里面放了点东西。她抬头看着他。他咧嘴一笑："我觉得放点苏格兰威士忌不会伤害到你。"

他一声不吭地坐在她对面，陪着她。她很感激他的陪伴。如果只有她一个人，她绝对不会待在这里。她要先知道里斯怎样了，要知道他是死是活。她把咖啡一饮而尽。

坎帕尼亚警探看了看手表，说："巡逻车随时会到。晚上会有两个人守护。我就在楼下，建议你现在上楼去睡会儿。"

伊丽莎白一哆嗦："我不能睡。"话虽这样说，身体却疲乏不堪。坐了那么长时间的车，又长时间承受巨大的压力，她终于撑不住了。

"我就躺一会儿。"她觉得说话都很费劲了。

伊丽莎白躺在床上，挣扎着不想睡去。不管怎么说，里斯正被追捕，她却在睡觉，这似乎不公平。她仿佛看见他在某条冰冷、漆黑的街上被击毙，不禁打了一个寒战。她努力睁着双眼，但是眼皮很重，刚一闭上眼，就觉得自己开始往下沉，往下沉，直到坠入柔软的虚空中。

不知过了多久，她被阵阵尖叫声惊醒。

第53章

伊丽莎白坐在床上，心跳得厉害，不知道自己被什么惊醒了，然后又听到了。声音似乎就在窗外，很怪异的尖叫声，像是有人在经历死亡的痛苦。伊丽莎白站起身，跌跌撞撞地走到窗前，往外面看。一派夜色，一幅杜米埃的风景画：冬夜冰冷的月光，黑魆魆的树木，光秃秃的枝丫被猛烈的风抽打着。远处，大海沸腾如开水。

尖叫声再次响起，又响起。伊丽莎白知道这是怎么回事了。是石头在鸣叫。热风吹得更猛烈了，风穿过岩石，发出一阵又一阵可怕的哀号声。她倾听着，哀号声变成了里斯喊叫她的声音，在乞求她救命。她承受不了，不由得用双手捂住耳朵，但是那声音没有消失。

伊丽莎白往卧室门走去。她很惊讶地发现自己竟然浑身无力，大脑一片混乱。她走到走廊，准备下楼，但头很晕，像打了麻药。她想大声喊坎帕尼亚警探，声音却嘶哑、低沉。她开始顺着长长的楼梯下去，努力控制着才没有摔倒。她大声喊道："坎帕尼亚警探。"

没有人答应。伊丽莎白跌跌撞撞走进客厅，发现他不在。她挨个房间找他。为防止摔倒，她一路扶着家具。

房子里只有她一个人。

伊丽莎白站在走廊里，脑子里乱糟糟的，她努力想让自己清醒过来。警探应该是到外面和巡逻车里的警察说话去了。当然是这样的。她走到前门，打开门，往外看。

外面没有人，只有漆黑的夜和嘶吼的风。伊丽莎白心里一阵害怕，赶紧回到书房。她要给警察局打电话，问问他们是怎么回事。她拿起电话，发现电话线断了。

就在这时，所有的灯都关掉了。

第54章

在伦敦威斯敏斯特医院，维维安已经醒了过来，被推出手术室，进入长长的、空荡荡的走廊。手术用了八个小时。医术高超的医生已经竭尽全力。尽管如此，她却再也走不了路了。她在剧烈的痛苦中醒来，一遍又一遍轻声呼唤着亚历克。她需要他，需要他守在她身旁，需要他承诺会依然爱她。

然而，医务人员找不到亚历克。

在苏黎世，刑警总部通信室收到了国际刑警组织从澳大利亚发来的一条消息——为罗氏公司购买胶卷的前采购员在悉尼找到了，但这个人三天前死于心脏病发作，骨灰正运往家里。关于胶片，国际刑警组织无法获得其他任何信息。他们在等待进一步指示。

柏林城外风景宜人的郊区有一家高档私人疗养院。沃尔瑟·加斯纳在疗养院的候诊室内一个不起眼的角落里。他已经在这里一动不动地坐了将近十小时。时不时地会有护士或助手过来和他说句话，给他吃的或喝的，但沃尔瑟不理会他们。他在等他的安娜。

这是一个漫长的等待。

在奥杰塔，西莫内塔·帕拉齐正在接听一个女人的电话。"我叫多纳泰拉·斯波利尼。"对方说，"我们没见过面，帕拉齐夫人，但是我们有很多共同之处。我们可以在人民广场的波隆那特色饭店吃个午餐。明天下午一点怎么样？"

西莫内塔第二天预约了美容院，时间上有冲突，可是她喜欢神秘。"我去，"她答应了，"我怎么认出你？"

"我带着三个儿子。"

埃莱娜·罗夫-马特尔在位于巴黎西郊的别墅里。她在客厅的壁炉架上找到一张写给她的便条，正在读。便条是查尔斯写的。他已经离开她，跑掉了。上面写的是"你永远也不会再见到我，不要找我"。埃莱娜把便条撕得粉碎。她会再见到他的。她一定会找到他。

在罗马，马克斯·霍尔农此时在列奥纳多·达芬奇机场。在过去的两小时里，他一直试图联系撒丁岛，但是因为风暴，所有的通信都已经中断。马克斯回到飞行航务中心，再次对机场经理说："你必须用飞机把我送到撒丁岛，相信我，这件事事关生死。"

机场经理很无奈："我相信你，先生。但是我实在没办法。撒丁岛已经完全封锁了，机场关闭，轮船停运。在热风过去之前，岛上根本无法出入。"

"热风什么时候过去？"马克斯问。

机场经理扭头仔细研究着墙上巨大的气象图。"看样子至少还得持续十二小时。"

伊丽莎白·罗夫·威廉斯十二小时后不可能还活着。

第55章

黑暗怀有敌意，周围满是不可见的敌人，随时准备扑向她。伊丽莎白现在意识到自己完全处在对方的掌控中。坎帕尼亚警探把她带到这里是为了杀死她。他是里斯的人。伊丽莎白想起马克斯·霍尔农说过吉普车被调换的事。这件事不管是谁干的都得有帮凶，而且这个人了解岛上的情况。坎帕尼亚警探曾经多么让人信任！"我们已经封锁了所有的轮船和机场"——因为里斯知道她会来这里藏身。"你想去哪里等——是警察局还是别墅？"——坎帕尼亚警探压根儿就没想让她去警察局。他也不是给总部打电话。他是打给里斯，说我们在别墅。

伊丽莎白知道她必须逃走，但是她没有力气。她强撑着睁着眼，胳膊和腿感觉很沉重。她突然想明白了这是怎么回事了。坎帕尼亚警探给她的咖啡里下了药。伊丽莎白转过身朝漆黑的厨房摸去。她打开橱柜，翻找着。她摸到一瓶醋。她把醋瓶拿出来，往有水的杯子里倒了一些，强忍着喝了下去，随即跑到洗碗槽前呕吐起来。几分钟后，她觉得好多了，但是依然没有力气，脑子还是不清醒，就像她身体里的线路已经完全被关闭，单等着死亡的黑暗降临。

"不，"她拼命地对自己说，"不能这样死掉。我要斗争。不能让他们那么轻易就杀死我。"她提高嗓门喊道："里斯，来杀我吧！"但是她的声音很微弱。她转过身凭着直觉朝走廊摸去。她在塞缪尔的画像下面停住。外面，异域的风在哀号，撕扯着房子，冲着她尖叫，嘲弄她，警告她。她独自一人站在黑暗中，要做出一个令她恐惧的选择：出去，走到未知的外面去，逃离里斯；

待在这里，与他抗争，但是她要怎么抗争呢？

她的大脑似乎意识到了什么，却因药物而不能完全想清楚。她无法集中注意力思考——某个意外事故。

这时她想起来了，不禁大声说："他会把这里弄成发生了意外事故的样子。"

"伊丽莎白，你必须阻止他。"是塞缪尔说的，还是她头脑中的声音？

"我不行了，现在太迟了。"她闭上双眼，脸紧贴着冰冷的画像。睡觉是多么美好的事情，但是有些事情她现在必须做。她努力想着必须做些什么，却怎么也想不起来。

不能让这里看起来像是意外事故现场。要让这里看起来是谋杀现场。这样的话，公司才永远不会落到他手里。

伊丽莎白知道该做什么了。她走进书房，站了一会儿，然后拿起一盏台灯朝镜子砸了过去。她听见这两样东西都碎掉了。然后她举起一把小椅子，拼命地往墙上砸，直到把椅子摔碎了。她摸到书架前，开始撕书，把碎书页扔得屋子里到处都是。她把无用的电话从墙上拽了下来。让里斯向警察解释去吧，她心里想。"不要温和地走进那个良夜。"好吧，她不会温和地等待死亡到来。想拿住她，他们得费些气力。

一阵狂风突然吹进屋子，把碎纸卷向半空，然后风停了。伊丽莎白过了一会儿才意识到刚刚发生了什么。

房子里不是只有她一个人。

在列奥纳多·达芬奇机场处理货物的装卸区，马克斯·霍尔农正盯着一架直升机降落。飞行员刚把门打开，马克斯就来到了他身边。"你能把我送到撒丁岛吗？"他问。

飞行员盯着他。"发生了什么事？我刚把一个人送过去。那里正在刮大风暴。"

"你能送我过去吗？"

"你要付三倍价格。"

马克斯甚至都没有犹豫，直接爬进直升机。飞机起飞。马克斯扭头问飞行员："你刚才送到撒丁岛的人是谁？"

"他叫威廉斯。"

黑暗现在成了伊丽莎白的盟友，把她隐藏起来，让杀手找不到。现在太迟了，她已经逃不出去了。她必须在房子里找个地方躲起来。于是她上楼，拉开自己与里斯之间的距离。跑到楼梯顶上时，她犹豫了一下，然后转身朝萨姆的卧室走去。黑暗中有什么东西向她扑来，吓得她大叫起来，结果发现是窗外被风吹打的树影。她的心跳得怦怦响，觉得楼下的里斯都能听到。

拖住他，她心里说。但是她怎么拖呢？她感觉脑袋很沉，脑子里乱糟糟的。想！她命令自己。塞缪尔会怎么做？她走到走廊尽头的卧室，找出钥匙，从外面把门反锁上，然后把所有的门都锁上。这些都是克拉科夫贫民窟的大门。锁门的时候伊丽莎白并不清楚为什么她要这么做，然后才想起来她杀死了阿拉姆，千万不能让他们抓住。她看见下面有手电筒的亮光，顺着楼梯上来了。她心里一惊——里斯来抓她了。伊丽莎白于是往塔楼爬，爬到一半时，双膝开始发软，干脆顺势往地上一趴，双手和膝盖并用爬完了剩下的楼梯。她爬到了楼梯顶，强撑着站了起来，打开塔楼的门，走了进去。塞缪尔说："注意门，锁上。"

伊丽莎白把门锁上，但是她知道这样做根本阻止不了里斯。不过这样一来他要开门的话至少得费点劲。需要里斯解释的暴力场面又多了。一定要让人看出来她是被害死的。她把家具挪过去顶住门，动作很慢，仿佛黑暗化身为波涛汹涌的大海在拖拽着她。她又推过来一张桌子顶住门，然后拉来一把扶手椅和另外一张桌子。她像个机器人，努力争取着时间，搭建着对抗死亡的可怜的堡垒。她听见楼下传来碎裂声，接着又传来一声，然后又一声。里斯在砸卧室的门，在找她。这是攻击的迹象，是警察可以追寻的痕迹。她骗了他，就像他也骗了她一样。可是隐隐地有什么让她不安。如果里斯想让她的死看起来像意外事故，他为什么要砸门？她挪到落地玻璃门前往外面看，只见外面依然狂风大作，仿佛在给她唱着挽歌。阳台高高地悬着，下面就是大海。她根本不可能从这间屋子逃出去。里斯会来这里抓她。伊丽莎白到处摸索着，想找个东西防身，却什么都找不到。

她在黑暗中静静等待要杀她的人。

里斯在等什么？他为什么不把门砸开，赶快结束这一切？把门砸开。事情不对劲。即便里斯把她的尸身从这里弄走，在别的地方毁尸灭迹，里斯依然无法向警察解释房子里的暴力场景：镜子被打碎，门被毁掉。伊丽莎白努力把自己置于里斯的角度，去想他会怎样既能解释这一切，同时又不让警察怀疑与她的死有关。他只有一种方法。

伊丽莎白刚想到这里，就闻到了烟味。

第56章

马克斯在直升机上看到了撒丁岛海岸，它此时正被如浓云般翻滚的红色沙尘覆盖着。直升机的桨叶声嘈杂，飞行员大喊着说："情况更糟了。不知道能不能降落。"

"必须降落！"马克斯喊叫着，"前往切尔沃港。"

飞行员扭头看看马克斯。"那儿可是该死的山顶。"

"我知道。"马克斯说，"你能做到吗？"

"三七开吧。"

"哪三哪七？"

"失败占七。"

浓烟从门下面和地板缝渗进来，嘶吼的风声中又多了一个声音。大火的呼呼声。此时伊丽莎白已经知道答案，但为时已晚，难以挽救她的生命。她被困在这里。门、镜子和家具被砸坏了当然不重要，因为几分钟之后这栋房子和她都将被烧毁。一切都将被火烧掉，就像当初实验室和埃米尔·约普利被烧掉那样，里斯同样会有身在别处，不在现场的证明，不用承担罪责。他打败了她。他打败了所有人。

此时浓烟开始涌进屋子，黄色的刺鼻烟雾让伊丽莎白感到窒息。她看到火舌开始舔舐门缝，她感觉到了火焰的炙热。

让她动起来的力量是愤怒。

她摸索着穿过浓密的烟雾，朝落地玻璃门走去。她打开门，走到阳台上。门一打开，走廊上的火焰就蹿进房间，开始舔舐墙壁。伊丽莎白站在阳台上，大口呼吸着新鲜空气，任由狂风撕扯着衣服。她往下看。阳台从房子一侧伸出，像一个小岛一样高悬于深渊之上。没有希望，她逃不出去。

除非……伊丽莎白抬头看着头顶上方倾斜的石板屋顶。如果她能爬上屋顶，挪到另一面房子还没有烧着的地方，也许还有活路。她尽力往上伸着胳膊，可是屋檐太高，她够不着。此时大火逼得更近，几乎充满了整间屋子。只有一线希望，还好伊丽莎白抓住了——她硬着头皮返回燃烧着的满是烟雾的房间，忍住令人窒息的刺鼻的烟雾，从父亲的办公桌后面扯过一把椅子，拖到阳台上。她强撑着站稳，放好椅子，站了上去。现在手指可以够到房顶，但是摸不到抓手。她尽力摸索着，想找一个可以抓牢的东西，结果却是徒劳。

屋子里，火已经烧着窗帘，开始满屋子乱舞，烧着了书、地毯和家具，正在朝阳台蔓延。伊丽莎白的手指突然摸到一块突出的石板。手臂像灌了铅，她不知道能否撑得住。她尝试向上引体，慢慢地蹬离椅子。凭借着最后一点气力，她把自己一点一点拉了上去，手则死死抓住石板。她这是在爬贫民窟的城墙，为的是活命。就这样，她不停地向上拉动身体，突然间发现自己已经气喘吁吁地爬上了斜屋顶。然后，她强迫自己一点一点往上爬，身体紧贴着陡峭的斜屋顶。她知道，稍有闪失就会滚落到下面黑色的大海里。终于爬到了屋脊，她停下来喘口气，判断方位。刚刚逃离的阳台已经是一片火海，根本回不去了。

伊丽莎白往房子的另一面望去，看到一处客房的阳台，那里还没有烧着。但是伊丽莎白不知道她能否过去。屋顶很陡，石板有些松动，风在拼命地撕扯着她。如果她不小心往下滑去，没有什么能拦住她掉入大海。她待在原地一动不动，不敢尝试。就在此时，如奇迹乍现，客房阳台上出现了一个人。是亚历克。他抬头看着她，声音平静地喊道："妹妹，你可以的。这很简单。"

伊丽莎白心里一阵激动。

"慢慢来，"亚历克建议，"一点一点地挪。不是什么大事。"

伊丽莎白很小心地朝他挪过去，抓着石板开始一寸一寸地往下挪着，一只手抓稳了才会松开另一只手。时间很漫长。整个过程中亚历克一直在鼓励着，引导着。现在她快爬到安全的地方了，准备往阳台上跳。突然一块石板松动了，她开始往下滑。

"抓牢！"亚历克大喊一声。

伊丽莎白终于摸到一个抓手，死死抓住。此时她已经滑到屋檐边，身体悬在半空。她必须落到亚历克站着的阳台上，要是她失手了……

亚历克抬头看着她，脸上洋溢着自信与淡定。"不要往下面看，"他说，"闭上眼睛，撒手。我会接住你。"

她决定尝试去做，深吸一口气，然后又吸一口气。她知道她必须撒手，可就是做不到。她的手指死死地抓住石板。

"松手！"亚历克大喊一声。伊丽莎白撒开手，滑到了半空。突然，亚历克用双臂接住了她，把她拉到了安全的地方。她如释重负地闭上眼睛。

"干得漂亮！"亚历克说。

与此同时，她感觉枪口顶住了脑袋。

第57章

在撒丁岛上空，为避开猛烈的风，直升机飞行员把飞机压得很低，掠着树尖在飞。就算是在这个高度，空气中也充满涡流。飞行员看见了前方很远处的切尔沃港的山峰。马克斯也看到了。"就是那儿！"马克斯喊道，"我看见别墅了。"紧接着他还看到了别的东西，不由得心里一沉。"别墅着火了！"

在阳台上，伊丽莎白听见风中传来直升机靠近的声音，但亚历克没有注意到。他在看着伊丽莎白，双眼满是痛苦。"这样做是为了维维安。为了她，我必须这样做。你懂的，对吗？他们必须在火里找到你。"

伊丽莎白没听他在说什么。她心里只有一个念头：凶手不是里斯，不是里斯。一直以来都是亚历克在作祟。他杀死了她的父亲，还试图杀了她。他偷走了报告，然后嫁祸里斯。他吓唬她，让她逃离里斯，因为他知道她会来这里。

直升机此时没了踪影，消失在附近树林的另一面。

亚历克说："闭上你的眼睛，伊丽莎白。"

她坚决地说："不！"

突然里斯的声音传来："亚历克，放下枪！"

两人同时往下看。在摇曳的火光中，他们看见里斯、警察局长路易吉·费拉罗，以及十几个配枪的警探在草坪上。

"一切都结束了，亚历克，"里斯喊道，"放了她。"

其中一个拿着望远镜瞄准器步枪的警探说："女的要动一下，我才能击中

275

男的。"

动一下，里斯祈祷着。动一下！

马克斯·霍尔农从树林后面跑出来，穿过草坪，快步走到了里斯面前。看到了楼上的场面后，他停下脚步。里斯说："我收到了你的信息。我来得太迟了。"

所有人都盯着阳台上的两个人，在别墅另一面蹿天的火光映照下，两个人仿佛是两个木偶。风势猛烈，把房子变成一个巨大的火炬，照亮了周围的山峦，把黑夜变成火海，变成火光冲天的瓦尔哈拉①。

伊丽莎白扭过头，直视着亚历克的眼睛。他面如死灰，双眼无神。他掉转身往阳台门走去。

地面上，刚才那位警探说："我可以射到他了。"说着他举起步枪，开了一枪。亚历克一个踉跄，然后从阳台门走进屋子。

刚才阳台上还是两个人，现在只剩下一个。

伊丽莎白大喊一声："里斯！"

里斯向着她飞奔过去。

之后的一切发生得太快，让人眼花缭乱。里斯抱起她，带她来到下面安全的地方。她紧紧地抱住他，抱得不能再紧了。

她躺在草地上，闭着眼睛。里斯抱着他，喃喃地说："我爱你，利兹。我爱你，亲爱的。"

他的声音如潮水般涌来，他抚摸着她。她倾听着，却说不了话。她看着他的眼睛，所见尽是爱和痛苦。她有很多话想对他说。她为曾经怀疑他而愧疚。她会用余生补偿他。

现在她太疲惫，没有工夫想这些。太疲惫了，她什么都想不了。这一切于她就好像发生在另外一个时空中的另外一个人身上。

唯一重要的是，她和里斯在一起。她感觉到他强有力的胳膊紧紧地搂着自己，一刻都不曾松手，这就足够了。

---

① 北欧神话中的天堂之地。——译者注

276

第58章

就像走进着了地狱的火之角。烟雾更浓重了，满屋子都是喀迈拉①，舞动着，消逝着。大火扑向亚历克，抚弄着他的头发。大火发出的噼啪声变成了维维安的呼唤声，对他来说那是无法抗拒的迷人歌声。

在突然闪耀的火光中，他看见了她。她四肢舒展地躺在床上，美丽的身体一丝不挂，只有脖子上系着条红丝带，和他第一次与她缠绵时系的那条一模一样。她又在呼唤他的名字，声音中充满渴望。这一次，她需要的是他，不是别人。他向她靠近些，听到她呢喃着"你是我唯一爱过的人"。

亚历克相信她的话。但因为她做的那些事情，他必须惩罚她。但是他很高明——他让别人代她受过。他做了可怕的事情，全是为了她。他朝维维安走过去，她又一次呢喃"亚历克，你是我唯一爱过的人"。他知道这话是真的。

她伸出胳膊召唤他。他在她的身边颓然倒下。他拥抱着她，他们成为一体。他在她身体里，她也在他身体里。这一次，他可以让她满足。他感受到了快感，如此强烈，最后竟然变成难以忍受的剧烈疼痛。他能感觉到她体内的炙热在吞噬着自己。他不无惊奇地看着维维安：她脖子上的丝带变成了火舌，抚摸着他，舔舐着他。紧接着，一根燃着的横梁从房顶掉落，砸在他身上。他置身于火海。

亚历克死得和那些受害者一样，在心醉神迷中死去。

---

① 古希腊神话中长着狮头、羊身、蛇尾的喷火怪物。——译者注

277